HANNO DETTI DI JAN MORAN

"Un romanzo che regala alle amanti delle saghe romantiche una nuova voce straordinaria da non perdere più di vista".
Booklist

"Jan Moran è la nuova regina del romanzo sentimentale".
USA Today

"Jan Moran è la nuova regina del romanzo epico". - Rebecca Forster, autrice bestseller di USA Today

"Una bella storia d'altri tempi, con solidi valori morali e un meritato lieto fine per i protagonisti dopo tanti patimenti".
Vita M.

"Adoro il fatto che nelle storie di Jan ci siano sempre donne d'affari intelligenti e forti. Al centro di tutti i suoi libri c'è una famiglia solida e affiatata". - Recensore B.J.T.

"Ogni libro di Jan Moran è accattivante e riflette il suo amore per la parola scritta, oltre che la sua insaziabile curiosità". - Recensione di Andrea S.

RITORNO A CORAL COTTAGE

CORAL COTTAGE
LIBRO 1

JAN MORAN

Traduzione di
JESSICA RAVERA

LIBRI DI JAN MORAN

ITALIANO

Ritorno a Coral Cottage

Un nuovo inizio a Coral Cottage

Natale a Coral Cottage

Matrimoni a Coral Cottage

Grande festa a Summer Beach

La casa dei profumi dimenticati

Il giardino dei profumi perduti

La piccola bottega del cioccolato

INGLES

Summer Beach Series

Seabreeze Inn

Seabreeze Summer

Seabreeze Sunset

Seabreeze Christmas

Seabreeze Wedding

Seabreeze Book Club

Seabreeze Shores

Seabreeze Reunion

Seabreeze Honeymoon

Coral Cottage

Coral Cafe

Coral Holiday

Coral Weddings

Coral Celebration

Beach View Lane

Sunshine Avenue

The Love, California Series

Flawless

Beauty Mark

Runway

Essence

Style

Sparkle

20th-Century Historical

Hepburn's Necklace

The Chocolatier

The Winemakers: A Novel of Wine and Secrets

The Perfumer: Scent of Triumph

Library of Congress Cataloging-in-Publication Data
Moran, Jan.
/ di Jan Moran

ISBN 978-1-64778-143-9 (epub)
ISBN 978-1-64778-144-6 (brossura)
ISBN 978-1-64778-175-0 (copertina rigida)

Pubblicato da Sunny Palms Press. Design di copertina: Sleepy Fox Studio. Copyright delle immagini in copertina: DepositPhotos.

Sunny Palms Press
9663 Santa Monica Blvd STE 1158
Beverly Hills, CA, USA
www.sunnypalmspress.com
www.JanMoran.com

RITORNO A
Coral Cottage

JAN MORAN

USA TODAY BESTSELLING AUTHOR

RINGRAZIAMENTI

I miei più sinceri ringraziamenti a Jessica Ravera ed Emiliano Riva per il loro meticoloso lavoro nel tradurre questo libro. È davvero un piacere lavorare con voi a questo romanzo e agli altri della serie! Sono molto felice di poter condividere questa storia con i miei lettori italiani nella loro meravigliosa lingua.

1

Summer Beach, California

Con solo la luna di mezzanotte a illuminare il suo cammino, Marina si infilò sotto un arco in ferro battuto ricoperto dai caprifogli e si fece largo lungo un sentiero tra la vegetazione tropicale verso il vecchio cottage sulla spiaggia. Respirare l'aria fresca del mare la aiutò a distendere i nervi.

Quando Marina raggiunse il portico coperto, soffiò via la sabbia dalle scarpe con il tacco a spillo che non vedeva l'ora di togliersi e suonò il campanello. Mentre aspettava, si guardò intorno. Accanto a lei, un'altalena di legno scricchiolava nel vento impetuoso che portava il profumo dell'inizio della primavera. Al di là della casa, la luce della luna illuminava il sonnolento villaggio sulla spiaggia che abbracciava l'Oceano Pacifico nella California meridionale.

Nessuna risposta. Batté sulla finestra di vetro smerigliato della porta sbiancata dal sole e chiamò. "Ginger, sono io. Marina".

Su un lato dell'ampio portico, le brattee rosa della bouganville svolazzavano nel vento e i petali si spargevano come coriandoli sul prato. Ne tolse uno dalla camicetta di seta.

Marina si stiracchiò le spalle doloranti. La gonna sottile le stava stretta e avrebbe voluto avere il tempo di cambiarsi prima di fuggire dalla città. Il viaggio da San Francisco era stato faticoso, non solo per il traffico intenso e lento di Los Angeles, ma anche per le ferite che erano state inferte al suo cuore quella mattina stessa.

Per non parlare di quelle alla sua reputazione professionale. Marina trasalì al solo pensiero.

Desiderava rannicchiarsi nell'abbraccio rassicurante della nonna, proprio come avevano sempre fatto lei e le sue sorelle, e perdersi nella vecchia, spaziosa cucina di Ginger. Quando Marina era più giovane, cucinare con la nonna di solito placava le sue angosce adolescenziali. Ginger si versava un bicchiere di vino e si sintonizzava sul programma di cucina della sua vecchia amica Julia Child, insistendo che cucinassero insieme a lei. Di solito riusciva tutto bene, tranne qualche occasionale disastro. In tutto ciò, Marina risplendeva della luce riflessa dell'approccio imperturbabile di Ginger nei confronti della vita.

Ripensando a quei giorni felici, Marina avrebbe voluto fare un'altra scelta di vita, e dedicare gli ultimi vent'anni a una carriera diversa. Sarebbe riuscita a guadagnarsi da vivere facendo ciò che amava?

"Ehilà? Ginger, ci sei?". Marina bussò di nuovo alla porta e poi sbirciò da una finestra. All'interno del cottage, illuminato da una luce solare dai toni corallini, gli arredi confortevoli e artistici erano al loro posto, ma di Ginger non c'era traccia.

Al loro posto.

Le sorelle di Marina sapevano bene dov'era, il loro posto nel mondo. E all'apparenza, anche Marina. Solo dentro di sé si sentiva spesso come se fosse stata costretta a indossare una scarpa di marca due numeri troppo piccola.

Delle tre sorelle, Marina era sempre stata quella più pragmatica e determinata, che andava dritta per la sua strada mantenendo la rotta, spesso a suo discapito. Kai, la più giovane, era la ballerina dallo spirito libero, e ora si trovava in tournée con una compagnia di teatro musicale. La sorella di mezzo, Brooke, era la casalinga della famiglia, con tre ragazzi turbolenti e un marito capitano dei vigili del fuoco. Trascorreva le giornate facendo da paciere nelle discussioni e curando il suo orto rigoglioso.

Sfortunatamente, la vita di Marina era implosa fragorosamente quella stessa mattina sul canale KSFB, un'emittente televisiva della baia di San Francisco, dove da quasi vent'anni conduceva il notiziario del mattino. Solo che questa volta Marina era diventata parte integrante delle notizie.

Era arrivata sul set prima dell'alba, come faceva sempre, pronta a raccontare le ultime della notte ai mattinieri di San Francisco. Quando passò davanti a Babe Barstow, che si occupava di intrattenimento e notizie locali, la collega più giovane aveva una strana espressione compiaciuta, a cui Marina era ormai abituata.

Anche se Marina sapeva che Babe stava cercando di portarle via il lavoro, davanti alle telecamere erano professionali e amichevoli. Avendo quindici anni in meno di lei, Babe aveva ancora molto da imparare. Tanto per cominciare, perché si ostinava a usare quel suo mieloso soprannome, quando voleva essere presa sul serio come conduttrice di un telegiornale?

Mentre Marina riguardava i suoi appunti, Babe si stava occupando delle notizie più leggere. "Lulu Godiva, la cui ultima canzone, *Love Me in the Afternoon*, si trova in vetta alle classifiche, ha recentemente svelato la storia che si cela dietro al brano, affermando che all'origine dell'ispirazione ci sarebbe un uomo di San Francisco". Babe fece una pausa colma di suspence. "E non è altri che il nostro architetto locale delle celebrità, Grady Ashworth, che ha progettato il rifugio di Lulu nella Napa Valley. La cantante ha svelato la storia quando le hanno chiesto da dove venisse quel suo splendido anello di fidanzamento, lo scorso fine settimana".

Babe si voltò verso Marina con un sorriso soddisfatto. "Cosa ne pensi, Marina?".

Mentre Babe le dava il colpo di grazia, la telecamera si spostò di nuovo su di Marina.

"Beh, non credo che Grady... ciò non vuol dire che...". Marina farfugliò un'accozzaglia di parole comprensibili, aggiungendo: "Questo non è un programma di gossip, Babe, e non credo che ai nostri spettatori interessi sapere con chi esce Grady Ashworth".

"Non hai colto il punto", disse Babe con freddezza. "Lulu Godiva è una splendida star di successo. Grady è fortunato, vero?".

Con uno sforzo, Marina cercò di ricacciare giù le lacrime calde e piene di rabbia che le stavano salendo agli occhi. Fece un cenno alla telecamera, ma l'operatore continuò a filmare, apparentemente ignaro dell'angoscia che provava. La sua pelle bruciava e pizzicava, e il suo viso probabilmente stava diventando rosso fuoco. Si girò con forza verso lo schienale della sedia per terminare la notizia, cercando di nascondere un impetuoso fiotto di lacrime, ma in qualche modo il tallone le si impigliò in un cavo, facendola cadere dalla sedia. Un grido le sfuggì dalle labbra.

"Torniamo a te, Marina, per le altre notizie della mattinata", disse Babe. "Marina?"

Mentre Marina si aggrappava alla scrivania per tirarsi su, la regista le strillava ordini e insulti attraverso l'auricolare.

A quel punto, Babe aveva preso il controllo della situazione senza esitazioni. "Mentre Marina è fuori servizio, passiamo alle altre notizie di intrattenimento".

Durante la pausa pubblicitaria, il loro capo trasalì. "Che cosa è successo?", chiese Hal. "Moore, tu più di tutti sai bene che non puoi lasciarti andare in quel modo mentre sei in onda".

"Babe mi ha teso una trappola", disse Marina, pur sapendo che si trattava di una scusa poco credibile. "Avrebbe potuto venire da me in qualsiasi momento prima della trasmissione con quelle informazioni, così avrei potuto prepararmi".

"Sei una professionista, Moore", ribatté Hal. "O *lo eri*. Il fatto è che gli ascolti sono in calo ed è ora che la trasmissione abbia un volto nuovo".

Marina lo fissò, comprendendo lentamente ciò che stava dicendo. "Non succederà più", disse, contenendo la rabbia. Aveva sempre avuto l'appoggio del suo vecchio capo, ma da quando, tre anni prima, l'emittente aveva cambiato proprietà, era stato sostituito da Hal Reilly, figlio del miliardario proprietario del conglomerato mediatico.

Hal aveva quasi trent'anni ed era un tipo estremamente alla moda. Suo padre l'aveva incaricato di cambiare il format del programma, passando dalle notizie a tutto ciò che faceva aumentare gli ascolti. Ciò significava mandare in onda molte più polemiche e opinioni controverse.

Marina non era a suo agio con quel tipo di approccio, né con Hal. Era riuscita a ignorare i suoi disgustosi doppi sensi e a schivare le sue mani lunghe, ma su Babe non era così sicura.

I due si scambiarono un fugace sguardo di complicità.

Con uno sbuffo esasperato, Hal si passò una mano sulla testa rasata e si tolse gli occhiali firmati. "Senti, Moore, odio doverti fare questo, ma...".

Marina sapeva che Hal ci stava prendendo gusto, e tagliò corto. "Do ufficialmente le dimissioni". Non aveva intenzione di elemosinare il suo posto di lavoro davanti a Babe e ai colleghi. "Prendo le mie cose e me ne vado".

E... tac, proprio così, a quarantacinque anni aveva perso lavoro e fidanzato in meno di cinque minuti. *Dev'essere un record,* pensò con rammarico. L'indomani avrebbe chiamato il suo agente, ma per il momento tutto ciò che voleva fare era dormire e dimenticare totalmente quella giornata.

Quanto a Grady, forse le aveva fatto un favore. Aveva aspettato anni, finché i figli non erano diventati abbastanza grandi, per uscire di nuovo con qualcuno, anche se la prima volta che si era tuffata nel mare agitato degli appuntamenti, uno squalo l'aveva morsa. Non aveva bisogno di un uomo pronto a scegliere una pop star ventenne al posto suo. Tuttavia, era ferita e umiliata. E, in più, disoccupata.

Se solo non si fosse fatta fregare da Hal e Babe.

Marina si scostò alcune ciocche di capelli dal viso. Almeno, lì in spiaggia, sentiva un po' di sollievo. *Lontano da quel mondo frenetico.* Poteva nascondersi e recuperare. Ma solo per poco tempo, perché la retta universitaria dei suoi figli era tutt'altro che a buon mercato. Heather ed Ethan frequentavano il primo anno di college sulla costa orientale. Nell'ultimo anno, Marina era passata dall'avere due chiassosi gemelli tra i piedi a un improvviso silenzio. E Grady aveva approfittato della sua solitudine.

Nessuna risposta. Marina girò la maniglia del cottage sulla spiaggia della nonna. *Chiusa a chiave.*

I fari di un'auto lampeggiarono sulla strada. Poteva essere sua nonna? O un vicino che viveva lungo quel tratto di spiaggia?

L'auto passò davanti alla casetta e svoltò.

Marina camminò sul portico prima di lasciarsi andare sull'altalena. La disperazione si abbatté su di lei come un'alta, furiosa mareggiata. Se Ginger fosse stata lì, l'avrebbe abbracciata e le avrebbe detto che Grady non si era rivelato all'altezza. Marina ora lo sapeva, ma ciò non diminuiva il suo dolore.

Ricacciando giù quelle inutili lacrime di autocommiserazione, Marina scese di scatto dall'altalena, desiderosa di entrare. Forse Ginger aveva lasciato una finestra aperta.

Mentre Marina girava intorno alla casa, provando ogni

porta e finestra, valutò altre opzioni. Brooke viveva a un'ora a sud di San Diego, vicino al confine con il Messico. Era troppo tardi per svegliarla. Inoltre, con una casa piena di adolescenti, Marina avrebbe dormito sul divano e si sarebbe dovuta sorbire le battute stupide dei ragazzi.

Anche se voleva bene ai suoi nipoti, non era ciò di cui aveva bisogno in quel momento.

Rabbrividendo per via della fresca brezza dell'oceano, Marina armeggiò con la finestra della sua vecchia camera da letto finché non sentì uno schiocco. "Ahi, miseriacciola!", gridò per il dolore, ripensando alle imprecazioni creative che usava quando i bambini erano piccoli, e che in qualche modo le erano rimaste in mente.

La finestra non si mosse, ma una delle sue unghie rosse artificiali si era spezzata, insieme a parte dell'unghia naturale. Sollevò l'indice che pulsava dal dolore, constatando il danno. "Bene. Ora sparirete tutte". Un'altra vestigia della sua vita precedente di cui poteva liberarsi per un po'. Le strinse la mano. "Caspiterina", mormorò a denti stretti.

Allo studio, una volta, Babe l'aveva sentita dire così, e aveva inarcato un sopracciglio finemente tatuato e se n'era andata scuotendo la testa, come se Marina fosse un vecchio dinosauro.

"Dove sei, Ginger?" Marina sbirciò da un'altra finestra. Quando la mattina stessa era fuggita dal peggior disastro della sua vita a San Francisco, non le era venuto in mente che Ginger potesse non essere lì. Inoltre, sua nonna era spesso nottambula, un'abitudine che le era rimasta dal tempo trascorso in Europa con suo marito, Bertrand Delavie, diplomatico di carriera.

La gente alla moda spesso rimane a cena fin dopo mezzanotte, cara bambina.

Quel ricordo le valse un fugace sorriso, nonostante la ferita pulsante.

Marina si diresse verso la veranda. *Siate creativi*, diceva sempre Ginger. Poteva dormire in veranda fino al suo ritorno, ma avrebbero potuto passare giorni, se la nonna era partita per un viaggio. Oppure poteva trovare un motel o una locanda.

Mentre si infilava sotto una serie di campanelle a vento appese basse di cui non si ricordava, il suo tacco a spillo si incastrò tra due assi del pavimento e si spezzò, piegandole la caviglia in un'angolazione innaturale. Barcollando e imprecando di nuovo sottovoce, recuperò l'equilibrio, anche se la caviglia faceva male.

"Anche queste, via", mormorò disgustata. Si strappò di dosso le scarpe: duecento dollari in saldo da Nordstrom buttati via. Con quella cifra avrebbe potuto comprarsi diverse paia di scarpe comode per camminare o una serie di ottimi massaggi, tutte cose che l'avrebbero fatta sentire molto meglio.

Era stanca dei tacchi alti, anche se quello era lo stile che ci si aspettava da lei al lavoro. Hal aveva definito le sue scarpe eleganti con i tacchi a spillo e le ballerine *scarpe da vecchia signora*, e le aveva chiesto se si stesse preparando per la pensione.

Che faccia tosta, quel moccioso. Non tutte le donne devono per forza assomigliare necessariamente a quella sotto-specie di Barbie chiamata Babe. Figlio di un miliardario o meno, Marina aveva detto ad Hal esattamente ciò che pensava di lui uscendo dalla porta, quella mattina.

Marina zoppicò lungo il lato della casa verso l'altalena per curarsi le ferite.

Quante volte si era seduta su quell'altalena, scalciando la sabbia dai piedi nudi e ascoltando la nonna? Nessuno sapeva raccontare storie come quelle di Ginger, così soprannominata per i capelli color zenzero che aveva sin dalla nascita, e che manteneva ancora elegantemente colorati. Ma Marina prefe-riva pensare, piuttosto, che fosse per la sua personalità piccante.

Le storie di Ginger, anche quelle che si supponeva fossero

vere, si trasformavano continuamente nella sua agile mente. Qualcuno potrebbe pensare che fosse così perché aveva ormai quasi ottant'anni, ma, in realtà, Marina aveva sempre ascoltato storie che cambiavano come le maree.

Ginger sembrava aver vissuto tante vite quante un gatto. Forse lo faceva per divertirle, un po' come Pippi Calzelunghe. Quando veniva chiamata in causa su alcuni dettagli che non combaciavano con la versione precedente della storia, Ginger inarcava semplicemente un sopracciglio con un sorriso da Monna Lisa e diceva: "È così che me lo ricordo oggi".

Ora, ogni volta che Marina poggiava il peso sul piede, un dolore acuto le trafiggeva la caviglia. *Ancora pochi passi.*

Appena girato l'angolo, la luce di una potente torcia elettrica squarciò l'oscurità, accecandola.

Risuonò la voce di un uomo. "Chi è?"

Marina urlò e inciampò all'indietro, la caviglia cedette. Agitando le braccia al rallentatore, si accasciò a terra. *Spray al peperoncino*, pensò freneticamente, ma era disperso da qualche parte in fondo alla sua borsa. *In macchina.* Sarebbe forse diventata una storia da prima pagina – se *sanguina, affascina* – come quelle che aveva raccontato per anni? Le tornò in mente ciò che aveva imparato al corso di autodifesa che aveva frequentato, come tutte le ragazze, su insistenza di Ginger. Non poteva correre, ma poteva tirare dei calci.

"Signora, non le farò del male", disse una voce ferma e rassicurante. "Sono l'ispettore Clarkson del dipartimento di polizia di Summer Beach. È ferita?".

Schermandosi gli occhi, Marina guardò quell'imponente uomo, dal torace simile a una botte, che incombeva su di lei. Aveva i capelli neri ricci e corti, era vestito con una camicia hawaiana e dei bermuda, sembrava un marine in vacanza. "Come faccio a saperlo?", chiese lei. "Perché non è in uniforme? E perché *proprio lei* si aggira a casa di mia nonna?".

Puntò la torcia verso la sua auto, illuminando la portiera con la scritta *Summer Beach Police Department*. "Qui a Summer

Beach ci occupiamo delle case dei residenti. Come si chiama, signora?".

"Sono Marina Moore. La nipote di Ginger Delavie, di San Francisco. Non è a casa, o non risponde. Sono preoccupata per lei".

"Lei deve essere la conduttrice del telegiornale". L'ispettore Clarkson le sorrise e allungò la mano per aiutarla ad alzarsi. "Beh, perché non l'ha detto subito?".

Aveva dimenticato quanto fosse piccola Summer Beach. Gli abitanti del posto si conoscevano, e si prendevano cura gli uni degli altri. Marina conosceva molti di loro, grazie alle estati d'infanzia trascorse lì. Ma era passato molto tempo.

Afferrando l'ampia mano dell'ispettore Clarkson, Marina cercò di alzarsi. "Ahi", esclamò saltellando su un piede solo. "Credo di essermi slogata la caviglia".

Mentre la sorreggeva, mantenendo una distanza rispettosa, l'ispettore disse: "Non deve preoccuparsi della signora Ginger. È andata via per qualche giorno. A fare una crociera a Catalina ed Ensenada. La aspettava?".

"No, ho deciso di venire in macchina".

Marina aveva provato a chiamare lungo la strada, ma il suo cellulare era morto e Grady, il cui ricordo la faceva solo arrabbiare, aveva preso il suo caricabatterie per l'auto diverse settimane prima. Di solito prendeva il BART, il sistema ferroviario di San Francisco, per andare al lavoro e così aveva dimenticato di sostituirlo. Quando ci pensò, si rese conto che Grady era sempre stato un approfittatore, nascosto dietro una facciata di romanticismo.

A Ethan non era piaciuto fin dall'inizio. Marina pensava che suo figlio fosse eccessivamente protettivo, ma ora si era resa conto che aveva capito tutto di Grady. Una volta Ethan era andato a giocare a golf con lui – suo figlio era un giocatore di golf di livello medio – ed era tornato incredulo perché Grady aveva imbrogliato.

Marina fece un gesto verso la casa. "Come vorrei avere le

chiavi del cottage". E in effetti ce le aveva, ma a San Francisco. E siccome era arrivata direttamente dallo studio televisivo, non le era venuto in mente di passare a prenderle. Nella sua mente angosciata, aveva pensato che Ginger fosse lì.

"Non posso aiutarla", disse l'ispettore Clarkson. "Ha un posto dove stare, stanotte?".

"Troverò un motel", disse. "Ne conosce qualcuno nelle vicinanze?".

"Abbiamo un paio di locande qui in città", rispose il capo. "In una, ora come ora, c'è una grande festa di matrimonio, ma potrebbe provare il Seabreeze Inn, in fondo alla strada".

"Può darmi l'indirizzo?"

L'ispettore sorrise. "È difficile sbagliare. È la struttura più grande della spiaggia. Forse se la ricorda. Anche se, a quanto mi risulta, all'epoca era spesso chiusa".

Un ricordo scattò nella mente di Marina. "Vuole dire la villa infestata sulla spiaggia?".

"Non credo che sia più molto infestata, ora come ora". La sua profonda risata baritonale gli rimbombò nel petto.

"Non sto scherzando", disse Marina, rabbrividendo. "Anche il fatto che lo sia solo un po' è inquietante".

"Andrà tutto bene. Ora è tutto gestito da due donne, che sono senz'altro vive". L'ispettore diede un'occhiata alla sua auto e aggiunse: "Può seguirmi lì".

Lei ebbe quasi intenzione di dire qualcosa di sprezzante su come lui si fosse assicurato del fatto che lei stesse effettivamente andando lì e non fosse lì per svaligiare la casa di Ginger, ma si trattenne dal commentare. Non era una grande città. La vita, lì a Summer Beach, era diversa. Persino le celebrità, come la famosa cantante Carol Reston, che aveva una tenuta in cima alla collina, potevano passeggiare senza essere disturbate.

"Sarebbe bello, grazie", disse Marina. Provò di nuovo a vedere come stava il piede, ma non appena ci appoggiò su il peso, il dolore le attraversò la caviglia. Con riluttanza, chiese:

"Potrebbe aiutarmi a raggiungere la macchina?". Non era abituata a fare affidamento sulle persone, soprattutto sugli sconosciuti.

"Dovrebbe farsi vedere la caviglia, domani", disse l'ispettore Clarkson, accigliandosi alla vista del gonfiore. "Le sorelle che gestiscono il Seabreeze Inn, Ivy e Shelly, probabilmente possono trovare un medico per lei". Fece un cenno con il mento verso la sua piccola auto. "Spero che abbia il cambio automatico. Temo che con il piede in quelle condizioni, non potrà toccare il pedale della frizione".

"Sì, ce l'ha". Marina fece una risatina educata. Aveva sempre usato un SUV per portare in giro i ragazzi e l'attrezzatura per le partite nella zona della baia, ma dopo la loro partenza per il college era passata a una Mini Cooper decappottabile color turchese. Poteva sistemarla nei parcheggi più piccoli della città e abbassare la capote nei giorni di sole. Inoltre, era divertente. Heather aveva cercato di convincerla ad applicare delle ciglia finte sui fari. *Quando sarà tua, potrai farlo*, le aveva detto.

L'ispettore della polizia aiutò Marina a raggiungere la sua auto e lei lo seguì per un breve tratto fino alla locanda. Le fece cenno di avvicinarsi al retro della vecchia casa e scese. Marina rimase all'interno della vettura e abbassò il finestrino. Sopra di loro, le palme frusciavano al vento.

L'ispettore premette il pulsante di un campanello giallo con sopra un allegro calabrone dipinto. Un cartello, anch'esso dipinto a mano, recitava: *Chiamateci dopo l'orario di lavoro.*

Immediatamente, una luce si accese al piano di sopra, in quella che Marina immaginava essere una camera da letto. Un paio di minuti dopo, una donna attraente con i capelli castani, lunghi fino alle spalle, aprì la porta. Probabilmente l'avevano svegliata. "Salve, ispettore. Che succede?"

Appoggiandosi al volante, Marina fissò la donna. Aveva un aspetto vagamente familiare.

L'ispettore Clarkson fece un cenno dietro la spalla.

"Abbiamo la nipote di un abitante del posto che ha bisogno di una stanza. Ginger Delavie è in crociera. E lei ha una caviglia malandata".

"Abbiamo posto sul retro, al piano inferiore", fu la risposta. La donna fece cenno di passare davanti a un'enorme piscina con statue e colonne che sembrava appartenere al castello degli Hearst.

Marina si sporse dal finestrino e tirò fuori una carta di credito. "Va benissimo". Era mentalmente e fisicamente esausta. In quel momento avrebbe potuto dormire ovunque.

L'ispettore Clarkson aiutò Marina a scendere dal veicolo e la sostenne mentre, a metà strada, camminava attraverso i giardini tropicali fino alla stanza. Le rigogliose bouganville rosa, i profumati fiori di pikake e le felci verdi e lucide la facevano sentire come in un resort hawaiano.

Era la tregua di cui aveva bisogno.

La donna si affrettò ad aprire la porta. Voltandosi, rivolse a Marina un sorriso comprensivo.

"Sono Ivy Bay. Se ha bisogno di qualcosa, me lo faccia sapere". Tirò fuori dalla tasca un biglietto da visita. "Questo è il mio numero di cellulare, così può mandarmi un messaggio o chiamarmi. Domattina mi faccia sapere quando desidera la colazione e gliela porteremo. Insieme a del ghiaccio per la sua caviglia. Dovrebbe anche tenerla sollevarla".

"Buona idea", disse Marina. "Le sono molto grata per avermi aperto". *Ivy Bay. Il suo nome sembrava così familiare.*

"Ha qualche borsa che posso portarle?". Chiese Ivy.

Marina tagliò corto.. "Sono partita da San Francisco con nient'altro che la mia borsa perché sapevo di avere delle cose a casa di mia nonna".

Ginger aveva sempre delle stanze degli ospiti ben fornite per Marina e le sue sorelle. Prendisole, costumi da bagno, infradito e cappelli. Era tutto ciò di cui aveva bisogno a Summer Beach. Qualsiasi altra cosa se la sarebbe potuta comprare, pensò Marina.

Dopo che l'ispettore Clarkson se n'era andato e Ivy le aveva lasciato una borsa del ghiaccio, Marina si tolse i vestiti e andò in bagno a mettere il ghiaccio sulla caviglia. Tenendo il piede sollevato, fece un lungo bagno nella vasca con una bustina di lavanda che aveva trovato nel cestino di cortesia. Chiudendo gli occhi, ascoltò lo scroscio rilassante delle onde dell'oceano.

Dopo essere uscita dalla vasca, Marina si infilò una morbida vestaglia di spugna che aveva trovato nell'armadio e poi si accoccolò sotto il piumino. Prese il telecomando e accese la televisione su un programma notturno che le piaceva, ma non aveva quasi mai l'occasione di guardare. Ora si sentiva un po' meglio.

Tuttavia, quel benessere non durò a lungo.

Il conduttore dello show stava recitando il suo monologo di apertura. "E ora, il momento più imbarazzante di oggi va a una conduttrice del telegiornale di San Francisco che, durante l'edizione del mattino, ha scoperto che il suo uomo si era appena fidanzato con Lulu Godiva. La sua reazione vi piacerà!".

Marina osservò con orrore il conduttore mentre trasmetteva il filmato, che si concludeva con la sua caduta dalla sedia.

"Ed…. eccola qui, gente!". Il conduttore e il pubblico televisivo scoppiarono a ridere. "Niente primo premio per l'aplomb, vero?".

Ascoltando i loro ululati derisori, Marina si sentì come se stesse per ammalarsi fisicamente. Ne aveva avuti abbastanza di schiaffi all'umore, per quel giorno. Spegnendo la televisione, si coprì la testa con un cuscino.

Come avrebbe fatto a superare quella situazione e a riprendersi la sua vita?

2

La mattina dopo, Marina aveva appena indossato il vestito stropicciato del giorno precedente quando sentì bussare alla porta. Quando aprì, trovò una borsa da spiaggia di tela rosa con un biglietto.

Per Marina. Da Ivy, Shelly e Poppy del Seabreeze Inn. Ci chiami per la consegna della colazione o ci raggiunga nella sala da pranzo.

Un prendisole di cotone blu fiordaliso appena lavato, delle infradito abbinate e un parasole bianco facevano capolino dalla borsa. Accanto alla porta c'era un paio di stampelle.

"Che bel pensiero", disse Marina, premendosi la mano sul cuore. Quella gentilezza contribuì non poco a restituirle la fiducia nelle persone, dopo i fatti terribili del giorno prima.

Immediatamente si tolse gli abiti da città, grata di avere un nuovo cambio di vestiti. Raccolse i capelli lunghi fino alle spalle in una coda di cavallo. Seduta sul bordo del letto, indossò le infradito, riflettendo sulla sua prossima mossa. *Sul serio.* La caviglia era gonfia e cedevole al tatto. Ed era di una bella tonalità violacea.

Pensò a cosa fare. Avrebbe potuto chiudersi nella sua stanza e piangere fino al ritorno della nonna. Oppure, trascinarsi fino alla spiaggia e nascondersi sotto un parasole e degli occhiali scuri.

Finalmente poteva sfidare il Nuovo Ordine Mondiale e presentare una nuova versione di sé, single e ferita, agli altri ospiti della sala da pranzo.

L'opzione A sembrava piuttosto allettante. Si tolse le infradito e si buttò sul letto, dove la accolse un mal di testa sordo e pulsante.

Marina gemette. Sapeva cosa significava. Come conduttrice di un notiziario mattutino, era diventata dipendente dal caffè. Non un caffè qualsiasi, ma una bevanda scura che la svegliava di colpo e la portava sull'attenti. Senza, il mal di testa da astinenza si manifestava abbastanza rapidamente. Era l'ultima cosa di cui aveva bisogno.

Si mise in moto, allungandosi per prendere le infradito che le erano sfuggite, saltò sul pavimento e aprì di nuovo la porta. Provando le stampelle, le posizionò sotto le braccia e si mosse in avanti con un movimento goffo. Fortunatamente, l'ultima persona che le aveva usate era bassa come lei.

Sopra di lei, un cane abbaiò, una porta sbatté e dei passi risuonarono lungo le scale.

Una voce maschile la chiamò. "Hai bisogno di aiuto?"

"Ho bisogno di una caviglia nuova". Alzò il piede gonfio.

Un uomo della sua età, con una folta chioma di capelli disordinati e una maglietta stropicciata, si affacciò alla sua vista. "Ahi. Distorsione o frattura?".

"Come faccio a saperlo? Non sono un medico". Quell'uomo era un po' troppo felice a quell'ora del mattino. Lei trasalì. Il suo mal di testa era appena passato dalla fase fastidiosa a quella martellante. Aveva dormito più del solito e ora le serviva davvero una botta di caffeina.

Lui la fissò divertito, con gli occhi azzurri un po' troppo luminosi, per essere mattina. "Touché. Hai bisogno di una mano per qualcosa?".

"No. Ci penso io". Non riusciva a capire bene il suo accento, che era una strana commistione tra lo strascicato e il tagliente, come se avesse vissuto in zone diverse. Decise che si trattava di una combinazione urbano-rurale, che qualcuno avrebbe definito *cittadina*. Lavorando in un notiziario radiotelevisivo, era abituata a notare quelle sfumature. Stringendo i denti, si rimise in cammino.

"Mi chiamo Jack", disse. "Ho sentito che sei arrivata ieri sera e ho visto la polizia. Hai avuto un incidente?".

Anche quelli emotivi contano? Misurando la distanza davanti a sé, fece una smorfia. "Ok, Jack. Mi apriresti quella porta?". *E per favore, smettila di blaterare.*

Percorse la rampa che portava alla casa, grata che ci fosse.

In piedi, con la porta aperta e un sorriso che raggiungeva quegli occhi troppo azzurri per essere veri, Jack la guardò in quel modo che hanno le persone quando cercano di collocarti da qualche parte. I nuovi spettatori spesso la riconoscevano, ma una volta fuori dallo schermo e con indosso abiti diversi, era più difficile. "Mi sembri terribilmente familiare. Hai trascorso molto tempo a New York o a Chicago?".

"No. Vengo da San Francisco".

Jack scosse la testa. "No, non mi risulta".

"Non riesco a ricordarmi". Con tristezza, Marina si rese conto che forse anche lui aveva visto quel fantomatico spezzone di show serale. Si spostò attraverso la porta.

"Mi verrà in mente", disse lui, seguendola all'interno. "Dove vorresti andare?"

Perché mai gli importava? "Ho bisogno di un caffè".

"La sala da pranzo è da questa parte. Oppure potresti andare a Java Beach, dove ci sono tutti i locali".

"Mi sembra improbabile stamattina, Jack", disse, indicando la caviglia gonfia. "Ma *tu* dovresti andare".

"Potrei", disse con lo stesso sorriso imperturbabile.

Jack attraversò l'ampio corridoio e Marina si mise dietro di lui. Rivolse la sua attenzione all'antica, maestosa casa sulla spiaggia, ammirando gli alti soffitti e i lampadari d'epoca.

La caviglia le pulsava e sapeva che anche le braccia e la spalla le avrebbero fatto male. Una volta, al liceo, si era procurata una dolorosa distorsione a Claremont, una piccola città universitaria nell'intricata periferia di Los Angeles. Faceva parte della squadra di ginnastica e aveva perso l'equilibrio sulla trave.

"Eccoci". Jack si fermò all'ingresso di una grande sala da pranzo. "E buona fortuna per la caviglia. Spero di vederti in giro".

Nella sala da pranzo con le pareti a vista, che comprendeva un murale d'epoca con fresche tonalità di blu e turchese, la donna che Marina aveva incontrato la sera prima la salutò e si affrettò verso di lei. *Ivy Bay.* Perché quel nome sembrava così familiare? Era alta più o meno come Marina, con occhi verdi e brillanti. E sembrava... felice. Marina si guardò intorno. Tutti sembravano di buon umore. Sconfortata, si rese conto di essere l'unica a non esserlo, anche se aveva sicuramente le sue buone ragioni.

"Buongiorno", disse Ivy piacevolmente. "Mi fa piacere che si sia unita a noi per la colazione, ma avremmo potuto portarle un vassoio".

"Avevo bisogno di uscire", disse Marina. "E grazie per il kit di benvenuto. Lei è Ivy, giusto?".

"Esatto". Tirò fuori una sedia per Marina. "Io e mia sorella Shelly gestiamo la locanda, insieme a nostra cugina Poppy. Shelly si occupa delle lezioni di yoga e del giardino, mentre io mi occupo degli interni, delle lezioni d'arte e delle passeggiate mattutine sulla spiaggia".

"Per il momento non posso partecipare a nessuna attività", disse Marina, accomodandosi su una poltrona blu marino rivestita di stoffa.

"Gliele metto vicino alla sedia", disse Ivy, prendendo le

stampelle. "Proprio qui, così può prenderle comodamente. Desidera un caffè?".

"Lei è davvero un angelo. Mi piacerebbe molto". Guardando l'ambiente circostante, Marina notò altri dettagli, un'abitudine che le derivava dagli anni come giornalista. Lampadari di cristallo d'epoca, un camino di marmo con ricche venature, pavimenti in parquet e raffinati pezzi d'antiquariato europeo. Quadri contemporanei raffiguranti l'oceano e la spiaggia abbellivano le pareti.

Quando Ivy tornò, Marina chiese: "Qualcuno di questi quadri è suo?".

"I paesaggi marini sono miei, e ne ho appesi altri in giro per la casa". Ivy fece scivolare un vassoio sul tavolo. "Ho portato dei muffin ai mirtilli e ai mirtilli rossi, yogurt e fragole. Posso fare le uova come preferisce e abbiamo anche i fiocchi d'avena".

"Questi muffin hanno un aspetto delizioso". Marina sorseggiò il suo agognato caffè e poi staccò un pezzo di muffin ai mirtilli rossi. Era *paradisiaco*. Il muffin scoppiava di frutta ed era ricoperto di crumble alla cannella, spolverato di cristalli di zucchero scintillanti e cotto alla perfezione. Chi era in cucina ci sapeva senz'altro fare. Ieri si era fermata solo una volta lungo la strada per mangiare in un fast food bisunto, dove il cibo sapeva di olio rancido, e non aveva nemmeno finito il suo piatto. Ora stava morendo di fame.

"Ci riforniamo di prodotti da forno a Java Beach", disse Ivy. "Mitch ha il miglior caffè e la migliore pasticceria di Summer Beach".

"Sembra un posto famoso". Ecco dove si stava dirigendo Jack. Marina strinse le mani intorno alla grossa tazza e sorseggiò il caffè. Abbassando lo sguardo sul suo vestito, disse: "Comprerò dei vestiti in città e le restituirò questo".

"È suo, se lo vuole", disse Ivy. "La gente lascia qui ogni genere di cose, comprese le stampelle. Alcuni dei nostri ospiti internazionali comprano vestiti nuovi quando sono qui in vacanza e, dato che hanno un limite di peso per il bagaglio, lasciano qui ciò che non vogliono più. Raccogliamo indumenti per un rifugio di San Diego".

"Lo apprezzo molto", disse Marina. "E questa è una casa antica e bellissima. Quando ero più giovane, la chiamavamo "villa stregata", ma non so se fosse vero o se cercassimo solo di spaventarci. Sono curiosa di sapere se ne avete mai visti, di spiriti".

"Non proprio". Ivy rise un po', anche se i suoi occhi si spostarono da un lato.

Eh, già. Infestata, davvero. Marina aveva intervistato abbastanza persone da sapere come leggere il linguaggio del corpo.

Dietro di lei, una donna esile in tenuta da yoga con una chioma disordinata si fermò. "Qualcuno ha visto un altro fantasma?", chiese.

"Assolutamente no", disse Ivy, facendo un perentorio cenno nell'aria con una mano. "Marina, questa è la mia sorella combina guai, Shelly".

"Se la può consolare, è un fantasma amico", disse Shelly, facendo una smorfia a Ivy. "Credo sia l'ex proprietaria che torna a farsi sentire. Mia sorella si rifiuta di riconoscere che Amelia Erickson risieda ancora qui, nel suo amato "Las Brisas del Mar". Abbiamo cambiato il nome, ma non penso che ad Amelia dispiaccia".

Quando Ivy sgranò gli occhi in modo bonario, Marina colse immediatamente il legame di sorellanza.

Guardando le stampelle e la caviglia di Marina, il volto di Shelly si addolcì per l'empatia. "Lei dev'essere quella che è arrivata tardi ieri sera. Ha già fatto vedere la sua caviglia?".

Marina scosse la testa. "Probabilmente dovrei andare al pronto soccorso".

"Conosciamo un medico che può passare a darle un'occhiata", disse Shelly. "Si è già occupato di altri ospiti. Possiamo chiamare e vedere se è disponibile questa mattina".

Marina era d'accordo. Studiò le due donne, che sembravano entrambe amichevoli e a loro agio. Marina si chiese se vivere a Summer Beach avesse questo effetto su tutti.

"Chiamerò il dottor Russ", disse Shelly, congedandosi.

Marina si chiese come sarebbe stato avere un'attività commerciale in spiaggia come quella. Non che potesse permetterselo, con la retta universitaria dei suoi gemelli. Anche se Marina aveva un buon stipendio, il costo della vita a San Francisco e il fatto di prendersi cura di coloro che amava, facevano sempre lievitare il suo budget. Pensava di avere circa sei mesi di risparmi per tirare avanti, e avrebbe dovuto chiamare immediatamente il suo agente.

Marina si ricordò di altre chiamate che doveva fare. "Sono partita senza il caricabatterie del cellulare. È sciocco, lo so. Dovrò comprarmelo subito, ma ne avete uno che posso usare per caricare il mio telefono adesso?".

"Abbiamo una scatola di caricatori extra. Poppy può occuparsene". Ivy fece cenno a una giovane donna allampanata con lunghi capelli biondi, che si avvicinò al tavolo. Ivy la presentò e aggiunse: "Potresti trovare un caricabatterie che funzioni con il suo telefono?".

"Certo", disse Poppy. "Le dispiace se lo prendo io?".

"Nessun problema, grazie".

Dopo che Poppy se ne fu andata, Ivy si sporse in avanti con interesse. "Ha detto che si ricorda di questa casa. È per caso di Summer Beach? Ha un aspetto così familiare".

Marina sorrise nonostante un pensiero fugace a quanto era appena successo nella notte. "Mia nonna, Ginger Delavie, vive qui. Io e le mie sorelle trascorrevamo le vacanze estive nel suo cottage sulla spiaggia".

Marina esitò, ricordando l'ultima beata vacanza estiva al cottage di Ginger, quando aveva praticamente vissuto sulla spiaggia e i suoi genitori erano ancora innamorati come ai tempi del liceo.

Prima dell'incidente.

Durante il primo anno di studi universitari, i piani di

Marina si erano bruscamente interrotti quando un misterioso incidente stradale aveva provocato la morte dei suoi giovani genitori. Ginger si era trasferita a casa sua per occuparsi delle sorelle minori e aveva incoraggiato Marina a tornare a scuola. Marina studiava durante il giorno e la sera lavorava in un bar, dove aveva conosciuto Stan. Dopo il matrimonio, Ginger era tornata a Summer Beach con Brooke e Kai. Marina e Brooke avevano solo due anni di differenza, ma la vera sorpresa era stata Kai. Con sette anni in meno di Brooke, era da sempre la più spensierata della famiglia. I loro genitori amavano così tanto l'acqua, da avere ispirato tutti i loro nomi.

"Ha mai fatto surf?" Chiese Ivy, appoggiando il mento sulla mano.

"Tutte le volte che potevo". Marina schioccò le dita. "Ma certo. Un'estate abbiamo fatto surf insieme, vero?".

"E facevi degli *s'more* incredibili". Ivy rise e si accarezzò i fianchi. "Avevo un aspetto molto diverso allora".

"Avevi i capelli biondi, vero?". Mentre Ivy ridacchiava e annuiva, Marina bevve un altro sorso di caffè. "A quei tempi, credo che tutte noi ci spruzzassimo il *Sun In* per ottenere delle meches bionde e ci spalmassimo l'olio abbronzante". Quella era stata la sua ultima estate spensierata prima del college. "È così bello rivederti. Hai vissuto qui per tutti questi anni?".

"Oh, no. Sono partita per andare a scuola a Boston e sono rimasta là. Sono tornata dopo la scomparsa di mio marito". Un sorriso malinconico attraversò il volto di Ivy. "Dopo la sua morte, ho scoperto che aveva appena dato fondo a tutta la nostra pensione per comprare questo posto. È stato difficile, però, questa vecchia stamberga aveva bisogno di molti lavori".

"Sembra che tu ne abbia fatti parecchi".

"La mia famiglia mi ha aiutato tantissimo. Shelly si è trasferita da New York e i nostri fratelli ci hanno aiutato a ristrutturare. Abbiamo trasformato la casa in una locanda e l'anno scorso siamo riusciti a farcela. Questo edificio ha una bella storia".

"Mi dispiace per tuo marito", disse Marina, accarezzando la mano di Ivy. Anche dopo diciotto anni, le mancavano ancora Stan e i suoi genitori. Se non fosse stato per Ginger, chissà che cosa sarebbe successo a lei e alle sue sorelle.

"Lo apprezzo molto", disse Ivy. "È morto all'improvviso e non so cosa avrei fatto senza Shelly e Poppy. Non avrei mai pensato di tornare a Summer Beach, ma sono così felice di averlo fatto. Siete sposati?".

"Non ora. Sono rimasta vedova quando ero incinta, ma ora i miei gemelli vanno al college". Non parlò di Grady; aveva perso abbastanza tempo con lui. Per quanto le facesse male, era più preoccupata per il suo conto in banca e per il doversi trovare un altro lavoro. È *ora di andare avanti*, direbbe Ginger.

"Ho anche due figlie", disse Ivy. "Dovremo continuare questo discorso più tardi. Abbiamo molte cose in comune".

"Mi piacerebbe. Ricordo che ci siamo divertiti tanto quell'estate". Marina assaggiò lo yogurt, che era delizioso. "Ti ricordi mentre ce ne stavamo intorno al falò della spiaggia, e ascoltavamo quel surfista che suonava la chitarra?".

"Certo!" Ivy ridacchiò. "Quel surfista ora è il sindaco. Bennett Dylan. L'anno scorso un furioso incendio ha distrutto tutto sul crinale della montagna, e diversi abitanti del posto si sono trasferiti qui mentre le loro case venivano ricostruite. Bennett vive nel vecchio appartamento dell'autista sopra il garage".

"Ma davvero?" Marina scosse la testa. "Caspita, siamo davvero tutti cresciuti".

"E adesso cosa fai?" Chiese Ivy.

"Sono stata la conduttrice del notiziario in un canale televisivo di San Francisco". Marina esitò. "Ora sto cercando un altro lavoro. E allora, ho pensato di andare a trovare mia nonna".

Ivy sorrise. "Ginger è un tesoro. Ed è una persona molto interessante".

"Proprio così", disse Marina, chiedendosi se fosse possibile raggiungerla a bordo della nave. Non che fosse un'emergenza. Se Marina guardava la situazione dalla giusta prospettiva, si trattava solo di un inconveniente, e che riguardava lei, non sua nonna. Perché avrebbe dovuto disturbarla? Tuttavia, sarebbe stato bello sapere quando sarebbe tornata.

Ginger viaggiava spesso. Era molto indipendente, e spesso partiva per le vacanze o per questioni di lavoro con pochissimo preavviso. Anche a quell'età, le sue consulenze erano ancora molto richieste. Marina sapeva poco di ciò che faceva sua nonna, se non che era un'abile statistica.

Solo numeri, tesoro. Niente di così affascinante come quello che fai tu. Nessuno è mai interessato a quello che faccio ai cocktail party.

Forse era proprio per quello che Ginger amava raccontare storie. Eppure, era brillante in matematica. Amava esaminare e spiegare gli schemi e aiutava tutti a fare i compiti. *Se una bambina di una fattoria dell'Oklahoma può essere brava in matematica, puoi esserlo anche tu.* Marina aveva imparato le frazioni all'età di cinque anni aiutando Ginger a preparare i biscotti: era così brava.

"Vuoi un altro po' di caffè?". Chiese Ivy.

"Mi piacerebbe molto", rispose Marina. Mentre finiva la colazione, le due donne continuarono a chiacchierare. Marina era affascinata dalla storia di Ivy sui preziosi manufatti trovati nascosti nel seminterrato e in tutto il resto della casa. Amava ascoltare le persone, e questo era uno dei motivi per cui era diventata un'ottima giornalista, un lavoro che le piaceva di più rispetto a quello di conduttrice, ma aveva avuto bisogno di un aumento di stipendio per far fronte alle esigenze dei suoi gemelli.

Mentre parlavano e ridevano dei ricordi comuni, Marina toccò il braccio di Ivy. "Sono felice che ci siamo ritrovate. È bello avere un'amica qui". Negli occhi di Ivy vide gentilezza e forza.

"Credo che torneremo ad essere ottime amiche", disse Ivy sorridendo. "Ti piacerà vivere qui".

"Vorrei poterlo fare, ma devo trovare presto un altro lavoro".

"Forse qui lo troverai. Oggigiorno molte persone lavorano a distanza o gestiscono le loro attività da casa".

Marina non aveva considerato questa possibilità, che la incuriosiva.

Poco dopo, Poppy apparve con in mano il suo telefono, e le sopracciglia inarcate per la preoccupazione. "Ho trovato un caricabatterie che puoi tenere, ma mentre aiutavo un altro ospite sono arrivati un sacco di messaggi. Ha suonato per tutto il tempo". Porse a Marina il telefono e il caricabatterie.

Marina sospirò. Vide il numero di Heather sullo schermo, oltre ai messaggi di Ethan, Brooke e Kai. Il cuore di Marina iniziò a battere forte. Cosa mai era successo? "Devo rispondere subito a queste chiamate. C'è un posto qui...?". Si guardò intorno.

"In biblioteca", disse Poppy. "È un luogo sufficientemente riservato. Ecco, ti aiuto io".

Marina si alzò a fatica e si diresse goffamente verso la biblioteca. Ivy si precipitò dietro di lei con un bicchiere d'acqua e Poppy collegò il caricabatterie e il telefono.

"Facci sapere se hai bisogno di qualcosa", disse Ivy, dando a Marina un rapido abbraccio. Lei e Poppy chiusero la porta.

Cosa mai poteva essere successo? Marina si portò una mano al cuore e chiamò per prima sua figlia. Heather rispose al primo squillo.

"Mamma, dove sei?", disse Heather freneticamente. "È da ieri che cerco di contattarti. Zia Brooke ha chiamato la polizia e il padrone di casa li ha fatti entrare nell'appartamento. Tu non c'eri e io ero così preoccupata e...".

"Calmati. Sono a Summer Beach. Sono venuta giù per andare da Ginger. Mi dispiace averti fatta preoccupare, ma non avevo il caricabatterie del telefono. Cosa c'è che non va?".

Heather fece una pausa. "Quindi... non hai ancora guardato i social?".

"No, perché? Devo controllare?". Marina rabbrividì, chiedendosi se quel filmato fosse diventato virale.

Heather gridò: "No, mamma, non farlo. Ti prego, non farlo. È terribile".

3

Una volta sola in biblioteca, Marina fissò lo schermo del suo telefono con il cuore in gola. La voce di sua figlia la implorava di non guardare.

Ma doveva. E quando lo fece, la sua autostima subì un duro colpo, lasciandola lì ansimante.

Marina fissava un'imbarazzante immagine in movimento. Dopo aver lavorato duramente per raggiungere un certo prestigio professionale, era stata ridotta a un *meme*, uno stupido videoclip che riproduceva in continuazione il peggior errore della sua carriera. Si rivedeva scoppiare in lacrime e agitarsi sulla scrivania. Sotto di lei, le prese in giro si susseguivano a ritmo serrato.

Ops, ora è senza lavoro, per sempre! Allora, tesoro, ne valeva la pena? Ah, ah, ah! La tipica conduttrice dalla testa vuota, senza un briciolo di cervello! Che scema!

E peggio. Molto, molto peggio.

Marina strinse gli occhi contro quei commenti odiosi.

"Mamma, sei ancora lì?".

Sospirò e sollevò il telefono. "Sono qui".

"Hai guardato, vero?".

"Sì". Marina esitò, detestava dire a sua figlia ciò che era

successo in quello show serale, ma doveva evitare che fosse colta alla sprovvista. Glielo riferì subito.

"È orribile, e sono così arrabbiata", gridò Heather. "È tutta colpa di Grady. A me e ad Ethan non è mai piaciuto".

"Lo so, tesoro". All'epoca, Marina aveva pensato che i suoi figli fossero gelosi dopo aver avuto la madre tutta per loro per tanti anni.

"Stamattina non eri in onda", disse Heather con dolcezza.

"Ho consegnato il mio preavviso. O quello, o dieci secondi dopo sarei stata licenziata. Immagino che dovrei chiamare Brooke, eh?".

"E Kai. Ho chiamato anche lei. E tutti i tuoi amici che sono riuscita a contattare. Oh, mamma, ora so come ci si sente quando non riesci a sentirmi. Mi dispiace tanto di averti fatto preoccupare in passato. Pensavo davvero che ti fosse successo qualcosa, che avessi avuto un incidente...".

"Non preoccuparti per me, tesoro", disse Marina. Non aveva mai sentito tanta preoccupazione nella voce di Heather e si sentiva in colpa. "Mi fermerò qui un paio di settimane per sistemare la mia vita. Mi sono sistemata in un grazioso *bed & breakfast* che si chiama Seabreeze Inn, ci rimarrò fino al ritorno di Ginger". Esitò. "Dovrei parlare anche con Ethan. È in giro?". I due gemelli condividevano un appartamento vicino al campus della Duke University a Durham, nella Carolina del Nord.

"Adesso sta facendo un esame, ma puoi chiamarlo più tardi".

"Come sta andando Ethan a scuola?". Chiese Marina, preoccupata per i progressi del figlio. Ethan aveva lottato con la dislessia per tutto il corso degli studi. Tuttavia, aveva un talento naturale per lo sport e aveva ricevuto una borsa di studio per il golf, che lo aveva aiutato. Heather aveva seguito il fratello alla Duke per aiutarlo negli studi.

"Ethan sta migliorando", disse Heather, con aria ottimista.

"È dura, ma si riprenderà. Il suo golf va a gonfie vele, quindi ne è felice".

"Grazie per averlo aiutato", disse Marina. Tuttavia, sospettava che Ethan fosse più in difficoltà di quanto entrambi i suoi figli volessero ammettere. Era preoccupata per lui. Era intelligente, ma aveva semplicemente bisogno di più tempo per completare gli studi, cosa che lo frustrava.

Dopo aver chiamato le sue sorelle e averle rassicurate, Marina compose il numero del suo agente. "Ciao Gwen, sono Marina".

"Ciao, Marina. Immaginavo che ti avrei sentito presto".

"Beh, sembra che io sia finalmente disponibile", disse Marina con aria di sufficienza, cercando di sminuire la gravità della situazione.

"A questo proposito", disse Gwen, sembrando a disagio, "credo che tu debba prenderti una pausa".

"Già fatto, ma sarò pronta a tornare al lavoro tra due o tre settimane".

Gwen sospirò. "Sei stata online? Hai guardato la televisione?".

"L'ho fatto, e anche se quei video sono spiacevoli, ho una lunga carriera che parla da sola".

"Tra qualche mese, quando la situazione si sarà calmata, potrei essere in grado di sistemarti in un contesto più locale".

Marina strinse le labbra in una linea cupa. Questo avrebbe significato trasferirsi da San Francisco. "Più locale, quanto?"

"Molto. Senti, visti gli ultimi avvenimenti e la tua età...".

"Sono al top e ho ancora un bell'aspetto", rispose Marina. Di certo aveva fatto tutto il possibile per tenersi pronta per le telecamere. Il suo co-conduttore maschile poteva anche avere un po' di pancia, ma non lei. E se i capelli o il vestito non erano di gradimento ai telespettatori, fioccavano le lamentele. Per non parlare della scrittura, delle interviste, delle battute, della presenza scenica e di tutte le altre cose che le venivano richieste. "Sono più di una lettrice di notizie. Sai che ho sempre eccelso nel mio lavoro. Questo inconveniente è stato un caso isolato, che sarebbe stato perdonato a chiunque in dieci minuti".

"Sapevi che sarebbe arrivato il momento", disse Gwen con dolcezza.

Marina si acquietò. "Come è successo a te". Il suo agente, un tempo, era stata un'importante conduttrice di telegiornali.

"Una volta superato questo fiasco, forse potresti fare delle interviste speciali. Notizie più soft, interviste alle celebrità. Potresti essere ancora un pesce grosso, in un contesto più ristretto. Naturalmente, dovrai trasferirti".

"Non c'è niente a San Francisco?".

"Ho già controllato", disse Gwen. "Sapevo che avresti chiamato. Prenditi una pausa. Sei mesi, un anno".

"Non posso permettermelo. I miei gemelli hanno appena iniziato il college".

"Mi dispiace, Marina. Credimi, se potessi creare una posizione per te, lo farei. È un brutto colpo". Fece una pausa. "Se ti può consolare, anche Babe è stata rimproverata. Anche se è ancora lì".

Marina strinse la mascella. "Mi farai sapere se salta fuori qualcosa?".

"Certo. Prova a fare qualcos'altro per qualche mese. Tipo scrivere un libro, tenere lezioni all'università o dare ripetizioni".

Niente di tutto ciò avrebbe fruttato la stessa cifra che guadagnava. Dopo aver riattaccato, Marina si sedette nell'immobilità della vecchia biblioteca rivestita di mogano. I libri rilegati in pelle la fissavano in silenzio.

Come tante altre volte da quando erano nati Heather ed Ethan, pensò a Stan e si chiese cosa avrebbe consigliato. Era stato il suo migliore amico fin dall'infanzia. Era un po' come i suoi genitori, che si erano conosciuti a scuola. Solo che lei e Stan avevano aspettato ad avere figli, a differenza dei suoi genitori, che si erano sposati e avevano messo su famiglia subito dopo il liceo.

Quando Marina era tornata al college dopo l'incidente, Stan era stato la sua roccia. Si erano sposati subito dopo la laurea, desiderosi di iniziare la loro vita insieme. Lui si era iscritto a un programma di addestramento per ufficiali nei Marines e si erano spostati per tutto il Paese, a seconda della base in cui lui era di stanza. Marina trovava sempre lavoro nei ristoranti, prediligendo i piccoli, caratteristici caffè. E proprio quando avevano deciso di mettere su famiglia, Stan era stato inviato in Afghanistan.

Un mese dopo la sua partenza, Marina aveva scoperto di essere incinta. Era felicissima. Gli aveva detto quello che sospettava e lui era entusiasta. *Fai un test per essere sicura, tesoro. Non vedo l'ora di averne la certezza.* Il giorno in cui i risultati del test furono confermati, non vedeva l'ora di dirglielo.

Invece, due agenti in uniforme avevano bussato alla sua porta. Poteva ancora sentire le loro parole: *Il Comandante del Corpo dei Marines mi ha incaricato di esprimere il suo profondo rammarico...*

Quando pensò a Stan e al suo senso dell'onore e del dovere, si vergognò ancora di più della sua relazione con Grady. Come aveva potuto essere così ingenua da innamorarsi di una persona del genere?

Mai più.

Marina si sollevò sulle stampelle. Per quanto devastanti fossero stati gli eventi degli ultimi due giorni, non avrebbe ceduto, né questa volta né mai.

Quel pomeriggio, il dottor Russell Stein era passato a trovarla e le aveva consigliato di applicare ghiaccio, tenere la parte sollevata e bendata stretta, per quanto possibile. Ora, con la caviglia fasciata, Marina aveva deciso di trarre il meglio da quella situazione e di sedersi a bordo piscina, deserta in quel giorno infrasettimanale.

Ivy aiutò Marina a uscire e le trovò un posto su una chaise longue posta sotto un ombrellone blu marino.

"Che architettura spettacolare", disse Marina, osservando l'antica dimora circondata da alte, maestose palme, lì come sentinelle di guardia. Si chiese come fosse stato quel posto nel suo periodo di massimo splendore, negli anni Venti e Trenta, anche se era ancora una vecchia casa elegante.

"L'ha progettata Julia Morgan", aveva detto Ivy. "È stata la prima donna architetto autorizzata in California, e ha progettato anche il Castello Hearst per William Randolph Hearst, il magnate dei giornali. Questa casa apparteneva agli Erickson di San Francisco. Era la loro residenza estiva".

"Che bella posizione sulla spiaggia per voi", disse Marina. Dalla veranda e dalle terrazze, ampi gradini in pietra conducevano direttamente alla sabbia. Varie statue si ergevano intorno a una piscina decorata con marmo e piastrelle di serpentino. "Anche se non riesco a immaginare quanto possa costare la bolletta della luce".

"È per questo che la gestiamo come una locanda", disse Ivy. "Tuttavia, le brezze provenienti dall'oceano mantengono la casa abbastanza fresca per la maggior parte dell'anno".

Marina sistemò un cuscino sotto la gamba per tenere sollevata la caviglia. "Sono impressionata da come hai gestito la situazione dopo la morte di tuo marito. Come hai fatto a sapere cosa fare?".

"Non lo sapevamo", disse Ivy, sedendosi su una sedia accanto a lei. "Shelly e io abbiamo avuto la nostra bella parte di sfide, ma ci siamo anche divertite molto ad avviare questa attività. E io adoro alzarmi così ogni giorno. Non è affatto un lavoro, è solo ciò che amo fare".

Marina rimase in silenzio ad ascoltare. Non poteva immaginare di sentirsi così, pensando al lavoro.

Shelly uscì dalla cucina portando un vassoio con un bicchiere alto. "Qui alla locanda serviamo un delizioso mix chiamato *Sea Breeze*. Succo di pompelmo, succo di mirtillo e una spruzzata di lime".

"È analcolico o bello carico?". Chiese Ivy. "Di vodka, intendo".

"Dipende da come lo si chiede", disse Shelly.

Marina ne bevve un sorso. "È perfetto così com'è. Davvero rinfrescante".

"Chiamaci se hai bisogno di qualcosa", disse Ivy prima di andarsene con Shelly.

Mentre Marina sorseggiava quel fresco cocktail alla frutta, provò a chiamare Ginger, ma partì subito la segreteria telefonica. Lasciò un messaggio, cercando di sembrare ottimista. *Ho pensato di farti una sorpresa.*

"Beh, sembri a tuo agio", disse Jack, passando davanti alla chaise longue.

"Non potevi darmi un attimo di tregua?". Marina fece un cenno alla caviglia, che era appoggiata su un cuscino e coperta da una borsa del ghiaccio.

"Visto che ne hai parlato, hai scoperto se si tratta di una frattura o di una distorsione?".

"Una leggera distorsione, dice il medico, anche se fa male. Evidentemente ho i legamenti ancora giovani". Fece una smorfia e sistemò il cappellino di paglia che Ivy le aveva dato più in basso, sopra gli occhiali da sole.

"Beh, è un sollievo". Jack sorrise e si tolse la maglietta.

"Cosa stai facendo?"

Un'ombra di sorriso attraversò il volto di Jack. "Vado a fare una nuotata. Non farti venire strane idee".

Marina sgranò gli occhi. Dietro gli occhiali da sole scuri, intravide la sua schiena muscolosa prima di distogliere lo sguardo. *Niente male*, pensò a malincuore. Pochi secondi dopo, si tuffò nella piscina e iniziò a nuotare.

Piegando le braccia, Marina lo guardò solcare l'acqua. Era lì, intrappolata con un ragazzone, senza alcuna possibilità di fuga. Almeno lui era sott'acqua. Marina si rilassò sulla sdraio.

Le squillò subito il telefono.

"Cara Marina, ho appena sentito il tuo messaggio", disse Ginger. "Sono così felice che tu sia venuta a trovarmi. Quanto tempo puoi restare?".

"Oh, un paio di settimane o poco più". Marina cercò di sembrare disinvolta.

"C'è qualcosa che non va?"

Non poteva ingannare Ginger. "È una lunga storia, ma ho lasciato il lavoro".

"Capisco. Beh, domani sarò a casa. Sono felice che tu sia al Seabreeze Inn. Ci vediamo domani pomeriggio".

Dopo aver riattaccato, Marina si appoggiò allo schienale e chiuse gli occhi, cercando di assopirsi sotto il morbido ondeggiare delle palme, le cui fronde fruscianti la cullavano in uno stato di relax che non conosceva da tempo. In lontananza sentì un cane abbaiare. Sembrava provenire da qualche punto della proprietà.

Si stava quasi addormentando quando sentì delle gocce d'acqua posarsi sul viso e sugli occhiali da sole. "Ehi", gridò.

"Oh, scusa", disse Jack. Si passò un asciugamano sulle spalle e si frizionò i capelli bagnati. "Pensi di fermarti a lungo in città?".

"Non proprio", disse lei, cercando di non impegnarsi.

"Mi sono appena accorto che non so come ti chiami".

Sospirò. "Io sono Marina. E cosa ti porta a Summer Beach?".

"Sto lavorando a una storia".

"Giornalista o romanziere?".

Sembrava impressionato. "Di lavoro faccio il giornalista d'inchiesta, ma ora mi sto prendendo un anno sabbatico. Sto buttando giù qualche idea per un libro".

"Su cosa?"

"Preferirei non dirlo".

Marina abbassò gli occhiali da sole e lo guardò da sopra. "Guarda che non ti rubo l'idea".

"Non sto insinuando che lo faresti". Lui mantenne il suo sguardo per un momento più lungo del necessario e poi, sorridendo, si alzò. "Ci vediamo qui in giro".

Marina lo guardò andare via. C'era qualcosa in Jack che la irritava. Forse era troppo simile a Grady. Sicuro di sé e della propria avvenenza.

Di certo non aveva più bisogno di tutto ciò.

Il pomeriggio successivo Marina salutò Ivy e Shelly. Abbassò la capote della Mini Cooper per godersi il sole. Dopo aver svoltato sulla strada, passò davanti a un'insegna artigianale realizzata con un pezzo di legno spiaggiato e dipinta in un colore in tinta con la casa: *The Coral Cottage*. Sua figlia Heather l'aveva realizzata per Ginger. Marina ricordava di averne dipinta una simile quando era adolescente.

La casa era intrisa di ricordi. Il cottage era sempre stato lì per lei, proprio come Ginger.

Alla luce del giorno, Marina riuscì a vederlo meglio. La casa dalla forma tentacolare, in stucco, aveva il tetto ricoperto di mattonelle in cotto e un'ampia vista sulla spiaggia. Da un lato c'era una riserva per la tutela della fauna selvatica e, dall'altro, la proprietà si apriva sul villaggio di Summer Beach. Il cottage era a pochi passi dalla spiaggia e a breve distanza dalla città, a piedi o in bicicletta.

Dopo aver parcheggiato l'auto, Marina scese e prese le stampelle dal sedile posteriore. Stava diventando abbastanza abile nell'usarle. Il dottor Russ pensava che ne avrebbe avuto bisogno per una settimana o poco più, al massimo. A meno che non facesse un altro capitombolo, cosa che lei gli assicurò essere improbabile. Si spostò lungo il sentiero e raggiunse l'ampio portico anteriore che accoglieva la brezza dell'oceano.

Le palme si inarcavano intorno alla casa, ondeggiando al leggero vento del giorno. Le brattee della bouganville rosa svolazzavano e i petali si erano sparsi come coriandoli sul prato durante la notte.

Di colpo, la porta si aprì. Una donna alta e dai capelli rossi la avvolse con le braccia. "Povera cara. Non mi avevi parlato di questa storia. Che cosa è successo?".

"Una vendetta dei tacchi a spillo, a quanto pare".

"Li ho abbandonati anni fa per lo stesso motivo. Accomodati, sono appena arrivata". Ginger era alta e spigolosa, in contrasto con la corporatura minuta di Marina.

Che aveva chiaramente preso dall'altro lato della famiglia. "Sei andata in crociera?"

"Un breve incontro con dei vecchi amici", disse Ginger con un gesto della mano. "Nessuno che tu conosca. Entra e preparerò una tazza di tè Earl Grey, proprio come fanno al Claridge's di Londra. È lì che Bertrand e io intrattenevamo il Principe, sai. L'hotel è praticamente una dependance di Buckingham Palace".

"Pensavo fosse il Duca".

"Entrambi, mia cara. Insieme a una schiera di baroni, per buona misura".

Ridendo, Marina seguì la nonna in cucina. Si accomodò su una sedia accanto a un tavolo di formica rossa con le gambe cromate. La grande cucina risaliva ai primi anni Sessanta. Su un lato si trovava un'imponente stufa O'Keefe & Merritt color rosso fuoco, con due forni e fornelli, piuttosto sofisticata per l'epoca. Marina aveva imparato a cucinare e infornare lì, sotto la tutela di Ginger.

Marina diede un'occhiata alla cucina aperta, alla zona pranzo adiacente e allo studio, dove Ginger teneva la scrivania e il computer. Il cottage sulla spiaggia era stato un regalo di nozze di suo marito, molti anni prima. Era un diplomatico e avevano viaggiato per il mondo, anche se tornavano sempre a Summer Beach.

L'arredamento, eclettico, era un misto di modernità da spiaggia di metà secolo con chicche provenienti dai viaggi di Ginger in tutto il mondo. Un fermacarte in vetro di Murano e un tagliacarte greco si trovavano su un'antica scrivania intagliata a mano che aveva fatto spedire da Bali. Le fodere bianche che proteggevano il divano e le sedie erano un segno delle imminenti pulizie di primavera della nonna, che si stava preparando per l'estate. I mocassini di Ginger battevano sul pavimento di piastrelle Saltillo mentre lei si affannava a preparare il tè.

Sul tavolo della sala da pranzo, un vaso di cristallo tagliato reggeva alti steli di uccello di paradiso arancione e blu fiammeggiante, probabilmente recisi dal giardino.

Ginger indossava una camicetta bianca con i polsini girati all'indietro e un paio di sottili jeans blu. La sua postura era ancora eretta e si muoveva con l'energia di chi ha la metà dei suoi anni. Ogni volta che doveva rivelare la sua età dal medico o quando comprava una bottiglia di vino – *non vi pare che sia abbastanza grande per bere?* – rimanevano tutti sorpresi. Attribuiva la sua buona salute al fatto di avere ottimi geni, di camminare sulla spiaggia, di nuotare nell'oceano e di prendersi cura del suo orto biologico. E a un bicchiere o due di vino ogni tanto. È *fondamentale per la gestione dello stress*, diceva.

Dopo aver fatto bollire l'acqua fredda e aver lasciato in infusione il tè per il giusto tempo, Ginger mise sul tavolo una teiera e due tazze di porcellana e si sedette. Versò il tè con mano ferma. "Ora, comincia dall'inizio e raccontami cosa è successo".

Marina gemette. "Tutto è cominciato con Babe Barstow". Raccontò a sua nonna come aveva lasciato il lavoro, era fuggita da San Francisco e si era slogata una caviglia al buio.

"No, cara, tutto è iniziato con Hal, suo padre e Grady. Diamo la colpa a chi se la merita. Tu sei stata una vittima del sistema. Babe ne ha approfittato, sfruttando quella conoscenza per il suo tornaconto. E ha funzionato. Almeno, per ora".

"Vuoi dire che avrei dovuto essere più forte", disse Marina.

"Non è sempre così semplice". Ginger si posò un dito sulla tempia. "Cos'altro ti preoccupa?".

Temporeggiando, Marina sorseggiò il suo tè e fissò il basilico fresco che cresceva in un colorato vaso messicano di Talavera sul davanzale della finestra. Ginger percepiva sempre cosa c'era sotto la superficie.

"Dopo la proposta di matrimonio di Grady, abbiamo parlato di aprire un ristorante insieme a Napa e di viaggiare per il mondo. Il pensiero di lasciare il mio lavoro e iniziare una nuova fase era allettante".

Ginger inarcò un sopracciglio. "Forse più di quell'uomo in sé".

"Mi vergogno di ammetterlo a chiunque, tranne che a te", disse Marina. Non lo aveva fatto nemmeno con se stessa. "Nella mia professione mi assumo la responsabilità di dare le notizie in modo imparziale, ma sono stanca di questo costante flusso di sofferenza umana. Ogni giorno sembra peggiore del precedente".

"Quando perdi di vista lo scopo di ciò che stai perseguendo, perdi la gioia", disse Ginger, rabboccando il tè di Marina. "Ti bruci. Questo è il problema di fondo della tua situazione".

Marina guardò l'oceano attraverso la finestra. "Non è che non fossi in grado di gestire il lavoro. Il mio cuore non era più lì. Mi chiedo spesso come sarebbe stata la mia vita se avessi preso una strada diversa. Ma non posso farlo ora, non con i gemelli al college. Questo era il mio stato d'animo l'altro giorno, quando Babe mi ha colto di sorpresa".

Ginger rivolse lo sguardo a Marina. "Allora, prova qualcosa di nuovo. Almeno non dovrai più avere a che fare con un uomo problematico. Anche solo per questo, ti meriti una pausa".

"Dovrò farlo. Il mio agente mi ha consigliato di prendermi almeno sei mesi. E anche dopo, mi toccherà trasferirmi in un contesto più locale".

"Fai quello che devi fare", disse Ginger. "Tanto vale che resti qui e risparmi i soldi. E a me farebbe comodo la tua compagnia".

Marina lanciò un'occhiata al piccolo cottage dietro la casa principale. "Qualcuno ha affittato la casetta?".

"Non ho ancora messo gli annunci", rispose Ginger. "Di solito non lo faccio. In qualche modo, le persone giuste sembrano arrivare ogni estate".

"L'anno scorso hai ospitato una compositrice di colonne sonore. Ne hai più avuto più notizie?".

Ginger annuì con orgoglio. "Ha ottenuto un ingaggio per la realizzazione di un nuovo, importante film. Quel piccolo cottage è magico, te lo dico io. Porta fortuna a chiunque ci soggiorna".

Marina sorrise alla convinzione della nonna. "Allora, forse, dovrei trasferirmici". Ridacchiò tra sé e sé.

"Resta nella tua vecchia stanza", disse Ginger, dandole una pacca sulla mano. "Mi piace averti vicino".

"Credo sia arrivato il momento di reinventare la mia vita". Aveva dovuto farlo quando Stan era morto. Anche se le piaceva lavorare nei bar, la paga non era sufficiente. Ginger l'aveva aiutata, ma Marina non voleva dipendere da lei. Quando un cliente del ristorante l'aveva segnalata al direttore dell'emittente televisiva, aveva accettato il colloquio. Dopo aver iniziato come receptionist, aveva fatto carriera.

"Questo è lo spirito giusto", disse Ginger. "Non arrendersi mai. Sono felice che tu abbia deciso di rimanere a Summer Beach".

"Per un po'". Marina sorrise. Era inutile discutere con Ginger.

Marina non era sicura di cosa avrebbe combinato a Summer Beach, ma una cosa era certa. Doveva decidere cosa fare della seconda metà della sua vita.

4

Appena dopo l'alba, mentre Jack camminava lungo la riva dell'oceano, lanciò un bastone a Scout, che si lanciò tra le onde per recuperarlo. Il labrador retriever giallo saltò con gioia e poi tornò indietro, lasciando cadere il bastone come un ambito premio nella mano tesa di Jack.

"Bravo". Strofinò il collo del cane prima di indietreggiare e lanciare di nuovo il bastone. Scout aspettò, contenendo a stento il suo entusiasmo, finché Jack non diede il segnale. "Vai a prenderlo".

La spiaggia era quasi deserta a quell'ora del mattino e ciò dava a Jack la solitudine necessaria per pensare. Il giorno precedente aveva ricevuto una telefonata che non si sarebbe mai aspettato.

Ancora scosso dalla notizia, non sapeva se credere alla veridicità della situazione. Aveva lasciato un messaggio a un amico dei tempi del college che esercitava la professione di avvocato a Los Angeles per avere un suo parere. L'attesa era la cosa peggiore.

Jack si voltò. Dietro di lui, una figura solitaria usciva di corsa dalla locanda. Bennett Dylan, il sindaco di Summer Beach, viveva in un appartamento sopra i garage del

Seabreeze Inn. Una mattina, davanti a un caffè, Bennett gli disse che un incendio aveva danneggiato molte case sul crinale, tra cui la sua. Mentre correva verso Jack, Bennett alzò la mano in segno di saluto.

Jack si batté la tesa del cappello in risposta. Non vedeva la donna con le stampelle da un paio di giorni e si era ritrovato a vagare per la proprietà nella speranza di incontrarla di nuovo. Aveva pensato di bussare alla sua porta, ma aveva deciso che sarebbe stato abbastanza imbarazzante, al limite del fuori luogo. Jack lanciò un'occhiata al Seabreeze Inn.

Presto Ivy avrebbe organizzato una passeggiata sulla spiaggia per gli ospiti. Jack non ci aveva messo molto a capire che Ivy e Bennett stavano insieme. Si sorridevano e si aiutavano a vicenda. Aveva appreso da altri ospiti che erano entrambi vedovi, ma a parte questo, sembravano proprio stare bene insieme. Guardarli gli faceva desiderare che ci fosse qualcuno di speciale nella propria vita.

Nella locanda vivevano anche una delle figlie di Ivy, la sorella Shelly e la nipote Poppy. Jack apprezzava l'atmosfera familiare di quel posto e sentiva la mancanza di una famiglia tutta sua. Essendo sempre a caccia di storie da scrivere, si era trasferito troppo spesso per poter instaurare una relazione duratura.

Il lato positivo era che, quando si avventurava in situazioni pericolose, non doveva preoccuparsi della famiglia come i suoi colleghi. Sospirò. Jack Ventana era così, un vero tipo solitario. E poi, aveva ricevuto quella telefonata da Los Angeles che non avrebbe mai immaginato.

"Ti unisci a me per una corsa?" disse Bennett.

"Un altro giorno", disse Jack. Non riusciva a tenere il suo passo. Avevano più o meno la stessa età, ma Bennett era chiaramente più allenato. Jack aveva anche smesso di fumare da due mesi per ordine del medico.

Rallentando per grattare il collo di Scout, Bennett sorrise. "Guarda che me l'hai promesso".

"Ci sto lavorando". Il padre di Jack aveva iniziato a fumare durante la guerra, quindi anche lui era cresciuto con quel vizio. E quando aveva fatto l'apprendistato in un giornale di Dallas, il suo mentore era un fumatore incallito. Durante la sua prima, traumatica storia, aveva ceduto. Fumare lo aiutava a gestire lo stress. Ma ora, a quarantasei anni, era giunto il momento di rimettersi in salute. Si immaginava di andare a correre presto con Scout sulla spiaggia.

"Inizia poco per volta", disse Bennett. "E ascolta le tue ginocchia". Scout si rotolò ai piedi di Bennett, implorando maggiori attenzioni.

"Dammi qualche settimana". Un giorno, Jack si era unito al gruppo di camminate sulla spiaggia di Ivy, e al corso di yoga di Shelly quello successivo. Sebbene la compagnia fosse interessante, aveva bisogno di solitudine per capire cosa fare della sua vita.

"Facciamo colazione, dopo?" Chiese Bennett, strizzando gli occhi al sole del mattino. Grattò la pancia di Scout. "A Java Beach. Offro io".

"Allora ci vediamo lì".

Bennett sorrise e si voltò, prendendo velocità sulla sabbia mentre correva via.

"Stai fermo", disse Jack, raccogliendo il bastone che Scout aveva abbandonato.

Inclinando la testa, Scout piagnucolò dietro a Bennett.

"Traditore". Jack lanciò di nuovo il bastone. "Vai a prenderlo".

Con un balzo, Scout partì.

Questa è la vita, pensò Jack. Scout amava sguazzare nell'acqua e sfidare le onde. Aveva un'andatura goffa, che compensava con il suo entusiasmo.

Potrebbe essere un posto da poter chiamare casa? Guardando attraverso la nebbia del mattino che si dissolveva, Jack avrebbe potuto benissimo trovarsi a un milione di chilometri da New York. O da Dallas, dove il dilagare della metropoli aveva inghiottito la piccola fattoria che da bambino aveva chiamato casa.

Per due decenni, Jack aveva scritto per vari giornali, prima a Dallas, poi a Chicago e a New York, sempre un passo avanti rispetto ai licenziamenti nell'industria del giornalismo freelance. Aveva raccontato eventi che avevano cambiato il corso della storia, si era guadagnato un premio Pulitzer ed era stato in prima linea in situazioni sempre più esplosive.

Ma dentro di sé c'era un vuoto che cresceva ogni giorno. Spostandosi, non aveva mai messo radici. Ovunque andasse, si chiedeva se avrebbe potuto vivere lì. Di solito, la risposta era no.

Eppure qualche mese prima, dopo aver seguito un servizio a Los Angeles, aveva noleggiato un'auto e si era diretto a sud per schiarirsi le idee. Un paio d'ore dopo, si sentì costretto a uscire dall'autostrada, ritrovandosi in una piccola comunità tranquilla che abbracciava la costa.

Appena arrivato a Summer Beach, si era sentito a casa. Si immaginava con una casa sulle colline affacciata sul mare, a scrivere libri la mattina e a correre sulla spiaggia il pomeriggio. Con i soldi che aveva da parte poteva prendersi un anno sabbatico, e sfruttare così tutte le idee per dei libri che si era appuntato per un decennio.

Il suo capo aveva accettato di concedergli una pausa di sei mesi. Jack aveva fatto le valigie, lasciato la sua ultima stanza di un bed & breakfast e si era comprato un furgone Volkswagen restaurato. Ispirato dallo scrittore John Steinbeck, Jack aveva attraversato il tutto il paese per raggiungere Los Angeles, cercando lungo la strada il cuore pulsante dell'America.

Jack fischiò per richiamare Scout. Ora aveva anche un cane. Stava per chiamare quel cucciolo troppo cresciuto Charley, come il barboncino di Steinbeck.

Scout tornò verso di lui, lasciando cadere il bastone ai piedi di Jack e scodinzolando per chiedere un altro lancio.

"L'ultimo, amico". Jack sollevò di nuovo il bastone. Aveva

parcheggiato il furgone a casa di amici vicino all'Osservatorio Griffith di Los Angeles. Un giorno era passato accanto ad alcuni volontari nel parcheggio di un negozio di alimentari.

Adotta un animale domestico oggi, recitava un cartello. Due giovani donne sorvegliavano diversi cani. Un labrador retriever color miele e gracile sembrava avere bisogno di un abbraccio tanto quanto Jack.

"Lui è un tipo tranquillo", disse la ragazza, in età da college, mentre il cane drizzò le orecchie verso Jack. "Oh, mio Dio. Sei la prima persona a cui presta attenzione in tutto il giorno". Guardò stupita, mentre Jack giocava con lui.

"Come si chiama?" La dottoressa pinzò un modulo ad una cartellina.

"Jack Ventana".

La donna annuì con consapevolezza. "Attore, giusto?"

"No. Perché?" Jack grattò il cane dietro le orecchie finché non cominciò a battere una delle zampe posteriori.

"È un nome da attore".

"Sono uno scrittore". Le labbra del cane si arricciarono, e Jack poteva giurare che il cucciolo gli stesse sorridendo.

"Fa lo stesso". Scrollò le spalle. "Zoppica un po' perché è stato investito da un'auto, e in generale è un po' nervoso. Probabilmente per il modo in cui è stato trattato". Sorrise ad entrambi. "Credo che quel cane verrà a casa con lei. Deve sentirsi solo a lavorare da casa tutto il giorno. Dove abita?"

Jack esitò. "A Summer Beach". Aveva intenzione di andarci comunque e pensava di trovare una sistemazione lì quando sarebbe arrivato in città. Con un furgone in cui poteva dormire, se necessario, raramente si preoccupava di prenotare.

"Il suo cane ci si troverà benissimo. L'estate scorsa ho partecipato a una mostra d'arte in un posto chiamato Seabreeze Inn. Deve conoscerlo". Gli porse la cartellina. "Compili questo modulo e voi due andrete a correre sulla spiaggia entro il fine settimana".

"Il mio cane, eh?". Non era una cattiva idea. Si era sentito un po' solo durante il viaggio da New York. Jack sfogliò il modulo della domanda. "Otto pagine".

La donna scrollò le spalle. "Non sono io a fare le regole".

Fece per restituirlo, ma il cane mugolò come se lo supplicasse. "Ok, ok", disse.

Dopo essersi recato in una caffetteria del centro commerciale per compilare il modulo, Jack continuava a guardare il cane, che si rifiutava di interagire con chiunque altro. Quel cucciolo troppo cresciuto era seduto e lo fissava. Sembrava volere che Jack tornasse.

A un certo punto, Jack fu tentato di accartocciare tutto. Oltre alle solite domande, volevano sapere dove lavorava, quante ore stava fuori casa ogni giorno e quali erano i suoi piani di socializzazione per il cane.

"Birre sulla spiaggia", si disse ridacchiando, anche se non lo scrisse. Ben presto, solo una domanda rimase senza risposta. *L'indirizzo?*

"Hmm." Prese il telefono e cercò il Seabreeze Inn. Era lì, proprio sulla spiaggia, con camere disponibili. *E adatto agli animali.* "Direi che va abbastanza bene". Annotò l'indirizzo.

Non appena uscì dalla caffetteria, il cane balzò in piedi e abbaiò.

Jack consegnò le carte alla donna.

"Controlleremo e vi faremo sapere".

"Quanto tempo ci vorrà?". Chiese Jack. Il cane scodinzolava così forte che tutto il suo corpo tremava nell'attesa di essere liberato.

"Accelereremo i tempi", disse la donna, con un sorriso comprensivo.

Jack arruffò il pelo del cane. "Devo trovare un nuovo nome per te, amico. Charley non è male, ma tu sembri un campione, il campione degli sfavoriti. Perché non Atticus?". Il cane scosse la testa. "No, sembri più Scout".

"È un nome carino", disse la donna. "Scout". Lo annotò sulla domanda.

Appena due ore dopo, il telefono squillò.

"Scout è pronto", disse la donna. "Il suo datore di lavoro è davvero in gamba. Wow, un parco per animali in loco, ritiri annuali *e* massaggi settimanali con i cani. È davvero incredibile".

"....Sì, davvero". Jack si strofinò il mento. "A proposito, con chi ha parlato?".

"Hank. Ha detto di essere il suo capo".

"Giusto", disse Jack. Hank era un collega giornalista che era sempre stato un burlone. "Arrivo subito".

Ora, mentre Jack camminava sulla spiaggia con Scout, si rese conto di essersi impegnato per qualcosa che era molto più di un cane; si era impegnato ad assumere un nuovo stile di vita. I cani devono essere nutriti e portati a spasso regolarmente. Scout aveva bisogno di giocattoli da masticare e di pause per fare i bisogni. E soprattutto, quel cucciolo voleva giocare.

Erano anni che Jack non si sentiva così *radicato*. Anche se gli sembrava strano, si stava abituando ad avere un compagno. Fischiò di nuovo per chiamare Scout e i due si avviarono verso la locanda.

Dopo essersi fatto la doccia e aver indossato maglietta e jeans, Jack si pettinò i folti capelli castani. Quell'estate non aveva nemmeno bisogno di tagliarseli, a meno che non lo avesse voluto. Si mise le infradito. Scout era accoccolato accanto al letto. Quando il cane sentì il tintinnio della chiave della stanza, alzò la testa di scatto.

"Sì, sì, dai".

Uscendo dalla sua stanza, Jack vide la brigata della passeggiata mattutina in spiaggia in fila dietro Ivy. Oziosamente, si chiese ancora una volta dove fosse andata la sua vicina. Non che fosse in giro con le stampelle, ma non l'aveva vista. Anche la sua macchina era sparita. Riusciva a immaginarla mentre girava sulla piccola Mini Cooper turchese. Anche se sembrava testarda e supponente, il suo spirito gli era piaciuto. Non faceva la vittima, anche se avrebbe potuto. Probabilmente, se n'era andata.

Sospirò. Un'altra occasione mancata.

"Andiamo, ragazzo", disse Jack. Mise il guinzaglio e si avviò verso Java Beach.

Quando Jack entrò nella caffetteria locale, Bennett era già lì. Si era fatto la doccia e si era cambiato con una camicia casual e dei pantaloni color kaki, che Jack pensava fossero la divisa standard dei sindaci delle piccole città di mare.

Bennett stava parlando con un ragazzo più giovane con i capelli biondi a spazzola. Un *surfista*, come lo definì Jack. Aspettò, osservando i dettagli a tema tiki di quell'affollato ristorante. Dal soffitto pendevano vecchie reti da pesca autentiche, piene di stelle marine, conchiglie e boe. Le pareti erano tappezzate di poster di viaggi polinesiani d'epoca e la musica reggae risuonava al di sopra del brusio amichevole. Una porta che dava sulla spiaggia era aperta e lasciava entrare la brezza dell'oceano con il profumo salmastro di alghe e pesci, che amava. Sedie, tavoli e sedie a sdraio sbiancate dal sole costeggiavano il patio fino alla sabbia.

Era il suo genere di posto. Jack si vedeva a scrivere lì.

La coda di Scout schiaffeggiò le gambe di Jack. "Piace anche a te, eh?". Tirò delicatamente il guinzaglio. "Seduto". Scout infilò le zampe posteriori sotto di sé e alzò lo sguardo in attesa, così Jack gli passò dalla tasca un biscottino per cani. Era intelligente, e stava accettando bene l'addestramento.

"Ciao, Jack", disse Bennett, stringendogli la mano. "Hai già conosciuto Mitch?".

"Non ufficialmente", disse Jack, stringendo la mano a Mitch. "Però è il miglior caffè che abbia mai bevuto a Summer Beach".

"Sei di passaggio o pensi di fermarti per un po'?". Chiese Mitch.

Jack si passò una mano tra i capelli. "Mi restano cinque mesi di anno sabbatico per scrivere un libro. Poi vedremo".

"Bene". Mitch scosse la testa. "Sarà difficile andarsene, dopo".

"Dipende", disse Jack. "Ehi, conoscete un posto che posso affittare e che accetti i cani? Scout ha bisogno di più spazio e Ivy ha detto che la mia stanza è già prenotata. Ha detto che potrei trasferirmi in una mansarda, ma non va bene per Scout. Non appena ha sentito l'odore di un chihuahua, è impazzito. "

"Dev'essere stata Pixie", disse Mitch ridacchiando. "Appartiene a Gilda, una degli ospiti al secondo piano. Se vi accorgete che è scomparso qualcosa, sicuramente c'è dietro Pixie".

"Un chihuahua cleptomane?" Jack sorrise. "Sembra che ci sia una storia interessante dietro". Ma non come quelle che scriveva di solito.

Mitch sorrise e scosse la testa. "Non hai idea di quante storie ci siano a Summer Beach".

"C'è un posto che potrebbe andare bene", disse Bennett, schioccando le dita. "Ginger Delavie ha una casa sulla spiaggia e in estate affitta un cottage per gli ospiti nella sua proprietà. Non credo che le dispiacerebbe che tu abbia un cane. L'ultimo ospite aveva un piccolo terrier".

"Ginger è forte", aggiunse Mitch. "Una donna intelligente. Nonostante sia anziana, è ancora molto acuta".

"Sembra una buona idea", disse Jack. *Ginger Delavie.* Stranamente quel nome gli sembrava familiare. Forse si era imbattuto in lei durante le ricerche per un'altra storia. Nel corso della sua carriera ne aveva scritte a centinaia, quindi era senz'altro possibile.

"La chiamerò per vedere se è disponibile", disse Bennett.

Jack stava morendo di fame. Alzò lo sguardo verso il menu scritto su una lavagna. "Cosa c'è nell'omelette californiana?".

"È un piatto che piace a tutti", disse Mitch. "C'è dentro

avocado, pomodori, erba cipollina, mais abbrustolito, formaggio *Gruyere* e cheddar bianco. È il piatto più stravagante. La vuoi con la pancetta?".

Scout mugolò al solo sentir parlare di pancetta. Jack lo aveva già viziato.

"Sembra delizioso. Meglio lasciarne un po' da parte per il mio amico". Da quello che Jack aveva visto, il menu cambiava ogni giorno. "Come sono i croissant?"

"Ottimi", disse Mitch. "Li ho fatti stamattina".

"Li hai fatti tu?" Chiese Jack, sorpreso.

"Non è troppo difficile, una volta che si impara". Mitch ridacchiò.

"Sono un critico severo", disse Jack. "Ho passato molto tempo a Parigi". Aveva anche lavorato come corrispondente estero.

"Amico, credo che rimarrai sorpreso", disse Mitch, sorridendo.

"Se sono buoni come il caffè, ci sto". Jack si abbassò a grattare Scout dietro le orecchie.

"E porteremo acqua e un dolcetto per il tuo cucciolo", aggiunse Mitch.

Dopo aver ordinato, Jack si sedette all'esterno, dove Scout poté osservare i gabbiani che si libravano in volo e la gente che si preparava per la giornata sulla spiaggia. Bennett fece la sua telefonata.

Un paio di minuti dopo, Bennett posò il telefono. "Ginger ha detto che sarebbe felice di parlare con te, se passi stamattina".

"Spero non sia troppo presto". Erano appena le otto, e quella era una città di mare.

Bennett fece un cenno di diniego con la mano. "La vedo spesso fuori presto sulla spiaggia. E non si sarebbe offerta se non avesse preso seriamente in considerazione la cosa".

Avevano parlato mentre aspettavano il cibo e Jack gli aveva raccontato del suo anno sabbatico. "Sarà la prima volta che avrò la possibilità di concentrarmi sulla scrittura al di fuori del mio lavoro".

"Allora, cosa stai scrivendo? Sempre che tu possa parlarne, ovviamente".

Jack scosse la testa. "È strano, non lo so ancora. Ho così tante idee, ma ho bisogno di tempo per metterle in ordine e decidere".

"Scrivi ogni giorno o aspetti che arrivi l'ispirazione?".

"Nel mio lavoro, se aspettassi l'ispirazione, morirei di fame". Jack se l'era cavata relativamente bene, soprattutto perché non aveva avuto il tempo di spendere i soldi guadagnati. Viaggiava leggero. Niente moglie, niente casa in periferia, niente prestiti per la scuola privata.

Mitch li avvisò che il loro ordine era pronto.

"Ci penso io", disse Bennett.

Scout alzò lo sguardo come per chiedere dove fosse il suo pasto. "Sta arrivando, ragazzo", disse Jack. Scout si era buttato ai suoi piedi.

Mentre Jack guardava le onde che si infrangevano, pensò di nuovo alla donna che aveva incontrato alla locanda. *Marina.* Avevano scambiato solo poche parole, ma qualcosa in lei lo incuriosiva.

Non che l'avrebbe mai più rivista. Aveva imparato che quando si incontrava una donna in un albergo, si era entrambi di passaggio.

"Meglio così", disse sottovoce. Aveva molto lavoro da fare.

5

*L*e voci fuori dalla finestra della sua camera da letto svegliarono Marina. Guardò la sveglia meccanica sul comodino. Erano *quasi le dieci*. Aveva smorzato il trillo precedente, le serviva dormire un po' in più. Ginger le aveva concesso un momento di ascolto compassionevole la sera prima, dicendole: *"Avanti, sfogati"*, mentre le riempiva il bicchiere di vino. Stiracchiandosi sotto il piumone bianco di cotone e piuma d'oca, si guardò intorno nella stanza in cui aveva soggiornato per la prima volta da bambina.

La sua vecchia collezione di conchiglie bianche riempiva grandi barattoli di vetro per sottaceti. Alcuni prendisole sbiaditi erano appesi in un antico armadio di radica e le infradito erano sistemate in un cestino vicino alla porta. Il perimetro della stanza era decorato con un bordo dipinto da Ginger, con un messaggio in codice che aveva sempre fatto sorridere Marina.

Rotolò fuori dal vecchio letto di ferro, provando a poggiare il peso sulla caviglia slogata, che sembrava andare meglio. La testa le pulsava un po' per il vino. O forse era per via dei *Coral Cottage Cooler* di Ginger che avevano bevuto prima? Zoppicando, attraversò il pavimento di legno e scostò le tende di tela blu per far entrare il sole del mattino. Fuori vide un vecchio furgone Volkswagen, ma nessun segno di Ginger o di altri. Forse erano sul retro. Sollevò l'anta di legno per far entrare la brezza.

Marina si stiracchiò alla luce del sole come una pianta lasciata troppo tempo al buio. Almeno, la sera prima aveva cenato bene. Ginger aveva preparato salmone alla griglia e verdure con riso integrale, che era abbastanza sano, anche se Marina ne aveva mangiato una seconda porzione, insieme al pane a lievitazione naturale spalmato di burro. E poi c'era la mousse al cioccolato con panna montata e scaglie di cioccolato Maya. Per non parlare di tutto quel vino.

Per via del suo fisico esile, aveva sempre dovuto fare attenzione a ciò che mangiava. E il fatto che la macchina fotografica sembrasse appesantire il suo viso non aiutava. La sera precedente aveva provato un tale sollievo nel poter mangiare quello che voleva. E l'avrebbe fatto di nuovo quella sera stessa.

Perché era affamata da quasi due decenni.

Nei fine settimana a San Francisco, Marina si recava in uno dei mercati agricoli sorti nei quartieri. Oppure visitava il mercato del Ferry Building, sempre alla ricerca di prodotti freschi e specialità artigianali. Amava sperimentare con le ricette e creare nuovi piatti. Vedere il piacere sui volti dei suoi figli e dei suoi amici era la miglior ricompensa possibile.

Ora aveva deciso che si era guadagnata il diritto di sfoggiare le maniglie dell'amore, se avesse voluto. Lavorando in un contesto più locale, forse le aspettative sarebbero state più modeste. Sarebbe stata la benvenuta. Ma anche se Gwen, la sua agente, fosse riuscita a trovarle un lavoro entro sei mesi o un anno, voleva ancora la sua vecchia carriera?

Eppure, cos'altro avrebbe potuto fare? Le piaceva lavorare nei bar anni fa, quando lei e Stan erano giovani e si spostavano continuamente per le sue esigenze di lavoro, nonostante la sua laurea in comunicazione. Aveva sempre riso e discusso con Stan sul fatto che il cibo fosse una forma di comunicazione interculturale.

Sebbene fosse felice di stare in cucina a trafficare e a preparare cibo, tutto ciò non sarebbe bastato a pagare le bollette. Lottò con quel pensiero per un po'. Le parole di Ginger le tornarono alla mente. I *problemi non si risolvono da soli.*

Usando le stampelle, Marina pulì la vecchia casa che amava tanto. Per Ginger le pulizie di primavera erano un rituale sacro. Aveva già tirato fuori le fodere di tela bianca, che erano state lavate e sistemate sopra i mobili moderni della metà del secolo scorso che si trovavano nel cottage da anni. Ginger aveva iniziato a fare così per proteggere tutto dai costumi da bagno umidi e pieni di sabbia, quando le ragazze arrivavano per l'estate.

I cuscini di conchiglie color acquamarina ravvivavano le fodere di tela bianca e le colorate ceramiche messicane Talavera fiancheggiavano il caminetto dove si erano seduti a parlare la sera precedente. Gli anthurium e i gigli della pace purificavano silenziosamente l'aria, con le loro punte rosse e bianche che aiutavano a contrastare l'inquinamento.

La casa era silenziosa. Marina mise su il caffè e, mentre aspettava che si preparasse, guardò fuori dalla finestra della cucina.

Un cane grande e grosso stava scavando con fervore nel giardino appena piantato di Ginger.

Afferrando una stampella, Marina uscì in qualche modo dalla porta della cucina, agitando le braccia. "Ehi, tu! Esci da lì!".

Il labrador retriever color miele alzò lo sguardo con un'espressione perplessa. Alcune piantine erano state spezzate e frantumate nel terreno, mentre altre erano state dissotterrate in preda alla frenesia e gettate via, ed erano lì ad appassire inermi al sole.

"Via, esci!"

Quel cucciolo troppo cresciuto si rotolò, balzò in piedi e

poi, coperto di terra, corse verso di lei. Il cane si attaccò alla base della stampella, mordicchiandola giocosamente prima che Marina la allontanasse.

"Basta, smettila, giù, seduto", esclamò Marina, sperando che conoscesse uno di quei comandi.

Immediatamente, il cane si sedette sui suoi piedi.

"*Ugh*, cane bagnato", disse, facendo scivolare i piedi indietro. Il suo pelo era impastato di sabbia e del concime organico di Ginger; probabilmente il cane aveva gironzolato sulla spiaggia prima di passare a occuparsi del giardino.

"Dov'è il tuo padrone?". Guardò verso la spiaggia. Nessuno sembrava reclamare un cane, ma lei doveva trovarlo.

E, intanto, era lì con indosso dei minuscoli pantaloncini da notte e una striminzita canottiera di cotone con la scritta *Dream!* in paillettes rosa scintillanti, che probabilmente sua sorella Kai aveva lasciato lì. Entrando dalla porta sul retro, afferrò un paio di infradito.

"Ehi tu, andiamo. Forse appartieni a qualcuno, là fuori".

Il cane la guardò, ansimando, con la bocca aperta in quello che sembrava una specie di ghigno.

"Con quello sguardo sciocco, devi essere un maschietto". Si chinò. "Sì, è proprio così. Ok, andiamo. Vieni, o seguimi. Sei abbastanza intelligente da capire cosa dico?". Si diede una pacca sulla coscia mentre iniziava a camminare, e il cane la seguì verso la spiaggia. Camminare con una stampella sulla sabbia non era facile.

Vedendo delle persone sulla spiaggia, esclamò: "Qualcuno ha perso un cane?".

Alcuni si voltarono verso di lei, ma nessuno si fece avanti. Si girò, e un attimo dopo il cane si diresse verso l'acqua e vi saltò dentro.

"Almeno sarà un po' più pulito", mormorò.

Durò poco, perché subito dopo essersi scosso, cadde e si rotolò di nuovo nella sabbia.

"Sei un disastro. Andiamo. Vieni, seguimi!".

Il cane le tornò di nuovo accanto.

"Grazie al cielo qualcuno ti ha addestrato. Vorrei che ti avessero insegnato a rispettare i giardini". Marina tornò zoppicando al cottage. Le sembrava di aver visto un guinzaglio in un cassetto della cucina. Ginger aveva avuto un border collie e doveva averne ancora qualcuno da parte.

Alla porta sul retro, Marina disse: "Siediti, fermo!". Si incuneò all'interno e chiuse la porta. Dopo aver provato alcuni cassetti, ne trovò uno. Proprio mentre lo tirava fuori, la porta sul retro si aprì.

Pensando che fosse Ginger, Marina si voltò. "Hai visto il... no!".

Il cane aveva in qualche modo aperto la porta e stava attraversando la cucina. Marina cercò di afferrarlo, ma lui si liberò e si diresse verso il soggiorno, con le unghie dei piedi che tintinnavano sul pavimento di legno.

"Fermati!", urlò, ma era troppo tardi. Lui saltò sul divano e si raggomitolò come se volesse rivendicare il suo posto e sfidarla a fare qualcosa. Le sorrise di nuovo, con la lingua penzoloni.

"Giù, via!", disse severamente, schioccando le dita e indicando il pavimento.

Abbassò la testa tra le zampe anteriori e la guardò con occhi dolenti. "No, non va bene". Si avvicinò a lui zoppicando e lo afferrò per la collottola, cercando di tirarlo giù dal divano.

Ma il cane non si muoveva. Perdendo l'equilibrio, Marina cadde su di lui. La sabbia bagnata e il pelo le si spalmarono sul top succinto e sul petto. Sputò il pelo dalla bocca.

"È assurdo".

Il cane le portò il muso vicino alla testa e le leccò la guancia.

"Smettila. Basta baci, non ne voglio più". Piegò le braccia e lo guardò. Pesava quasi quanto lei ed era senza dubbio più muscoloso, quindi la sola forza bruta non avrebbe funzionato.

Marina zoppicò fino alla camera da letto e prese il telefono. *Sicuramente Summer Beach ha un dipartimento per il controllo degli animali.* Tornò in soggiorno per tenere d'occhio quella creatura. Ora che anche lei era tutta sporca, c'era solo un posto dove sedersi senza macchiare un altro copridivano.

Accanto al cane.

"Mi dispiace mandarti al canile, ma dobbiamo trovare il tuo padrone". Prese il telefono, alla ricerca di un numero da comporre.

Proprio in quel momento, la porta d'ingresso si spalancò, come gli occhi di Ginger. "Che diavolo sta succedendo qui?".

Dietro di lei c'era quel tipo sfrontato della locanda. *Jack.* "Ehi, Scout, vieni". Le lanciò un'occhiata. "Che cosa hai fatto al mio cane?".

Il cane saltò giù dal divano e corse verso di lui. "Seduto", disse, e Scout si buttò ai piedi di Jack.

"Che cosa *ho* fatto?" Indicò il giardino. "Il tuo cane ha distrutto il giardino appena piantato di mia nonna".

Ginger sgranò gli occhi. "Oh, cielo. Beh, possiamo ripiantare tutto di nuovo. Avevo appena iniziato, quindi non è andata poi così male".

Marina ricambiò lo sguardo di Jack e fece un gesto con il telefono. "Non puoi lasciare il tuo cane libero. Stavo per chiamare la protezione animali".

"Non era libero". Jack la fissò sulla difensiva. "Era nella casetta degli ospiti".

Piegando le braccia, Marina ribatté. "Perché era lì dentro?".

"Perché il signor Ventana ha affittato il cottage", disse Ginger. "Siamo andati a piedi fino alla banca, cosicché lui potesse prelevare i contanti al bancomat".

"Per favore, mi chiami Jack, signora".

La nonna sorrise e si premette una mano sul petto. "E tu puoi chiamarmi Ginger". Si voltò di nuovo verso Marina. "Ora, Marina, so che ami i cani, ma non avresti dovuto farlo entrare qui dentro. Dovrai lavare di nuovo quel copridivano".

Marina si alzò in piedi, trasalendo. La caviglia non era guarita come pensava. Indicando Scout, disse: "Quel cane sa aprire le porte. Stavo cercando il guinzaglio quando ha aperto la porta e mi ha superato al galoppo verso il divano".

"Sembra che tu abbia giocato con Scout". Sopprimendo a stento un sorriso, indicò i suoi abiti. "A proposito, bei vestiti".

"Oh, stai zitto", disse Marina, tirando su la scollatura, che si accorse essere aperta. Sentì la pressione sanguigna salire.

"Marina, non è questo il modo di parlare al nostro ospite". Ginger annusò l'aria. "Perché non fai un bagno, e io preparo il pranzo?".

"Rimane, quindi?" Marina rivolse uno sguardo a Jack.

"Certo. Si trasferisce oggi".

"Ne abbiamo appena parlato", disse Marina. "Non hai pensato di chiedermelo?".

Ginger rivolse uno sguardo a Marina. "Forse dovresti riflettere su quello che hai appena detto". A Jack, aggiunse con decisione: "Perdona le maniere di mia nipote. Ha appena perso il lavoro".

"Dev'essere dura", disse Jack. E poi disse a Marina: "Mi sembrava di averti già visto da qualche parte".

Marina desiderava scomparire. Doveva aver visto quello show serale o il meme. O forse entrambi.

Agganciò il guinzaglio al collare di Scout e lo portò fuori.

Attraverso la finestra, Marina vide Scout sedersi accanto all'altalena e Jack rientrare. Gemette e si diresse zoppicando verso la cucina. E, in tutto ciò, Marina non aveva ancora preso quel caffè di cui aveva disperatamente bisogno. Ne versò una tazza, ma poi trovò difficile muoversi agevolmente con la stampella.

Vedendo il suo problema, Jack disse: "Te lo porto io. Dove stai andando?".

"Torno a letto". Si voltò smuovendo i capelli, dirigendosi poi verso la camera. "Visto che hai già scatenato quella bestia in mezzo a noi, potresti anche renderti utile".

Jack la seguì in camera da letto e posò la tazza sul comodino.

"Grazie", mormorò. Se non avesse avuto i postumi della sbornia, un disperato bisogno di caffeina e non stesse puzzando di *Eau de Chien*, avrebbe potuto ridere dell'assurdità della situazione.

"Serve qualcos'altro?" Chiese Jack eseguendo un rapido inchino.

"Ne dubito". Gettò via la stampella.

E poi, una cosa che la colpì: Jack aveva lo stesso sorriso smielato del suo cane. "Per favore, chiudi la porta dietro di te".

Dopo che lui se ne fu andato, tranguggiò il caffè e si tolse i vestiti puzzolenti. Fece un bagno, indossò l'accappatoio e tornò a letto per finire il caffè tiepido.

Sentiva Ginger che rideva e parlava in cucina con Jack che la incitava a fare domande. E poi, realizzò.

Jack stava flirtando con Ginger.

Stringendo gli occhi, Marina si chiese cosa lui stesse tentando di fare. Aveva sentito molte storie di uomini molto più giovani che erano andati con donne più anziane. Di solito, finiva male. Ogni tanto, ritrovava ciò che restava di quelle relazioni nei telegiornali del mattino, dove una delle due parti era stata uccisa, strangolata o avvelenata.

Marina rabbrividì. *Ginger poteva essere in pericolo?* Forse era troppo prudente, ma avrebbe sicuramente fatto qualche ricerca in rete su di lui.

Nonostante lo stomaco reclamasse la colazione, Marina chiuse gli occhi, desiderando che Jack se ne andasse per poter tornare in cucina.

Proprio in quel momento il telefono squillò e lei rispose. "Ciao, Kai, come va la vita a teatro?". Dopo aver parlato con Heather, aveva mandato un messaggio alla sorella minore per dirle che stava bene e che era a Summer Beach. Aveva scambiato alcuni messaggi anche con l'altra sorella, Brooke, che sembrava sempre impegnata con la sua famiglia.

"Ehi, tu. Sono felice di sentire la tua voce". La voce melodiosa di Kai gorgogliò dall'altro capo del telefono.

"Scusa se ti ho fatto preoccupare l'altro giorno".

"Sono contenta che tu stia bene", disse Kai. "Ginger ti ha detto cosa è successo?".

Marina si alzò a sedere nel letto e strinse il telefono. "Cosa c'è che non va?"

La voce dolce e acuta di Kai fluttuò nel telefono. "L'ultimo teatro in cui era stato previsto il musical è andato a fuoco, e ora è chiuso per ristrutturazione. Questo significa che sono ufficialmente libera per tutta l'estate. Verrò per un paio di settimane".

"Quando?" Marina si alzò a sedere e rannicchiò le gambe sotto di sé. A parte le vacanze, lei e Kai non erano più riuscite a passare molto tempo insieme sin da quando erano bambine.

"Fra poco". La voce di Kai strideva per l'eccitazione. "Ho trovato un passaggio dall'aeroporto e sarò lì presto. Ci divertiremo tantissimo quest'estate".

Marina avrebbe potuto andare a prenderla, ma Kai, come Ginger, era una donna indipendente. Tuttavia, il suo spirito si sollevò. Kai era sempre stata l'intrattenitrice della famiglia. All'età di tre anni cantava le canzoncine dei bambini a squarciagola sul seggiolino della sua auto, mentre i genitori si univano con gusto. A sette anni conosceva tutte le canzoni della Disney e a dodici era passata ai brani degli spettacoli di Broadway. L'esuberanza naturale di Kai si era da sempre manifestata in canti e balli.

Marina andò nella stanza accanto alla sua e aprì le finestre per arieggiare la stanza.

Le voci provenivano dall'esterno.

"Ehi, ciao, bello", disse Kai con voce civettuola. "Sei un amico di Ginger?".

Marina sbirciò fuori. Kai era arrivata in un tripudio di lustrini, con una pila di bagagli leopardati. Jack era fuori con Scout.

Jack infilò il pollice nel passante dei jeans. "Ho appena affittato il cottage degli ospiti per l'estate".

Kai allungò la mano. "Sono Kai, la nipote di Ginger".

Stringendole la mano, Jack sorrise come il suo grosso cucciolo. "Jack Ventana".

La porta d'ingresso sbatté e Ginger uscì con le braccia spalancate verso Kai. "Ciao, tesoro. Vedo che hai conosciuto il mio nuovo inquilino estivo. Jack sta scrivendo un libro". Abbracciò la nipote e la baciò sulla guancia.

Dentro di sé, Marina sgranò gli occhi. E Kai sarebbe rimasta lì tutta l'estate. Marina percepì tutti i potenziali problemi. Si affacciò alla finestra e chiamò: "Kai, la tua vecchia stanza è pronta".

"Arrivo subito". Kai diede un'occhiata al suo bagaglio e si rivolse a Jack. "Potresti essere così gentile da...".

"Li prendo io". Jack sorrise. "Conosco la strada".

Dopo che Jack ebbe portato le valigie di Kai e se ne fu andato, Marina la raggiunse nella sua stanza. Appoggiata su un copriletto di ciniglia bianca, guardò la sorella disfare le valigie.

Fare danza nelle produzioni di teatro musicale, manteneva Kai in ottima forma. Era la più alta delle tre sorelle e aveva preso da Ginger. I capelli biondo rame le ondeggiavano lungo la schiena e i suoi occhi verdi scintillavano spesso di malizia.

Marina adorava la sua vivace sorellina, ma spesso si chiedeva se fosse davvero felice o, semplicemente, sempre impegnata.

Dopo aver aperto la cerniera di una grande valigia, Kai prese una manciata di abiti da cocktail di lusso, già sugli appendini, e li sistemò direttamente nell'armadio. Erano più adatti allo sfarzo di una grande città che a una pigra spiaggia della California meridionale.

"Fai le valigie come una professionista", disse Marina, ammirando la destrezza organizzativa della sorella.

Kai si fermò, posando una mano sul fianco. "Con tutti i

viaggi che ci toccano, impari a farle e disfarle a tempo di record". Gettò nei cassetti due buste a rete con cerniera che contenevano la lingerie. In un'altra valigia, un sacchetto a forma di busta conteneva jeans e magliette. Dalla valigia più piccola uscirono tacchi alti, scarpe basse e un astuccio per i cosmetici. Aveva battuto persino Ginger in quanto a efficienza.

Alla fine, Kai batté le mani, esclamando: "Tutto fatto in meno di cinque minuti. Sei già stata in città?".

"Non con questa caviglia. Non vuoi cambiarti? I lustrini e l'oro potrebbero essere un po' troppo per la spiaggia".

"Oh, giusto", disse Kai, togliendosi i tacchi alti e cambiandosi subito con un morbido prendisole giallo ranuncolo che metteva in risalto i suoi capelli.

"Ti ho sentito flirtare con Jack", disse Marina. "Ciao, bellezza".

"In realtà, stavo parlando con il cane". Kai sorrise. "Gelosa?"

"Jack sarà anche bello, ma non è certo il mio tipo", disse Marina.

"È troppo vecchio per me". Kai si illuminò. "Ma ha più la tua età, vero?".

"Oh no. Anche tu?"

Kai rise. "Non volevo che sembrasse così. Ma dopo il disastro con Grady, ti sei guadagnata la possibilità di divertirti un po', quest'estate".

"Assolutamente no, non con quel tipo", disse Marina, agitando le mani. "Inoltre, devo trovarmi un lavoro".

"Non sembri entusiasta". Kai appese gli abiti da viaggio e si voltò verso Marina, aggrottando le sopracciglia finemente arcuate. "Non trovi interessante che Brooke sia l'unica di noi ad essere felicemente sposata?".

"Dimentichi che una volta lo ero anch'io".

"Lo so", disse Kai, sedendosi accanto a Marina e prendendole la mano. "Ma è stato tanto tempo fa".

"Diciotto anni". Marina sbatté le palpebre. *E sembra ancora ieri.* Ogni volta che guardava i suoi figli, vedeva in loro suo marito. Il sorriso sempre pronto di Heather e i suoi occhi grigio-azzurri erano il riflesso di Stan, mentre Ethan era quasi una replica, anche per quanto riguardava il modo di giocare a golf. Era sorprendente come i movimenti di Ethan assomigliassero a quelli di Stan, come se la memoria muscolare fosse nel DNA. Stan era tutto ciò che aveva sempre desiderato in un uomo: gentile e di temperamento equilibrato, con uno strano senso dell'umorismo.

"Quel Grady non è mai stato alla tua altezza", disse Kai. "Era divertente, almeno?".

"Diverso dal solito, questo è certo. Mi ha professato la sua eterna devozione fin dal primo appuntamento. Ora so che non devo fidarmi dell'amore a prima vista". Marina storse le labbra su un lato. "Ero davvero troppo matura per cascarci".

"Fuori allenamento, piuttosto". Kai appoggiò la testa sulla spalla di Marina. "Penseresti che sono pazza se ti dicessi che sto affrontando un problema simile?".

"Ti vedi con qualcuno?"

Giocherellando con i capelli, Kai disse: "È successo così in fretta. Ci frequentiamo da appena un mese e mi ha già chiesto di sposarlo".

"E cosa hai detto?"

Kai si alzò e aprì la borsa. Estrasse una scatolina da gioielleria e la aprì. Un grande smeraldo affiancato da diamanti catturava la luce del sole. "Cosa devo dire?"

"Wow, è una bella dichiarazione", disse Marina. "Ma non lo indossi. Questo la dice lunga".

Kai lo mise da parte. "Non ne sono sicura".

"Che fretta c'è?" Chiese Marina.

Kai scosse la testa. "È complicato. Te lo dirò più tardi. Vieni, vediamo cosa sta combinando Ginger".

6

Jack alzò lo sguardo e vide Mitch attraversare il patio del Java Beach. Spinse via il taccuino. Sebbene le sue intenzioni di scrivere fossero buone, aveva avuto troppe cose per la testa per elaborare idee, e tutto ciò che aveva fatto era stato disegnare piccole figure di gabbiani per i suoi nipoti in Texas.

Jack aveva bisogno di parlare con qualcuno che ne sapesse più di lui su quell'insolita situazione.

"Ecco a voi l'omelette fusion californiana del giorno, con un bagel alle cipolle tostate", disse Mitch, servendo il piatto bello caldo a Jack. La sua maglietta colorata era un punto luminoso in una mattina nuvolosa.

"Ottimo, grazie". Jack avrebbe potuto prepararsi da mangiare nella sua piccola cucina nel cottage degli ospiti, ma gli piaceva camminare lì e ascoltare le conversazioni. Lo faceva sentire meno solo. Notando la generosità della porzione, disse: "Se questa è la colazione, cosa troverò per la cena?".

"Java Beach chiude dopo pranzo", disse Mitch. "All'inizio c'ero solo io e potevo permettermi di lavorare tante ore al giorno e avere ancora del tempo per godermi la vita qui. Ho una barca e porto in giro i visitatori al pomeriggio, alcune volte la settimana".

"Sembra che tu ti tenga impegnato".

"Oggi non è pieno come al solito". Mitch aggrottò le sopracciglia, e Jack percepì un senso di preoccupazione sul volto del suo nuovo amico.

"C'è una ragione particolare?".

Mitch fece un cenno verso sud. "Nella comunità vicina hanno aperto alcuni grandi magazzini e catene di ristoranti che pubblicizzano offerte a prezzi stracciati e ci rubano il flusso di turisti. E anche tanti nostri clienti del posto. Oggi è il giorno della colazione a volontà".

"Non vedo come si possa desiderare di più", disse Jack, indicando la sua omelette.

"Lo so, ma è una situazione che sta affliggendo molti risto-ranti, qui. Anche i negozi. Alcuni potrebbero non essere in grado di reggere la perdita di affari".

"È dura". Immediatamente Jack si sentì in colpa. Aveva progettato di andare in uno di quei grandi negozi a prendere il necessario per sistemare il giardino di Ginger. Allungando la mano, Jack fece scivolare a Scout una fetta di pancetta croc-cante. "Dimmi, sai se c'è un centro per il giardinaggio qui in città?".

"Ci puoi scommettere. Il Giardino Nascosto è a circa tre isolati sulla sinistra. Dì a Leilani e Roy che ti ho mandato io".

"Pensi che abbiano piante da orto?".

"Le migliori. È lì che prendo le mie". Mitch fece un cenno verso una fioriera rialzata che scoppiava di erbe e piantine giovani e sane. "Cosa vorresti coltivare?"

Jack si passò una mano tra i capelli arruffati del mattino. "Probabilmente pomodori, peperoni, le solite cose. Ho promesso a Ginger di risistemarle l'orto. Scout ci ha fatto un macello". A sentire il suo nome, Scout alzò la testa. "Sì, sto parlando di te, campione. Chi si immaginava che questo cane sapesse aprire le maniglie delle porte?". Adesso doveva assicurarsi di averle chiuse a chiave.

Mitch trasalì. "Brutto inizio?"

"Ginger è fantastica, ma sua nipote è sempre aggressiva", disse Jack, scuotendo la testa. "Sono sicuro che è arrabbiata per aver perso il lavoro e temo di non essere stato d'aiuto. Conosci Marina?".

"Non proprio. Kai torna in estate, tra i suoi impegni in tournée, ma l'ho vista solo insieme a Ginger. Credo che Ivy conosca Marina da molto tempo". Mitch lanciò un'occhiata alle spalle di una donna con i capelli blu intenso e una visiera colma di strass che lo chiamava. "Devo andare da Darla, ma fammi sapere se hai bisogno di qualcos'altro".

Jack si tuffò nella sua omelette, che era leggera e saporita come tutte quelle che aveva mangiato. Quel giorno era farcita con cipolle verdi, pomodori arancioni e salmone rosa. Sopra le uova soffici c'erano fettine di avocado cremoso e una guarnizione di tobiko arancione, una specie di caviale o bottarga che spesso accompagnava il suo sushi preferito. A Summer Beach non sarebbe certo rimasto affamato.

Jack aveva appena finito di fare colazione quando squillò il telefono.

"Sono Jack".

"Salve, mi chiamo Imani Jones. Sembra che abbiamo un amico in comune a Los Angeles".

Era l'avvocatessa che gli aveva raccomandato il suo amico. "Grazie per avermi contattato", disse Jack. "È possibile incontrarla nel suo ufficio oggi? Non ci vorrà molto, ma avrei bisogno di qualche buon consiglio".

Lei esitò. "Qual è il problema?"

"È una cosa un po' delicata", disse Jack, abbassando la voce. "Possiamo parlare di persona?".

"Ok, ma per sua informazione, non esercito più molto la

mia professione", rispose Imani. "Ho lasciato la vita stressante della città. Ma se vuole fermarsi da Blossoms, il mio chiosco di fiori in paese, è il benvenuto. Sono felice di chiacchierare tra un cliente e l'altro, per indirizzarla nella giusta direzione".

"Sarebbe fantastico. Dov'è Blossoms?"

"Dove si trova adesso?"

"A Java Beach".

"Saluti Mitch da parte mia. Quando esce, passi davanti a un negozio di ferramenta chiamato *Nailed It* e giri verso la spiaggia. Non può sbagliare".

"E come faccio a riconoscerla?". Si rese conto troppo tardi che era una domanda sciocca.

"Non viene a Summer Beach da molto tempo, vero?".

"No, signora".

"Cerchi una donna con lunghi capelli neri e un cappello da sole".

"Io sarò quello con il labrador color miele".

Rise. "Ne ho sentito parlare".

Dopo aver spento il telefono, Jack lasciò Java Beach con Scout che gli trotterellava accanto al guinzaglio. Non aveva mai affrontato una situazione del genere, anche se non era uno che si sottraeva alle proprie responsabilità. Questo, però, rappresentava un enorme obbligo che avrebbe cambiato la sua vita. Mentre camminava verso Blossoms, fu attraversato da una cascata di emozioni.

Imani aveva ragione. Il chiosco dei fiori non era difficile da trovare. Il profumo di rose, gigli e tuberose riempiva l'aria. Peonie e girasoli spargevano i loro allegri petali sotto il sole del mattino. Al centro, una donna con un vestito color prugna a stampa batik, lunghi capelli avvolti in sottili treccine e un cappello da sole a tesa larga si occupava dei clienti.

Jack aspettò che finisse di avvolgere un mazzo di rose gialle per una giovane donna. "È lei, Imani?"

"Lei deve essere Jack", rispose, stringendogli la mano.

"Benvenuto a Summer Beach. Ha intenzione di fermarsi a lungo?".

Le parlò del suo anno sabbatico. "Ma i programmi potrebbero cambiare, a seconda della situazione". Avrebbe potuto dover per forza tornare a Los Angeles.

"La situazione qual è, esattamente?".

Jack si guardò intorno. Non che si vergognasse, ma non era pronto a dirlo ad alta voce. Mangiando a Java Beach, aveva già capito che Summer Beach aveva una vivace rete di pettegolezzi.

"Ho ricevuto una telefonata da una donna che ho conosciuto circa dieci anni fa. Entrambi ci stavamo occupando di una storia in un luogo pericoloso". Fece una pausa, ricordando quel faccia a faccia tra l'FBI e una setta pseudoreligiosa pesantemente armata. Fortunatamente i bambini erano stati liberati nelle prime fasi. Alla fine nessuno si era fatto male, ma la tensione era arrivata alle stelle. "Ora non sta bene. Ha delle ultime volontà che riguardano me".

"E quali sarebbero?".

Jack non sapeva come spiegarlo. "Vorrebbe che io crescessi suo figlio dopo la sua morte". Aspettò, scrutando il suo volto. Se Imani aveva avuto una reazione, non la lasciava trasparire. Doveva essere un'ottima giocatrice di poker.

Imani si schiarì la gola. "Potrà sembrarle insensibile, ma è sicuro che sia così vicina alla morte, o è uno stratagemma per ottenere un sostegno finanziario?".

Jack non ci aveva pensato, ma Vanessa era sempre stata una reporter più che mai diretta, alla ricerca della verità. "Credo che sia vero. Purtroppo per lei".

"Che età ha il bambino?".

"Ha dieci anni".

"L'ha già conosciuto?"

"Non ancora".

Imani rimase in silenzio per qualche istante. "E perché pensa che una donna dovrebbe cedere il proprio figlio a qualcuno che non vede da anni e che allora conosceva a malapena?".

Jack si passò le nocche sulla barba incolta del mento. "Pensa che io possa essere il padre del bambino".

"Ah. Ora sì che ci capiamo". Gli rivolse un sorriso comprensivo. "È la prima volta che sente parlare di questo ragazzo?".

Jack annuì. "Non avevo idea che esistesse. Quando le chiesi perché non me l'avesse detto, mi rispose che la sua famiglia avrebbe disapprovato. Vanessa non aveva mai visto l'utilità di contattarmi". Scosse la testa. "Vorrei davvero che lo avesse fatto. Sempre che lo sappia con certezza".

"E pensa che ora stia dicendo la verità? Ho sentito che lei è uno scrittore affermato. Premio Pulitzer e tutto il resto. Deve avere un bel po' di soldi da parte".

"Abbastanza", convenne. "Ma non credo che c'entrino i soldi. Vanessa ha detto di avere un reddito indipendente. Sta combattendo contro una malattia rara. Non so quanto tempo le rimanga, ma non è molto, e non ha nessuno che si occupi di suo figlio. Ha detto che vuole che conosca suo padre".

Jack deglutì a fatica. Non riusciva ad immaginare di affrontare una situazione del genere da solo e il suo cuore si commosse per Vanessa e suo figlio. "Leonardo è il suo nome. Lei lo chiama Leo".

Imani lo guardò intensamente, come se cercasse di scrutare nella sua anima e giudicare la veridicità delle sue parole. "Per prima cosa, dovrete stabilire la paternità. E poi, voi e il tribunale farete ciò che è nell'interesse del bambino".

Jack annuì leggermente. Accanto a lui, Scout mugolò come se sentisse il suo dolore. "Tipo un test del DNA?".

"È un modo", disse Imani. "Si può anche firmare una dichiarazione volontaria di paternità. A quel punto avrete i diritti e le responsabilità legali che derivano dall'essere genitori. Ciò significa diritti di visita e di custodia fisica, nonché le responsabilità finanziarie che ne conseguono".

Jack espirò. "Quindi, se faccio così, non è necessario alcun test?".

"Non vorrebbe saperlo con certezza?".

"È una domanda sensata, ma non sono sicuro di volerlo sapere". Per come la vedeva lui, un bambino stava per rimanere solo al mondo e Vanessa gli aveva teso una mano. Credeva che potesse essere in grado di crescerlo. Perché complicare la questione con un test?

"Mi scusi", disse Imani mentre un uomo chiedeva di pagare un mazzo di gigli.

Jack si fece da parte, dondolandosi sui talloni mentre pensava. D'altra parte, forse Vanessa aveva più fiducia in lui di quanto fosse ragionevole. E se non fosse stato all'altezza del compito? Senza dubbio esistevano persone più adatte di lui a prendersi cura di un bambino.

Tuttavia, se avesse saputo di essere il padre, Jack temeva che si sarebbe lasciato prendere troppo dal suo ruolo, di cui sapeva poco, e avrebbe trascurato di fare ciò che era veramente meglio per il ragazzo.

Le sue ricerche lo portavano spesso all'improvviso in località lontane, non era mai stato un tipo da casa col giardino. Se non fosse tornato alla sua esistenza nomade, cos'altro avrebbe potuto fare? Scrivere un libro era stato un sogno per concedersi un periodo sabbatico di sei mesi, non per il resto della sua vita. Se avesse avuto figli da mantenere, non avrebbe potuto fare un tour in stile *Viaggio con Charley* nel suo furgone Volkswagen con Scout. Non senza un minimo di reddito.

Erano giorni che lottava con quel dilemma. Quando gli aveva accennato che sarebbe andato a Summer Beach, Vanessa aveva detto che lì c'era una casa di cura. Lei desiderava stare vicino all'oceano in un luogo più tranquillo di Los Angeles. E se fosse venuta lì?

Un'ondata di senso di colpa lo investì. Nascondersi in spiaggia a scrivere un libro sembrava ormai così banale rispetto a ciò che Vanessa stava affrontando.

Quando Imani si voltò verso di lui, Jack si rese conto che le stava portando via molto tempo. "Sembra che lei abbia altri clienti", disse, sbattendo le palpebre per l'emozione che gli saliva dentro.

"Vengo subito da voi", disse Imani a una coppia vestita da spiaggia. Si voltò di nuovo verso Jack. "La vita di un bambino potrebbe dipendere da lei e dalla sua decisione. Vorrei parlarne meglio".

"Mi piacerebbe", disse, sollevato di avere qualcuno con cui confidarsi. Avrebbe dovuto tornare presto da Vanessa.

"La chiamo dopo", disse Imani prima di voltarsi per aiutare i suoi clienti.

Jack passeggiò per il villaggio verso il vivaio, dando un'occhiata ai negozi del posto. Passò davanti ad *Antique Times*, al chiosco di tacos di pesce di Rosa, a diverse boutique e alla First Summer Beach Bank, dove Ginger lo aveva portato.

Pochi minuti dopo, Jack vide un'insegna di legno che recitava: *Il giardino nascosto*. Abbassando la testa per passare sotto un arco ricoperto di rose, entrò in quell'oasi ombrosa. I cesti di petunie viola, i vasi di ortensie malva e i secchi di bouganville cremisi sembravano estremamente rigogliosi. Tutto era ben curato. La tranquillità di quello spazio lo avvolse e se ne rallegrò.

"Salve, cerca qualcosa in particolare?".

"Verdure". Jack si girò di fronte a un uomo della sua età che aveva un aspetto robusto e amichevole. "Che posto fantastico. Mi ha mandato Mitch di Java Beach. Lei è Roy?"

"Beccato", rispose l'uomo. "In cosa posso aiutarla oggi?".

"Questo bestione ha distrutto un giardino appena piantato", disse Jack, strofinando il collo di Scout. "E io devo sistemarlo".

"Sapete di che tipo di piante ha bisogno?".

"Ho visto dei resti di pomodori, peperoni e cetrioli. Probabilmente anche di qualche altra cosa. Forse conosce Ginger Delavie". Poiché si trattava di una piccola città e molte persone si conoscevano tra loro, pensò di iniziare da lì.

"Certo, di solito è mia moglie che la aiuta. Aspetti". Roy salutò una donna con i capelli scuri e intrecciati, ornati da fiori di pikake bianchi come la neve, che gli ricordavano la sua visita alle Hawaii l'anno precedente, per occuparsi del vulcano ancora attivo.

"Leilani, ti ricordi cosa ha comprato Ginger per il suo giardino?".

Si avvicinò a loro con un sorriso solare. "Certo, perché?"

Jack strofinò il collo di Scout. "Il mio compare qui l'ha distrutto. Devo sostituire quelle piantine".

Leilani mise le mani sui fianchi e lanciò uno sguardo severo a Scout. "Non lo farai di nuovo, vero?".

"Ci stiamo lavorando". Jack guardò Scout accigliato. "Sta ancora imparando".

Leilani rise. "Le calendule dissuadono molti cani, ma anche altre creature e insetti dannosi. I fiori sono belli, e il loro odore è un deterrente per loro. Dovremmo includerne alcune nel suo ordine. Si possono anche fare anche altre cose, come piantare delle rose spinose o sistemare una recinzione. Mentre lei dà un'occhiata, io entro a vedere se riesco a trovare il precedente ordine di Ginger".

Roy fece un cenno a sua moglie. "Lo troverà. È la persona più organizzata che conosca. Sei in vacanza o vivi qui?".

"Ho affittato il piccolo cottage di Ginger sul mare", rispose Jack. "È un bel posto per scrivere". Non riusciva ancora a ricordare dove avesse già sentito parlare di Ginger, ma aveva un sacco di vecchi appunti da far passare.

"È così", disse Roy, infilandosi un pollice nei jeans. "Di dove sei?"

"Di New York, almeno nell'ultimo periodo".

"Gran bel baseball, eh?".

Jack ridacchiò. "Dipende dalla squadra per cui tifi".

Parlarono un po' delle ultime notizie sportive e poi Leilani tornò sventolando una ricevuta come un trofeo. "Ce l'ho proprio qui. Diverse varietà di pomodori, cetrioli, peperoni, erba cipollina e cipolle, tra le altre cose. Li vuole tutti?".

"Certo, e anche qualcosa di speciale", disse Jack, spostandosi in piedi. "Per scusarmi".

"Ginger stava guardando i nostri anthurium rossi in vaso, che sono perfetti per gli interni". Leilani indicò una pianta verde e rigogliosa con fiori rossi e cerosi. "Potrebbe essere un buon regalo per il *mea culpa*".

"Li prendo", disse Jack, sollevato dal fatto che Leilani sapesse cosa suggerirgli. "E qualsiasi altra cosa pensi possa prosperare qui. Lattuga e fragole probabilmente starebbero bene in questo clima, giusto?".

"Certo, Leilani ti aiuterà", disse Roy. "Oggi pomeriggio faccio delle consegne, quindi posso portarvi tutto".

"Ottimo. Voglio piantarli il prima possibile".

"Jack è di New York", disse Roy, alzando le sopracciglia.

Leilani scambiò uno sguardo con il marito. "Jack, hai mai sistemato un giardino prima d'ora?".

"Sì, anche se è passato un po' di tempo", rispose Jack. "Penso che mi serviranno anche alcuni di quei sostegni per i pomodori".

"Sarà meglio allegare le istruzioni", disse, dirigendosi verso un filare di piante.

"Non preoccuparti", disse Roy. "Anche Ginger può darti qualche buon consiglio".

Ridacchiando, Jack pensò a quanto si era impegnato per eliminare il suo accento texano mentre lavorava a Chicago e a New York. Trovava buffo che la gente lo vedesse come un bifolco di campagna, quando era ormai diventato un ragazzo della grande città.

Jack tornò al suo cottage, dove si sedette e scrisse una lettera a Vanessa. Avrebbe potuto mandare un'e-mail o un messaggio, ma scrivere a mano su carta gli diede la possibilità di fermarsi a riflettere per articolare meglio i suoi pensieri.

Aveva quasi finito quando vide Roy arrivare davanti alla proprietà. Girò il foglio e vi appoggiò sopra la penna.

Dopo essersi assicurato che Scout avesse cibo e acqua in abbondanza, Jack chiuse a chiave la porta per tenere dentro quel furfante e andò a incontrare Roy. Mentre lo aiutava a portare le piante in giardino, Marina uscì dalla casa. Aveva un paio di guanti da forno infilati sotto un braccio e una macchia di farina sul suo prendisole blu chambray. Dalla finestra aperta della cucina si diffondeva un buon profumino.

"Niente stampelle oggi?", disse, cercando di essere cordiale.

Sollevò una spalla e la lasciò cadere. "La caviglia va molto meglio".

"È una buona cosa", disse.

"Li pianteremo tutti?" Chiese Marina.

"Ci puoi scommettere", rispose Jack. Occuparsi di tutto ciò gli avrebbe tenuto le mani occupate, una delle sfide più difficili da affrontare per smettere di fumare. Sembrava che cercasse sempre un pacchetto di sigarette, e sapeva bene di non dover tenere con sé.

Roy diede a Jack diversi fogli di istruzioni per la semina che Leilani aveva stampato per lui. Jack lo ringraziò, piegò i fogli e li infilò nella tasca posteriore dei jeans. Raccolse un paio di grandi piante di anthurium. "Queste sono per Ginger", disse a Marina. "Dovrebbero andare in casa".

"È stato gentile da parte tua. Le prendo io". Marina gli lanciò un'occhiata divertita, prese in braccio le piante ed entrò.

"Buona fortuna", disse Roy. "Ci chiami se ha bisogno di qualcos'altro".

"Lo farò", disse Jack, dirigendosi verso il giardino. Dopo essersi accovacciato, lisciò la terra con le mani, godendosi la sensazione della terra fresca tra le dita. Tirò fuori dai jeans un coltellino e lo aprì. Non era perfetto, ma andava bene.

Cominciò a fare dei buchi a distanza di circa una mano l'uno dall'altro.

Jack stava lavorando sulla seconda fila quando l'ombra di qualcuno si proiettò su di lui. Alzò lo sguardo, proteggendo gli occhi dal sole.

Marina gli si parò davanti con le mani sui fianchi. "Non starai mica facendo sul serio", disse.

7

"Le piante di pomodoro sono troppo vicine", disse Marina, indicando quelle incriminate.

Chiaramente, Jack non aveva mai allestito un orto prima d'ora. Sebbene Marina non facesse giardinaggio da anni – viveva in un appartamento d'epoca a San Francisco con vista sulla baia – aveva spesso aiutato Ginger a piantare gli ortaggi quando era giovane. Jack non aveva nemmeno gli attrezzi giusti. Usava… un coltellino, santo cielo!

"Quello è per il coriandolo", disse Jack, indicando la prima fila.

"Quelle non sono piantine di coriandolo". Le piante di pomodoro erano poggiate accanto ai buchi che aveva fatto. Era sicura che non avesse la minima idea di quello che stava facendo. Jack coprì un buco che aveva fatto tra altri due. "Ecco fatto. Che te ne pare?"

"Non fare altro, per favore". Avrebbe sprecato un secondo lotto di piante, se non fosse intervenuta e non avesse fatto qualcosa. "Dammi un minuto e ti aiuto. Devo prendere del pane dal forno".

"Ok, preparo le piante", disse Jack, estraendone una dal suo contenitore.

"Vacci piano, con quella povera piantina", disse Marina, esasperata. Vide un leggero sorriso incurvare la bocca di lui. Quel piccolo movimento le ricordò Kai, che spesso rimproverava Marina di essere prepotente. Alzò le mani. "Vieni dentro e aspettami. Ho preparato una limonata fresca. Puoi berne un po', se vuoi".

"Mi sembra una buona idea". Jack chiuse di scatto il coltellino e si alzò in piedi, passandosi le mani sui jeans.

Marina si affrettò a entrare, ansiosa di controllare il suo pane. Jack la seguì e si sedette al tavolo della cucina. Si sentiva il suo sguardo addosso, ma con due pagnotte che rischiavano di bruciare, non poteva certo distrarsi. "Ti ringrazio per aver smesso di fissarmi", disse mentre estraeva una teglia dal forno.

"Mi dispiace deluderti, ma avevo messo gli occhi sul pane. Di che tipi ne hai fatto?".

Ci risiamo. *Supporre fatti non dimostrati*, come direbbe Ginger. "Questo è al rosmarino e questo è al cioccolato e cannella", disse Marina, prendendo la seconda pagnotta dal forno. Sentiva le guance bruciare. Sicuramente era per via del forno caldo.

"Sembra una *babka*. Cucini spesso?".

"Non quanto vorrei", disse. "Ma ora ho tempo. Mi aiuta a pensare".

"A quanto sia idiota il tuo nuovo vicino?". Jack allargò le mani. "In realtà non lo sono, sai. Posso portare delle lettere di referenze di diverse donne molto affermate".

Marina sospirò. "Come hai visto, non sto passando un buon momento". Di solito non sfogava i suoi sentimenti sugli altri, ma aveva troppe cose per la testa. Forse si era fatta un'opinione sbagliata di Jack.

"Ah, tutti questi stupidi video e meme prima o poi spariscono".

Li aveva visti, quindi. Le guance di Marina ribollirono.

Jack diede un'occhiata alla cucina. "Sembra un ottimo

posto per lavorare a qualsiasi cosa tu desideri. Che bella stufa".

"È d'epoca", disse. "Sai, io e le mie sorelle siamo fortunate ad avere Ginger". Marina si tolse i guanti da forno e aprì il frigorifero. Dopo aver tirato fuori la caraffa di limonata che aveva preparato con i frutti dell'albero di Ginger, ne riempì due bicchieri alti e ne porse uno a Jack. "I nostri genitori non ci sono più, quindi lei è tutto ciò che abbiamo. Nel caso ti venisse in mente di uscire con una ricca donna di una certa età".

Gli occhi di Jack si allargarono per la sorpresa. "Come, scusa? Tua nonna è molto gentile, ma ti assicuro che non mi è mai passato per la testa". Scosse la testa, aggrottando le sopracciglia scure. "Ma mi dispiace per i tuoi genitori. Brutta storia".

Imbarazzata per la sua supposizione, Marina si concentrò a ripescare un seme di limone dal suo bicchiere. "Mi mancano ogni giorno. E i tuoi? Dove sei cresciuto?".

"Texas, anche se non ci vivo da quando ho lasciato la scuola. I miei genitori non ci sono più, anche se ho una sorella più responsabile di me a Dallas".

"E come hai deciso di prenderti una pausa per scrivere un libro?". Essere così liberi di prendersi del tempo era una prospettiva intrigante.

"Conosco un paio di redattori di case editrici, ed entrambi si sono detti interessati a valutare ciò che scrivo".

Marina si appoggiò al bancone, ricordando la loro breve conversazione in piscina. "Puoi condividere quello che stai scrivendo, o è ancora un tuo segreto professionale?".

"Al momento, sto scandagliando le idee", disse Jack. "Trovo affascinanti le persone comuni che si impegnano in attività straordinarie. A volte, sono i nostri vicini o i nostri familiari. Come quell'insegnante che viveva al di sotto delle sue possibilità, poi è diventato ricco trafficando con le azioni e ha lasciato una fortuna destinata a borse di studio alla sua *alma mater* dopo la sua morte. Nessuno sapeva nulla dei suoi investimenti".

Mentre continuava, scintille di emozione riempirono gli occhi di Jack. "Sto facendo ricerche sui leader dei diritti civili, su Madre Teresa, su *Medici Senza Frontiere*... ci sono un sacco di storie stimolanti di persone normali che si assumono compiti straordinari, e finiscono per cambiare la vita grazie alla loro dedizione a una causa. In mezzo all'oscurità, accendo un riflettore sulla speranza, sul trionfo dello spirito umano per il bene e sulla ricerca di significato da parte dell'uomo".

"Oh, bene, allora". Stupita, Marina fissò Jack. Era molto più profondo di quanto avesse immaginato. Si trattava davvero dello stesso uomo che le aveva fatto un sorriso smielato alla locanda, quando si erano conosciuti? Si rese conto che forse lo aveva giudicato male. L'insensibilità di Grady l'aveva talmente accecata che anche lei si era dimostrata insensibile. Com'era quel detto sulla rabbia che genera rabbia?

Jack si scolò l'ultimo sorso di limonata. "Vogliamo finire il lavoro che ho iniziato in giardino?".

"Forse ce la faremo per il ritorno di Ginger", disse Marina, prendendo un cesto da giardinaggio che una volta aveva regalato proprio a lei da una mensola vicino al portico sul retro. "Ha portato Kai con sé per parlare a un gruppo di studenti delle superiori. Mia nonna si occupa di mettere in contatto gli studenti con i mentori della comunità. Molti ragazzi sono pronti per l'università, ma altri sono in difficoltà. Ginger crede che la comunità debba dare loro una mano".

"È un gesto nobile", disse Jack. Fissò il cesto di attrezzi da giardinaggio. "È questo che userai?".

"Naturalmente. Perché?" Dentro c'erano una vanga con delle stampe floreali e dei guanti da giardinaggio che sembravano ancora nuovi. Marina li indossò.

"No, niente. È che... è carino". Mise il bicchiere nel lavandino e uscì.

Marina spense il forno e seguì Jack verso il giardino. Una

delle cose che preferiva fare a San Francisco era andare al mercato agricolo nella piazza vicino al Ferry Building. Adorava quella zona della città sull'oceano, con vista sulla baia. Era un piccolo angolo di paradiso nel quale si poteva circondare dei prodotti più freschi, con gli aromi e i sapori più stuzzicanti.

Marina ricordò che a Summer Beach, un tempo, c'era un mercato agricolo. Si chiese se fosse ancora attivo e si fece un appunto mentale di chiederlo a Ginger.

Davanti a lei, Jack stava già sistemando le piante.

"Ginger ha piantato i pomodori laggiù, l'anno scorso", disse Marina, indicando un punto che ricordava dall'estate scorsa. "Dovremmo metterli di nuovo lì".

"È meglio far ruotare le colture", disse Jack, scuotendo la testa. "E come?" Indicò un altro posto. "Ho fatto consegnare anche dei sostegni per pomodori. Non sapevo se Ginger ne avesse, ma queste piantine cresceranno in fretta. Per questa varietà precoce mancano circa cinque o sei settimane al raccolto".

Marina fissò Jack. "Non pensavo che avessi mai piantato qualcosa prima".

Jack si appoggiò sulle cosce e vi posò le mani. "Beh, è passato un po' di tempo. Ma i miei avevano una fattoria e io davo una mano".

Rideva di sé stessa. "Pensavo che fossi un neofita".

Jack avrebbe potuto compiacersene, ma si limitò a lasciar correre quel suo commento. "Tutti devono mangiare. Potrei aiutare Ginger a curare il giardino quest'estate". Fece una pausa e guardò Marina. "Sempre che le vada bene. Rifletto molto, quando lavoro nell'orto".

"Sono sicura che Ginger ne sarà felice. Le mie abilità di giardinaggio sono un po' arrugginite".

"Torneranno". Jack continuò a lavorare. "Scout ha fatto un bel disastro. Posso cavarmela da solo, se hai bisogno di fare qualcos'altro".

"Non c'è problema. Mi mancava scavare nella terra". Raccolse l'intera gonna del suo vestito blu chambray e si inginocchiò sull'erba di fronte a lui. Marina non trovava più Jack irritante come quando era arrivato.

Lei lo guardava lavorare con una destrezza che sembrava naturale. Condividendo gli attrezzi da giardinaggio, parlavano poco mentre lavoravano. Insieme, finirono l'opera rapidamente.

Marina si alzò, con la schiena dolorante per il continuo sforzo di allungarsi e piegarsi. "Grazie per aver rimesso a posto il giardino di Ginger. E le calendule sono belle. Sei stato molto premuroso".

"I proprietari del Giardino Nascosto mi hanno detto che i cani non amano il profumo delle calendule", disse Jack. "Sto anche lavorando con Scout sul controllo degli impulsi per tenerlo lontano dal giardino. Se non dovesse funzionare, potrei montare un recinto da rimuovere in seguito".

"Ginger lo apprezzerà".

"È il minimo che possa fare".

Marina osservò il modo in cui la luce del sole brillava sui suoi capelli castani ondulati e illuminava i suoi occhi blu. Sebbene sembrasse un tipo alla mano, il suo sguardo aveva un'intensità e un'intelligenza che non lasciavano scappare quasi nulla. Sorprendentemente, oggi aveva apprezzato la sua compagnia. "Pensi di poter reggere un paio di fette di pane caldo?".

"Farò del mio meglio".

Mentre Jack dava un'occhiata a Scout, Marina affettò il pane al rosmarino e quello alla cannella e cioccolato. I gusti erano molto diversi, ma voleva provarli entrambi. Sistemò il pane su un vassoio con una brocca di acqua ghiacciata.

La porta d'ingresso sbatté e Marina alzò lo sguardo per vedere che Ginger e Kai erano tornati. "C'è un profumo delizioso", esclamò Ginger.

"Siamo in cucina", rispose Marina. La nonna e la sorella

la raggiunsero. Kai stava canticchiando un brano di Broadway. "È *Aquarius*?"

Kai canticchiò alcune battute del musical.

Ginger rise. "È un brano tratto da *Hair*. Ricordo la prima rappresentazione al Biltmore Theater, nel 1968. Rimase in scena per mesi prima di passare a Broadway".

Le labbra di Kai si schiusero. "Non era quello, ehm, senza costumi?".

"Solo per un attimo, alla fine del primo atto", disse Ginger, liquidando i commenti con un gesto della testa. "E c'era pochissima luce; non si riusciva nemmeno a vedere. Dovresti conoscere la storia del teatro, Kai. Pensavo di averti insegnato meglio di così".

Marina e Kai si scambiarono uno sguardo. In qualche modo, Ginger era stata spesso al centro di eventi culturali. Ma poi le aveva portate alla prima di *Hamilton* a New York, quindi perché avrebbero dovuto sorprendersi?

Ginger indicò il giardino. "Chi ha ripiantato l'orto? Sembra ancora più bello di prima".

"È stato Jack", disse Marina. "E ti ha portato due bellissime piante di anthurium". Indicò il tavolo della sala da pranzo, dove le aveva appena sistemate.

"Un gesto di classe, no?". Sul volto di Ginger si aprì un sorriso.

"Oh, no, non cominciamo". Marina sapeva esattamente cosa stava pensando la nonna. Avrebbe dovuto parlarle, più tardi. *Niente più uomini*. Cambiò rapidamente argomento. "Volete un po' di pane? È appena sfornato".

Kai non aspettò. Prese una fetta di pane alla cannella e la addentò. "È divino. Oh, mio Dio, potresti venderlo".

"Tu credi?" Marina si rivolse alla nonna. "Dite che c'è ancora quel mercato contadino in città?".

"C'è", rispose Ginger. "Posso mettervi in contatto con l'organizzatore".

Marina appoggiò le mani sui fianchi. "Potrebbe essere un

modo per tenermi occupata e guadagnare un po' di soldi mentre cerco di capire cosa fare della mia vita". Tuttavia, aveva bisogno di un reddito maggiore di quello che le avrebbero fruttato alcune pagnotte. Le tasse universitarie e il vitto e l'alloggio dei gemelli non erano a buon mercato.

"State sondando il mercato?" Jack era entrato mentre parlavano.

Marina notò che si era cambiato la camicia e sistemato i capelli.

"Non è quello che la gente fa, prima di mettersi in affari?". Marina mise una fetta di pane al rosmarino su un piattino e la porse a Jack, che la divorò in pochi bocconi.

Gli occhi di Kai si illuminarono. "Ci stai pensando seriamente? Penso che sia fantastico".

"Certo che potrebbe", disse Jack. "Questo farebbe concorrenza al pane di Java Beach".

"Potrebbe davvero", disse Ginger. "Chi pensi che abbia insegnato a Mitch a cucinare? A proposito, grazie per aver rimesso a posto il giardino".

"Mi assicurerò che Scout ne stia alla larga", disse.

Marina storse le labbra da un lato. "Spero che tu non abbia condiviso le mie ricette del pane con Mitch".

"Non erano tue fin dall'inizio?". Disse Ginger. "Ma no, non è vero. Quando Mitch è arrivato a Summer Beach, era poco più che un ragazzino. Vendeva caffè sulla spiaggia e si arrangiava a malapena. Ma ci sapeva fare con i clienti, che amavano il suo caffè. Bennett se n'è accorto e mi ha chiamato per aiutarlo con i numeri del suo business plan".

Marina sorrise. Ginger faceva spesso cose del genere senza parlarne. "E dove c'entra il pane, in questa storia?".

Ginger proseguì. "Bennett lo finanziava e Mitch era un gran lavoratore. Tra un calcolo e l'altro delle sue entrate e uscite, preparavamo i dolci. Croissant, bagel, muffin e biscotti. Mitch era uno studente entusiasta e imparava in fretta".

"Non c'è da stupirsi che mi piaccia fare colazione lì", disse

Kai. "Ho sempre pensato che tutto avesse un sapore casalingo".

Jack si appoggiò al bancone, chiaramente incuriosito. "E come hai imparato a cucinare così?".

"È stato negli anni '60 a Cambridge", disse Ginger con uno sguardo lontano. "Bertrand e io abbiamo conosciuto i Child e Julia mi ha insegnato a preparare dei meravigliosi croissant, tra le altre delizie. Sicuramente saprete che Julia e Paul hanno vissuto in Francia per anni. Tempi d'oro, davvero".

"Fammi capire bene...". Jack si sporse in avanti, apparentemente affascinato. "Hai studiato da Julia Child?".

"Non lo chiamerei studiare, *di per sé*", disse Ginger. "Ci stavamo semplicemente divertendo alla grande. Julia era così simpatica in cucina, oltre che incredibilmente abile. Io e Bertrand portavamo sempre il vino e non lesinavamo mai. Con Julia, semplicemente, non si poteva. Suo marito Paul era superbo nel miscelare i cocktail. Un giorno abbiamo creato il *Coral Cottage Cooler* per il brunch. Champagne o prosecco con succo d'arancia rossa appena spremuta, fragole e menta. Meravigliosamente rinfrescante".

Marina rise. "Nostra nonna ci sorprende sempre. Aspettate, le storie diventeranno ancora più belle. Soprattutto se apre una bottiglia di vino".

"Il migliore, possibilmente", intonò Kai. Prese un altro pezzo di pane al rosmarino.

Ginger scrollò le spalle. "Tutti sono bravi in qualcosa".

Con un altro morso, Kai finì la fetta. Leccando le briciole dal dito, aggiunse: "Ginger è anche un genio della matematica. Ci insegnava come capire gli schemi e cose simili. Eravamo sempre molto avanti in classe".

"E cosa ne è stato, di quel talento?". Chiese Jack a Ginger.

Marina studiò Jack, notandone la disponibilità al colloquio. Ginger sembrava felice di parlare di sé con lui, ma per quanto tempo? Si chinò ad ascoltare.

"Oh, ho lavorato come statistica per anni", rispose Ginger con un gesto vago. "Scusami, mi sono appena ricordata che devo rispondere a una chiamata".

"Per oggi l'intervista finisce qui", disse Marina, mentre immergeva le teglie del pane nell'acqua calda e saponata.

"Tua nonna sembra una donna avanti sui tempi", disse Jack, fissando Ginger.

"Nostro nonno era un diplomatico in carriera, quindi Ginger ha vissuto e lavorato in tutto il mondo con lui", racconta Marina. "Ma ne parla raramente". Marina si era fatta strada nel mondo del giornalismo radiotelevisivo intervistando le persone, ma sua nonna le sfuggiva ancora.

"Deve avere delle storie incredibili", disse Jack. "Mi piacerebbe parlare di più con lei".

"Il posto migliore per farla parlare è la spiaggia", disse Kai. "Ma bisogna alzarsi presto per starle dietro".

Dopo che Jack fu tornato al cottage degli ospiti, Marina e Kai si sedettero sul dondolo nel portico anteriore, guardando la spiaggia e il panorama davanti a loro. Gli uccelli di mare svolazzavano sulla sabbia alla incessante ricerca di cibo.

Kai versò due bicchieri di prosecco ghiacciato. Accostò il suo bicchiere a quello di Marina. "Alla nuova vita che ti aspetta".

"Un nuovo inizio, davvero", disse Marina. "Allora, dimmi un po' del signor Smeraldo Gigante". Si strinse un ginocchio e si appoggiò all'altalena.

Kai fece un lungo respiro. "Si chiama Dmitri".

"Che cosa romantica". Marina sorseggiò il suo vino. "Soprattutto a giudicare dalle dimensioni di quell'anello. È lui?"

"Esatto", disse Kai, sorridendo timidamente. "Dmitri mi chiama più volte al giorno da quando sono partita. È uno dei produttori del nostro spettacolo e investe anche in altre produzioni teatrali. Fin dall'inizio ho pensato che potesse essere quello giusto. Un amore vero".

Marina conosceva fin troppo bene lo sguardo sognante negli occhi di Kai. Era sempre stata innamorata dell'amore. Forse faceva parte della sua naturale inclinazione creativa. Tuttavia, impegnarsi a vita richiedeva ben altro. "E ne sei già sicura?".

Kai sorseggiò il suo vino. "È un forse convinto".

"Sembra che abbiate molte cose in comune, se non altro". Marina cercava di essere solidale, anche se sapeva che ci voleva ben di più per far funzionare un matrimonio.

"Stiamo bene insieme, ma in questa relazione siamo andati piuttosto veloce. Voglio dire, è quello che voglio, ma...". La voce di Kai si interruppe.

"Non potete rallentare un po' e conoscervi meglio?". Eppure, la prima volta che Marina aveva incontrato Stan, aveva subito capito che era quello giusto. Quando lo incontri, lo sai e basta. Il problema era che gli altri contendenti offuscavano il giudizio.

"Suppongo di sì". Kai guardò l'oceano. "Mi sono sempre immaginata di avere dei figli. E alla mia età, dovrei darmi da fare".

Marina sentì la voce di Kai che si incrinava. "C'è qualche problema?"

"Quando eravamo alla festa di chiusura della stagione, tutti si congratulavano con noi per il nostro fidanzamento. Uno degli attori ci ha preso in giro chiedendoci quanti figli avremmo avuto. Era una battuta po' banale, ma avevamo tutti bevuto dello champagne e ci stavamo divertendo. Dmitri è già stato sposato e ha tre figli grandi. Tuttavia, speravo che ne avremmo avuto almeno uno insieme. Quando gliel'ho detto, mi ha risposto che aveva smesso".

"Vi frequentate solo da un mese", disse Marina. "Potrebbe cambiare idea".

"No, ha smesso, *proprio*. Cioè, ha fatto la vasectomia. Ho chiesto a Dmitri quando avrebbe avuto intenzione di dirmelo". Kai sospirò. "Si è offeso e mi ha chiesto se lo apprezzavo di più come essere umano o come creatore di bambini. Voglio dire, di solito è un argomento da donne, quindi cosa potevo dire? Ho parlato di adottarne uno, ma lui mi ha detto che non ne vuole crescere altri. Ora devo scegliere se sposare Dmitri o cercare di incontrare qualcun altro per avere un figlio. E non è che ci sia la fila dietro l'angolo".

"Capisco", rispose Marina con dolcezza. Non riusciva a immaginare perché un uomo non volesse sposare una donna così bella come sua sorella, ma sapeva anche che la personalità estroversa di Kai poteva intimidire. Allungò la mano e prese quella di Kai. "Mi dispiace che tu debba affrontare tutto questo".

Kai si asciugò le lacrime sulle guance. "Sono abbastanza sicura di amare Dmitri, ma voglio anche diventare madre. Andare in tournée con la compagnia teatrale è stato un sogno, ma voglio qualcosa di più. Voglio una famiglia come te e Brooke. Perché non riesco mai a fare tutto per bene?".

Marina avrebbe voluto incoraggiarla, e dare un quadro migliore della situazione a sua sorella, ma erano troppo grandi per raccontarsi favole. La verità era più importante in quel momento. "La vita non ci offre sempre esattamente ciò che vogliamo, ma ci dà ciò di cui abbiamo bisogno per diventare più forti e resilienti. Bisogna avere fiducia".

Kai rimase in silenzio per un momento. "Vuoi dire, come i nostri genitori e Stan?".

Marina toccò il suo bicchiere e annuì. "Abbiamo avuto la nostra parte di dolore. Dopo la morte di Stan, ero sopraffatta dal pensiero di avere un bambino, figuriamoci due. Ma ora sono così grata per i miei figli. E tu sei stata la migliore zia di sempre per Heather e Ethan. Hai mandato loro i biglietti per i tuoi spettacoli li hai aiutati a imparare a suonare il pianoforte: sono esperienze di cui faranno tesoro".

"Abbraccerò sempre la famiglia che ho già", disse Kai. "Ma voglio comunque crearne una tutta mia, da qualche parte". Alzò il mento verso la brezza dell'oceano. "So cosa voglio".

"Allora, come dice sempre Ginger, credici con un fervore incrollabile".

Si appoggiarono l'una all'altra, offrendosi conforto reciproco contro le vicissitudini della vita. Marina accarezzò i capelli di Kai. *Perché è questo che fanno le sorelle.*

Quella sera, dopo aver preparato la cena con Ginger e Kai e aver condiviso una partita a domino, Marina tornò in camera da letto. Mentre si preparava per andare a letto, un breve squillo del telefono indicò l'arrivo di un messaggio da Gwen, la sua agente.

Urgente! Sono a una cena, non posso parlare, per favore chiamami domattina presto.

Marina si infilò sotto il morbido piumone, chiedendosi cosa avesse da dirle. Una parte di lei sperava che si trattasse di un'offerta di lavoro, mentre un'altra parte si chiedeva se quella svolta degli eventi fosse un segnale dell'universo per dirle che doveva cambiare la sua vita.

Proprio come aveva consigliato a Kai. *Con incrollabile fervore.*

Prima di andare a dormire, Marina decise di scoprirlo. Non era più una ragazzina, e se voleva vivere la vita alle sue condizioni, doveva iniziare subito.

8

Marina camminava lungo la riva del mare dopo l'alba, tenendo le sue infradito in mano e sentendo la sabbia fresca schiacciarsi sotto le dita dei piedi. Gabbiani bianchi dalle ali spiegate e le zampe rosa si libravano in volo. Le sterne dai becchi rosso corniola si tuffavano in mare, pescandosi la colazione, mentre gli uccelli della spiaggia sfrecciavano intorno a loro, beccando la sabbia. Intorno a lei, i suoni della natura, il canto degli uccelli e lo scrosciare delle onde la aiutavano a calmare i nervi. Strinse il telefono, aspettando che Gwen rispondesse.

"Marina, sono così felice che tu abbia chiamato", disse Gwen.

"Spero che tu abbia buone notizie", disse Marina, cercando di pensare positiva.

Gwen esitò. "Mi dispiace. Temo di no, ma è necessario che tu lo sappia: il tuo vecchio capo era presente alla cena a cui stavo partecipando".

Facendosi forza, Marina chiese a Gwen di continuare.

"Hal sta dando la colpa del calo degli ascolti alla tua partenza", disse Gwen. "Ha fatto un tentativo con Babe, ma lei non è proprio riuscita a tirarsi via quel tono frivolo e le sue risatine mentre dava le notizie. Ma prima che tu inizi a gongolare, ti sta incolpando di aver violato il contratto di lavoro. Hal sostiene che la tua azione ha causato un brusco calo degli ascolti, e che conseguentemente, tu debba risarcire i danni". Fece una pausa. "Marina, pensavo che ti avesse licenziato. Almeno, questo era ciò che mi aveva detto all'inizio. Di che cosa si tratta?"

Il cuore di Marina affondò. "L'ho preceduto di qualche secondo". *Danni*. Immediatamente capì cosa significava. "Ha intenzione di farmi causa, vero?".

"Temo di sì", rispose Gwen. "Hal era pieno di Martini e ha detto più di quanto avrebbe dovuto. Non mi aspetterei da lui delle referenze".

Un'ondata fredda si abbatté sui polpacci di Marina, facendole quasi perdere l'equilibrio. "Immagino che questo renderà più difficile la mia ricerca di lavoro".

Gwen era d'accordo. "Hal sta dicendo a tutti che è difficile lavorare con te. Questo, in altre parole, significa *non assumetela*. Ma prometto di fare del mio meglio per aiutarti. Inoltre, farò controllare la cosa al mio avvocato che si occupa dei contratti".

Mentre Gwen cercava di rassicurarla, Marina poteva sentire il dubbio insinuarsi nella sua voce. Con la vita precedente che le stava crollando intorno, per Marina era ancora più evidente che doveva prendere in mano la situazione e trovare una strada alternativa. Ma quale?

Marina ringraziò Gwen e riattaccò. Di fronte all'oceano, inspirò l'aria marina per schiarirsi le idee. Una volta recuperata la calma, si voltò. Uscendo di casa quella mattina, Ginger le aveva accennato che in paese ci sarebbe stato il mercato contadino. Marina avrebbe potuto prendere della frutta e verdura fresca e vedere se c'era posto per alcuni dei suoi pani e biscotti fatti in casa.

Mentre Marina si voltava verso il villaggio, vide Ivy

camminare nella stessa direzione e la chiamò. Ivy si affrettò verso di lei.

"È così bello vederti. Come va la caviglia?". Chiese Ivy, abbracciandola.

"Molto meglio", rispose Marina. "Il dottore ha detto che si tratta di una leggera distorsione, quindi se non esagero, dovrei essere a posto". Sollevò la lunga gonna color corallo che indossava, rivelando la calza compressiva che portava. "Sto andando al mercato agricolo. Ti va di venire con me?".

"Anch'io vado lì", disse Ivy. "Possiamo camminare lentamente".

Le due donne si misero al passo e cominciarono a chiacchierare dei vecchi tempi di Summer Beach, cosa che aiutò Marina a distrarsi dalla conversazione avuta con Gwen.

Quando si avvicinarono ai tavoli dei venditori, carichi di lattuga fresca, arance, fragole, pomodori e avocado, Marina si sentì sollevata. Le piaceva l'energia che sentiva in quel luogo. Ma sarebbe riuscita a vivere lì e a farcela? Si rivolse a Ivy. "Sei contenta di essere tornata a Summer Beach?".

Ivy sorrise. "L'anno scorso, in questo periodo, la mia vita era totalmente per aria. Quando sono arrivata qui con Shelly, abbiamo affrontato molte sfide, ma ora la maggior parte delle difficoltà sono state risolte. Francamente, non vivrei da nessun'altra parte".

"È stato difficile ricominciare da soli?". Chiese Marina.

"Sì, ma è stato utile avere qui Shelly e Poppy", disse Ivy. "Quello che una di noi non riusciva a capire, l'altra ci riusciva".

Mentre si facevano strada tra i banchi dei venditori che selezionavano i prodotti, Marina pensò: "Mia sorella Kai passerà qui un paio di settimane. Ieri sera abbiamo fatto una delle migliori chiacchierate degli ultimi anni. Siamo entrambe davanti a un bivio". Marina si fermò a comprare un cestino di bellissime fragole mature, e la donna diede loro alcuni lamponi da assaggiare.

"Mmm, prendo anche un cestino di questi. E quei mirtilli". Marina stava pensando di preparare delle crostate ai frutti di bosco. La donna le riempì un sacchetto.

"Se potessi fare qualsiasi cosa, tu sapresti quale fare?". Chiese Ivy.

Marina fece un cenno con la mano, intorno a sé. "Mi circonderei di ottimo cibo e di gente che si diverte. Come in questo posto". Pagò la frutta e si incamminarono.

"Questo significa che stai pensando di cambiare carriera?". Chiese Ivy.

"Forse". Un'idea stava prendendo forma nella mente di Marina. Avrebbe potuto aprire una bancarella lì e crearsi un suo proprio giro di clienti. "Prima vorrei provare alcune ricette. Lavoravo nei bar, ma sono un po' arrugginita. In uno, anni fa, ho iniziato a servire ai tavoli e ho preso in gestione la cucina, quando il cuoco si era licenziato e la proprietaria incinta di otto mesi".

"Gli ospiti chiedono sempre consigli sui ristoranti", disse Ivy, annuendo pensierosa. "Se aprirai un caffè, potrei aiutarti mandando i clienti".

La mente di Marina era in fermento. Zoppicando in giro per la locanda, una sera si era goduta un incontro nella sala della musica con altri ospiti. "Ti dispiacerebbe se contribuissi con qualche antipasto ai vostri eventi pomeridiani a base di tè e vino?".

"Agli ospiti piacerebbe molto", disse Ivy. "Anche se insisterei per pagarti".

Marina iniziò a rassicurare Ivy che non era obbligata a farlo, ma data la sua situazione finanziaria, qualsiasi entrata sarebbe stata ben accetta. Inoltre, avrebbe dovuto sostenere le spese per il cibo. Aveva già pagato la retta per Heather e Ethan, ma a settembre avrebbe avuto un altro anno da pagare.

"Lo apprezzerei molto", disse Marina.

Ivy le sorrise. "Gli amici servono a questo. Ci sosteniamo a vicenda".

Per la prima volta dopo anni, Marina era di nuovo pervasa dall'entusiasmo per un progetto. Aprire un bar avrebbe richiesto un notevole impegno finanziario, e la cosa preoccupava non poco.

"Prima ci sono molte cose da fare", disse Marina. "Oltre a provare i piatti e a creare un menu, dovrei trovare una sede, ottenere i permessi necessari e capire come fare rendere l'attività".

"Salve, signore", disse Bennett avvicinandosi a loro.

"Ecco l'uomo che può indicarti la direzione giusta". Ivy sorrise, mentre Bennett si chinò e la baciò sulla guancia. "Signor sindaco, dove consiglierebbe di iniziare a una donna che sta pensando di aprire un caffè?".

Il volto di Bennett si illuminò. "Summer Beach avrebbe bisogno di un altro buon ristorante. Ne hai mai gestito uno prima d'ora?".

"No, ma ho lavorato nei ristoranti quando ero più giovane", disse Marina. "E Ginger mi ha insegnato molto sulla cucina".

Bennett sorrise. "Ho sentito dire che era buona amica di Julia Child".

"La solita Ginger". Marina pensò ai costi e ai rischi relativi da affrontare per aprire un ristorante senza un'idea di base. "L'esborso iniziale e le spese generali di un caffè sarebbero rischiose, ma abbiamo un patio al Coral Cottage. C'è qualche legge che mi impedisce di organizzare qualche cena lì? Una sorta di *pop-up café* serale, per degli ospiti paganti".

Marina si immaginava di condividere con loro dell'ottimo cibo e del buon vino, e di passeggiare poi sulla spiaggia. Ginger avrebbe potuto anche raccontare le sue storie. Tuttavia, se le feste avessero avuto successo, avrebbe dovuto ampliare il patio. Al momento era abbastanza grande per un solo tavolo, ed era un po' buio.

Bennett si passò una mano sul mento mentre pensava. "Lo

Stato ha una nuova legislazione che riguarda le microimprese di cucina domestica e i servizi temporanei di ristorazione a domicilio. Bisogna richiedere i permessi e seguire le linee guida, ma questa legge vuole aiutare le persone a guadagnarsi da vivere e a intrattenere gli altri. A patto che non ci siano lamentele da parte dei vicini". Bennett e Ivy si scambiarono uno sguardo.

"Ci sono stati problemi in passato?". Chiese Marina.

"Non spettegolerò sui miei vicini in pubblico", disse Ivy. "Ma è qualcosa che dovresti essere pronta ad affrontare".

"Vieni in municipio e ti aiuteremo ad iniziare", disse Bennett.

"Lo farò", disse Marina, sentendosi più speranzosa e forte di quanto non fosse da tempo. Quella che era iniziata come una giornata terribile con la telefonata a Gwen stava ora migliorando notevolmente.

Con la coda dell'occhio, vide Ivy stringere la mano di Bennett in segno di silenzioso apprezzamento. I due sembravano così innamorati. E Marina? Aveva a che fare con un verme come Grady.

Eppure, stranamente, poteva quasi ringraziarlo per aver causato quel cambiamento nella sua vita.

Quasi.

"Ho una riunione in municipio, ma è stato un piacere rivederti", disse Bennett a Marina. "E se hai bisogno di assaggiatori, sai dove trovarmi".

Ivy le fece l'occhiolino e Marina sorrise. Era contenta di aver riallacciato l'amicizia.

Mentre Marina e Ivy continuavano a fare acquisti, quest'ultima le presentò diverse persone lungo la strada. "Questa è Jen, che gestisce il negozio di ferramenta *Nailed It*. E lui è Arthur, che sa tutto sull'antiquariato. Lo puoi trovare da *Antique Times*, e sua moglie Nan lavora con Bennett al municipio".

"Felice di conoscervi", fisse Marina, annotando con

piacere nomi e volti.

Salutarono Imani, che viveva anch'essa al Seabreeze Inn mentre la sua casa veniva ricostruita dopo l'incendio di Ridgetop. Lei presentò loro suo figlio Jamir, un giovane alto e allampanato che frequentava il corso di laurea in medicina all'Università della California a San Diego.

Gilda era lì con Pixie, il suo isterico chihuahua. Scriveva su alcune riviste, e Marina l'aveva conosciuta al Seabreeze Inn. Anche il restauro della sua casa in cima alla collina era in corso e stava per essere completato.

Mentre si allontanavano, Marina vide Jack al chiosco di fiori di Imani. I due sembravano avere una conversazione seria. Si chiese cosa stesse succedendo, anche se non erano affari suoi.

Ivy si fermò a chiacchierare con altri amici che un tempo avevano vissuto al Seabreeze Inn. "Questi sono Celia e Tyler. Promuovono il programma di musica nelle scuole".

"Piacere di conoscerti", disse Celia, facendo ricadere sulle spalle una chioma di capelli lisci e scuri. "Tutti noi adoriamo Ginger, qui. Se vi piace navigare, ci piacerebbe avervi ospiti entrambe in barca qualche volta. E non mancate di fare un salto alla nostra imbarcazione in occasione dell'imminente giornata a porta aperte al porto turistico. Si tratta di una raccolta di fondi con tanto di cibo e decorazioni. Serviremo le ricette segrete cinesi di mia nonna".

"Mi piacerebbe molto", disse Marina.

Tyler strinse la mano della moglie. "Ivy, abbiamo degli amici che vorrebbero prendere una delle vostre suite con vista sul tramonto per qualche settimana quest'estate".

"Dimmi un po'", disse Marina. "Ginger mi ha suggerito di incontrare una donna di nome Cookie, prima di andarmene".

Ivy si alzò in punta di piedi per vedere oltre la folla. "Eccola. È quella con il grembiule bianco".

Marina si diresse verso la donna, che era l'organizzatrice del mercato agricolo.

"Salve, sono Marina Moore, una delle nipoti di Ginger Delavie".

"Mi chiamano Cookie", disse la donna, allungando una mano. "Probabilmente non ti ricorderai di me, ma ho visto te e le tue sorelle crescere qui. Ho avuto per anni la panetteria in Main Street".

"Oh sì", disse Marina, ricordando come Ginger le portava in panetteria a prendere i biscotti morbidi, all'uvetta e bicolori. Cookie aveva la stessa faccia rotonda e allegra che ricordava. "Gestisci ancora la pasticceria?".

"Sono in pensione, tranne che per la gestione del mercato agricolo", risponde Cookie. "Purtroppo la panetteria ha chiuso. Una coppia di Los Angeles che ha comprato l'attività pensava di poterla gestire da fuori città". Scosse la testa. "Ci hanno piazzato lì uno dei loro figli, giovane e ribelle, e lui ha dato via il negozio. Non è passato molto tempo prima che chiudesse, ma la città ci ha guadagnato un'altra gelateria, che è venuta al suo posto".

"È triste quando succede", disse Marina. "Ho una mezza idea di aprire un bar, ma prima vorrei crearmi un giro di clienti in questa comunità. Magari, iniziando qui vendendo alcuni dei miei prodotti da forno, conserve e dolci, potrei conoscere la gente".

Cookie annuì pensierosa. "È un modo intelligente di procedere. Stai usando le famose ricette di Ginger?".

"Un bel po', ma anche alcune delle mie". Marina non vedeva l'ora di iniziare a perfezionare le sue abilità e a sperimentare nuove idee per i piatti.

Avendo vissuto a San Francisco, aveva cenato in molti ottimi ristoranti della città e delle comunità circostanti. Era una grande fan di Alice Waters e del suo *Chez Panisse* a Berkeley, in particolare dell'idea alla base, *dalla fattoria alla tavola*. Per lei, le verdure di stagione erano opere d'arte. Semplici, fresche e saporite. Eccezion fatta per alcuni corsi di cucina che aveva frequentato in vacanza presso il centro termale *Rancho La*

Puerta in Messico e in un vigneto in Francia, Marina non era una cuoca provetta e nemmeno una cuoca di lusso. Tuttavia, sapeva riconoscere il buon cibo.

Summer Beach aveva bisogno di un posto del genere.

Davvero.

Cookie la guardò. "Non spendere tutti i tuoi soldi in una volta sola per affittare e arredare uno spazio". Accigliata, si passò le mani sul grembiule. "Gestisco una tavola rotonda comunitaria a cui puoi unirti. Una specie di incubatrice per le idee. Sei la benvenuta, se vuoi prenderne parte e vedere se c'è interesse". Il suo volto si addolcì. "Ho sentito che hai passato un periodo difficile a San Francisco. Che razza di bulli".

"Adesso è finita". Marina sbatté le palpebre costernata. Il suo meme era arrivato anche agli abitanti di Summer Beach. Nonostante l'imbarazzo e le minacce di Hal, doveva andare avanti. "Mi piace l'idea. Ci verrò subito".

"Il martedì e il venerdì", disse Cookie. "Incontrerai tutti gli abitanti della città".

Marina scelse un bel cespo di lattuga romana e lo aggiunse alla sua borsa. Da un altro venditore comprò un vasetto di miele locale. Presto sarebbe stata una di loro.

L'attesa di quel momento le aveva risollevato il morale.

Mentre tornava verso Ivy, prese una scorciatoia dietro le tribune. Lontano dalla folla, Jack e Imani stavano discutendo profondamente e, apparentemente, in privato. Non stava origliando, ma sentì Imani fare una domanda. "Puoi prendere subito accordi per il ragazzo?".

Jack emise un grande sospiro. "Essendo mio figlio, dovrò farlo".

Un bambino. Marina si chiese cosa stava succedendo. Forse Jack era già stato sposato, o forse lo era ancora.

Tuttavia, la sua vita privata non la riguardava. Era l'affittuario estivo di Ginger, non il suo.

Anche se quella conversazione aveva turbato Marina. Perché Jack non avrebbe voluto occuparsi di suo figlio?

9

Quella mattina presto, Jack lasciò Scout nel cottage con cibo e acqua in abbondanza per la giornata. Aveva chiesto a Kai di farlo uscire una o due volte e lei gli aveva assicurato che avrebbe portato Scout in spiaggia per una corsa. Dopo essersi messi d'accordo, Jack affrontò il viaggio di due ore verso nord, fino a Los Angeles. All'arrivo, parcheggiò davanti a una casa a due piani a Santa Monica, una comunità urbana sulla spiaggia al confine occidentale della contea di Los Angeles.

Osservando un palo su cui erano affissi diversi cartelli di divieto di sosta in vari giorni, orari e notti della settimana, Jack calcolò di essere al sicuro per due ore di parcheggio. Controllando due volte l'indirizzo con i numeri affissi sopra il portico, verificò che la casa fosse quella giusta.

La casa di Vanessa.

Un'alta pianta di banano inarcava le sue foglie verde cera sopra la casa stuccata color giallo sole, e dei gerani rossi e brillanti fuoriuscivano dalla ringhiera del portico. Una ragazza e un ragazzo sfrecciavano in skateboard sulla strada tranquilla e, nel mentre, il ragazzo si voltò e gli sorrise, facendo il segno della pace. I due si fermarono, alzarono le tavole e corsero nella casa accanto. Sul prato c'era un cartello con scritto *"Vendesi"*.

Tirando un respiro profondo, Jack si fermò per rimettere insieme i suoi pensieri.

Se ciò che Vanessa gli aveva detto era vero, stava per incontrare suo figlio per la prima volta. Jack si accarezzò il mento liscio. Si era rasato la barba e aveva indossato i jeans migliori per l'occasione, ma si chiese se non avrebbe dovuto vestirsi meglio per mostrare rispetto.

Le budella gli si torcevano per l'ansia. Non si era mai sentito così smarrito nell'affrontare una situazione. In momenti come quello, avrebbe voluto poter chiamare sua madre o suo padre per chieder loro consiglio, ma erano morti da qualche anno. Apprezzava più che mai quello che avevano fatto per lui da bambino. Forse, più tardi, avrebbe chiamato sua sorella in Texas, ma poteva solo immaginare cosa gli avrebbe detto. L'avrebbe chiamata una volta capito cosa stava succedendo.

Imani, che aveva assunto come consulente, gli aveva raccomandato di non lasciarsi guidare dal cuore, ma di valutare prima la situazione. Sebbene tutto ciò facesse parte della sua formazione professionale, non era sicuro di farcela.

"Posso venire con lei", gli aveva detto Imani quando si erano incontrati al mercato agricolo.

"No, devo a Vanessa, per rispetto, la possibilità di incontrarla. Come vecchi amici e colleghi". *E amici intimi.* Durante quel pericoloso incarico, alcuni reporter, tra cui loro due, erano stati coinvolti in un fuoco incrociato di proiettili. Un reporter era stato ferito gravemente e trasportato in ospedale. Dopo quel fatto, tutti erano nervosi. In situazioni così tese succedevano cose assurde, e lui e Vanessa si erano cercati a vicenda per trovare conforto. Nessuno sapeva se quel giorno sarebbe stato l'ultimo.

"Le chieda il nome del suo avvocato", aveva consigliato Imani. "Se è così organizzata come lei si ricorda, e ha pensato a tutto fino al punto di contattarla, allora probabilmente sta cercando di mettere ordine nei suoi affari. Se non ha un avvocato, è un segnale di allarme".

Jack stimava molto Vanessa, come collega giornalista. Aveva provato a chiamarla più volte, pensando di poter portare avanti la loro relazione. Quando finalmente lei lo aveva richiamato, gli aveva detto che era finita.

Aveva seguito la sua rubrica per un paio d'anni. Diverse volte aveva commentato qualche articolo scritto da lei. Vanessa era stata cordiale, ma senza dare alcun segno di volere qualcosa di diverso da un rapporto professionale con lui.

Ora, il movimento di una tenda alla finestra attirò la sua attenzione. Di riflesso, Jack cercò una sigaretta nel taschino prima di ricordarsi che non fumava più. Se mai avesse avuto bisogno di qualche tiro, quello era il momento giusto. Invece, afferrò il volante e trasse un altro respiro. In pochi istanti la sua vita sarebbe cambiata. Jack scese dall'auto.

La porta d'ingresso si aprì prima che potesse raggiungerla. Riconobbe a malapena la donna esile che sbirciava fuori.

"Jack." Vanessa sorrise e tenne aperta la porta.

Portava una sciarpa arancione e gialla intorno alla testa, le cui frange ricadevano su una spalla. Non c'era più la rigogliosa criniera di capelli neri e lucenti che ricordava, ma riconobbe quegli occhi scuri che brillavano di intelligenza e compassione.

"Vanessa". Jack salì sul portico, cercando di non far trasparire lo shock dal suo volto. "Sono felice che tu abbia chiamato".

Ridendo dolcemente, disse: "Sono cambiata molto, non è vero?".

Con il cuore in frantumi per lei, Jack scosse la testa. "Sei bella come sei sempre stata".

Lei sollevò un angolo della bocca. "Ora so che stai mentendo, ma grazie per il ricordo. Entra".

"Vanessa, mi dispiace tanto che tu stia male". Sentendosi in imbarazzo, Jack fece per abbracciarla, ma lei lo fermò toccandogli il petto con la punta delle dita.

"Le mie difese immunitarie sono piuttosto basse", disse, facendo un passo indietro. "Grazie per la comprensione".

"Oh, certo", disse Jack, sentendosi un idiota. "Ti senti bene?". Non appena le parole gli uscirono di bocca, avrebbe voluto rimangiarsele. "Mi dispiace, ho detto la cosa sbagliata, vero?".

Vanessa scosse la testa. "È tutto a posto. È dura per tutti". Fece una pausa. "Nel caso te lo stia chiedendo, la mia è una malattia rara. È definita "orfana", cioè così rara che non vale la pena di studiarla, se non per chi ama le stranezze". Fece un sorriso ironico. "Sto scherzando. Sono seguita da medici, infermieri e operatori sanitari meravigliosi, di ogni tipo. Tuttavia, non sono maghi".

Jack dovette chiederlo. "Stai soffrendo molto?"

"Solo quando finisce l'effetto dei farmaci", risponde Vanessa. "E non preoccuparti, non sono contagiosa. La mia condizione è stata aggravata da anni di fumo, quindi spero vivamente che tu abbia smesso".

"Sì, l'ho fatto". Un sudore freddo lo invase. *Perché doveva succedere proprio a lei?* Avrebbe voluto poter fare a cambio. Anche se nessuno è in grado di sopravvivere al pianeta Terra, fare quella fine non sembrava giusto né per lei né per suo figlio.

Jack entrò, dando un'occhiata all'ampio soggiorno arredato con colori vivaci e allegri. Il gusto di Vanessa era impeccabile. Un sarape intrecciato in rosso, blu e verde copriva un divano blu fiordaliso. In un angolo luminoso, una collezione di felci e orchidee riempiva le ceramiche dipinte con colori vivaci. Grandi opere d'arte erano appese sopra dei mobili scuri intagliati e lucidati a specchio. Nell'aria aleggiava un leggero aroma di olio d'arancia.

Seguendo il suo sguardo, Vanessa disse: "I miei genitori

collezionavano le opere di artisti messicani come Frida Kahlo, Diego Rivera e Rufino Tamayo, molto prima che fosse di moda. Quando i miei genitori morirono, lasciarono gran parte della loro collezione a un museo vicino a Wilshire e Brea. Questi sono i miei pezzi preferiti. Non hanno lo stesso valore di quelli dei maestri, ma significano molto per me. Vorrei che Leo li avesse".

Jack non aveva parole. Si guardò intorno, chiedendosi dove fosse il ragazzo.

"Sediamoci", disse Vanessa, con un'aria stanca. Leggendo il linguaggio del corpo di Jack, aggiunse: "Leo è qui vicino a giocare con una sua amica".

Jack si accomodò sul divano. "Ha uno skateboard?".

"Sì".

"Li ho visti quando sono arrivato. È un bel ragazzo". Indossavano il casco, ma cos'altro poteva dire? "Vanessa, è colpa mia. Avrei dovuto fare più attenzione e chiamarti più spesso...".

"Jack, lasciami parlare". Vanessa prese un bicchiere d'acqua e ne bevve un sorso. "Sapevo cosa stavo facendo. Anche se non avevo programmato di rimanere incinta proprio in quel momento, ero felice. Non ho mai voluto sposarmi, anche se sapevo che mia madre sarebbe stata entusiasta di avere un nipote. E lo era".

Jack poteva capirlo. Nella loro professione, molti matrimoni erano finiti per lo stress causato da troppi viaggi e preoccupazioni.

Vanessa si portò una mano al cuore e guardò una collezione di fotografie incorniciate su un pianoforte a coda nell'angolo della stanza. "Qui ci sono mia madre e mio padre, con Leo".

Jack si alzò per guardare le foto. "Sembra che si siano divertiti molto".

Vanessa annuì. "Hanno passato molto tempo insieme e Leo li ha amati tantissimo. Vorrei che fossero ancora con noi, ma questa è la vita". Sorrise malinconicamente. "Sono così felice che tu sia venuto. Non ero sicura che avresti capito".

Jack la raggiunse di nuovo, sedendosi su una sedia vicino a lei, ma stando attento a mantenere una distanza di sicurezza. "Vedendoti così... non c'è bisogno di spiegare. Sappiamo entrambi cosa è successo allora".

Vanessa bevve un altro sorso d'acqua. "Siamo onesti. Non siamo mai stati innamorati, anche se ti ho sempre rispettato. Avrei potuto − e probabilmente dovuto − dirti di Leo, ma i miei genitori erano molto all'antica. Per rendere le cose facili a tutti, dissi loro che non sapevo chi fosse suo padre. Ho mentito perché non volevo essere costretta a sposarmi".

"Ma, Vanessa", esordisce Jack.

Alzò la mano. "Se mio padre avesse saputo chi eri, non riesco a immaginare cosa avrebbe potuto fare, da arrabbiato. Papà era un brav'uomo, ma non era perfetto. Soprattutto quando si trattava di difendere il mio onore. Non sarebbe stato possibile ottenere nulla di buono, rivelandogli che tu eri il padre".

Jack annuì. "Ok, posso capire". Doveva essere onesto anche con se stesso. "Vanessa, se me lo avessi detto, avrei fatto la cosa giusta. Ti avrei sposato, sostenuto, qualsiasi cosa tu avessi voluto".

"Ho ottenuto quello che volevo", disse lei, sollevando il mento in segno di sfida. "Non avevo bisogno dei tuoi soldi e non volevo essere sposata con nessuno. Senza offesa. Per me il matrimonio non era necessario. Mia nonna ha ereditato un grande ranch da una concessione terriera messicana del XIX secolo. L'*hacienda* originale si trova ancora sulla proprietà come monumento storico del periodo in cui la California faceva parte del nostro vicino a sud. I miei nonni hanno venduto degli appezzamenti per molti anni e ne hanno depositato i ricavi in un fondo. Sono stata ben mantenuta, come lo sarà Leo. Non ti sto chiedendo di sostenerlo. Ti chiedo solo di entrare nella sua vita, adesso".

Le sue parole intaccavano la visione maschile che Jack aveva di sé. Eppure, non aveva tutti i torti. "Immagino che non avessi bisogno di essere salvata".

Vanessa sorrise. "A mia madre sarebbe piaciuto, e credo che anche tu le saresti piaciuto. Mamma aveva sempre sognato un matrimonio sfarzoso in chiesa per me. Avere un figlio fuori dal matrimonio era già abbastanza difficile, ma non avevo intenzione di compromettere i miei principi o ciò che volevo".

Asciugandosi una lacrima con la coda dell'occhio, Vanessa fece una pausa per prendere fiato e poi continuò. "Questo fa sembrare papà un uomo terribile, ma in realtà non lo era. I miei genitori erano persone orgogliose e si preoccupavano per me. Ma erano ancora ancorati al passato".

"Capisco", disse Jack a bassa voce. Il mondo intorno a loro era cambiato così rapidamente e Vanessa era la loro preziosa figlia, il loro futuro. Poteva non essere d'accordo con lei su tutto, ma rispettava le sue opinioni.

"Spero che tu lo faccia", disse lei, allungando la punta delle dita verso la manica di lui. "Da adolescente mi sono ribellata alla tradizione. Quando ho scoperto di essere incinta, ho pensato che fosse giunto il momento di fare qualcosa per loro. E cioè dare loro il nipotino che avevano sempre desiderato. Avrebbero voluto una famiglia numerosa, ma dopo la mia nascita mia madre non aveva più potuto avere altri figli. Io ero la loro speranza di continuare la famiglia".

Vanessa fece una pausa e trattenne le lacrime. "Mi dispiace. Mi sono sempre sentita in colpa per averti tenuto nascosto Leo. Pensavo di essere indipendente, ma ora mi rendo conto che siamo tutti legati a qualcosa di più grande. E ne abbiamo bisogno".

"Ehi, va tutto bene", disse Jack. Trovò una scatola di fazzoletti e gliela porse. "Sono tutte cose del passato. Hai fatto ciò che ritenevi giusto in quel momento", disse, anche se gli dispiaceva dirlo. Avrebbe voluto avere l'opportunità di essere presente nella giovane vita di Leo. Ma era troppo tardi per discutere.

"Non sto dicendo che quello che ho fatto sia giusto per te o per Leo. Ora me ne rendo conto. Ed è per questo che ti ho contattato. Forse non è troppo tardi per rimettere le cose a posto".

Jack ci pensò. Sistemare le cose avrebbe sconvolto la sua vita, ma ora era in gioco quella di un bambino – anzi, la vita e il benessere emotivo *di suo figlio.*

Scosse la testa tra le lacrime. "Dopo la morte dei miei genitori, avrei potuto chiamarti. Ma a quel punto non sapevo cosa dire e pensavo che ti saresti arrabbiato. O peggio, che non ti sarebbe importato. Così non ho fatto nulla. Ero una fifona".

Jack scosse bruscamente la testa. "Non userei mai quella parola per descriverti. Quello che hai fatto è stato incredibilmente coraggioso e premuroso. Io ero solo un ragazzo qualunque, ma tu hai cercato di risparmiare dolore ai tuoi genitori e di crescere un bambino da sola". Jack non poteva negare di aver provato una fitta di risentimento per il suo ego maschile, ma date le circostanze, era un ragazzo cresciuto. E, a differenza della donna coraggiosa che sedeva davanti a lui, sarebbe sopravvissuto.

"Grazie per averlo detto". Lei alzò il viso verso il suo. "Te l'avevo detto che era complicato".

Il suono delle risate dei ragazzi fluttuava attraverso una finestra aperta.

"Sembra che i ragazzi siano in giardino", disse Vanessa, facendo un cenno verso un paio di porte-finestre sul lato della casa. Si alzò e camminò verso la porta. "Leo è cresciuto così tanto nell'ultimo anno".

Jack la raggiunse. Insieme, guardarono fuori, osservando i bambini attraverso una vecchia rete metallica.

"Denise tiene le siepi basse sul loro lato, così posso guardare Leo che gioca sull'altalena con Samantha. Denise e John sono stati degli ottimi vicini".

"Siete amici?"

"Si sono trasferiti l'anno dopo la nascita di Leo, quindi i nostri figli sono cresciuti insieme. Samantha gli mancherà". Vanessa toccò il bicchiere. "L'azienda tecnologica per cui lavora John è stata acquisita, quindi alla fine dell'anno si trasferiranno in Oregon".

"A proposito di Leo", iniziò Jack, poi esitò. Non voleva metterle fretta, ma voleva sapere cosa si aspettava da lui.

Vanessa lo guardò, con i suoi espressivi occhi castano scuro che si stagliavano sul suo viso magro. "È tuo figlio, Jack. Devi prendere una decisione, ma non posso farlo io per te".

Gli venne in mente il consiglio di Imani. Doveva sapere quali erano le opzioni sul piatto. "Ma se non..."

"Mamma, guarda", esclamò Leo.

"Sto guardando, *mi hijo*", disse, alzando la voce, anche se sembrava sforzata. Tuttavia, sorrise coraggiosamente e salutò il figlio con un cenno del capo.

Leo si mise a dondolare forte sull'altalena, con i capelli castani arruffati dal vento, e poi saltò giù, facendo una capriola e ruzzolando nel cortile. Si rialzò sorridendo. "Ce l'ho fatta! Mamma, hai visto?".

"L'ho visto, tesoro. È stato fantastico". Vanessa batté le mani e gli fece un pollice in su. Nel farlo, vacillò un po' sui suoi piedi.

In piedi dietro Vanessa, Jack le infilò la mano sotto l'avambraccio per sostenerla. Lei si strinse al suo braccio e alzò lo sguardo.

"Grazie. A volte sono un po' traballante, quando sto in piedi".

"Forse se ti riposi un po', recupererai le forze", disse Jack. "Potresti ancora sconfiggere la malattia. Ci sono molti nuovi farmaci...". Si fermò quando vide lo sguardo di lei.

"Non sono una che si arrende, ma so quando è finita. Ho subito interventi chirurgici e trattamenti farmacologici sperimentali. Il mio medico mi ha consigliato di organizzare i miei affari e di stare bene il più a lungo possibile. E quando sarà il momento, e il dolore troppo forte, andrò in una casa di riposo".

Jack si asciugò gli occhi e annuì. Non aveva altre opzioni. "Farò tutto quello che vuoi".

"So cosa vorrei per Leo", disse Vanessa con dolcezza. "E so che è una richiesta terribilmente grande. Ma è una decisione che devi prendere tu".

Leo corse verso la recinzione metallica e infilò nei fori le punte delle scarpe da ginnastica, sollevandosi. "La mamma di Samantha l'ha chiamata per la cena".

Vanessa sollevò il mento. "Vieni a casa allora. Ho un amico che voglio farti conoscere. Non dimenticare lo skateboard".

Mentre Leo si affrettava a prendere la tavola, Vanessa si girò verso Jack e gli premette le mani contro il petto. Senza dire nulla, Jack le abbracciò e lei rabbrividì contro di lui.

"È da tanto che non mi abbracciano così", disse. Con una risatina sommessa, aggiunse. "Ma non farti venire altre idee".

Strofinando delicatamente la schiena di Vanessa, Jack sentì le sue fragili ossa sporgere sotto la camicia di lino larga che indossava. Probabilmente un tempo le era andata bene, si rese conto. La gravità della sua situazione lo colpì e deglutì a fatica.

"Non preoccuparti per tuo figlio", disse Jack, per poi correggersi. "*Nostro* figlio. Voglio che tu ti goda il tempo che ti rimane con lui". La aiutò a tornare sul divano e, mentre lei si sistemava, Leo fece irruzione con il suo skateboard sotto un braccio e un piatto di vetro ricoperto di carta stagnola nell'altro.

"La mamma di Samantha ha fatto gli spaghetti stasera", disse Leo.

"Mettilo in cucina e poi torna. Voglio che tu conosca...". Vanessa alzò le spalle. Leo si era già precipitato in cucina.

Jack dovette ammirare l'energia del ragazzo. A dieci anni, il ragazzo sembrava alto per la sua età. Leo era robusto, con una chioma ondulata di capelli castani.

Come i suoi, si rese conto Jack. *Suo figlio*. La sua mano volò di nuovo verso il taschino, prima di bloccarsi. Guardò Vanessa e vide i suoi respiri affannosi.

Ricomponendosi, Jack lasciò cadere la mano. Si strofinò i polpastrelli per calmare i nervi.

Leo tornò di corsa in salotto e si sedette accanto alla madre. "Ciao", disse a Jack.

Vanessa abbracciò il figlio. "Questo è un mio vecchio amico, Jack Ventana. È un giornalista e una volta abbiamo lavorato insieme".

"Forte", disse Leo, allungando la mano.

Stringendo la mano del figlio, Jack sorrise. "Hai una buona presa. Ti ho visto andare sullo skateboard. Te la cavi abbastanza bene".

"Grazie", disse Leo, scostando i capelli dal viso.

Jack guardò bene il viso del ragazzo. Leo aveva gli occhi castano scuro di Vanessa, ma a parte quello, era come se Jack stesse guardando una foto di se stesso a quell'età. Lanciò un'occhiata a Vanessa, che annuì. Aveva cresciuto una copia in miniatura di Jack. Quasi sopraffatto, Jack annaspò per un attimo.

"Forse potresti restare per cena", disse Vanessa a Jack. "Denise mi manda sempre cibo in abbondanza".

"Le sue polpette sono davvero buone", disse Leo, appoggiando la testa sulla spalla della madre.

"Lupita ha lasciato dell'insalata nel frigorifero?", chiese.

"Sì, l'ho vista lì dentro", disse Leo. "Vuoi che prepari la tavola?".

"Posso aiutarvi io", disse Jack, e Leo sembrò soddisfatto.

Vanessa annuì. "Prima lavati, *mi hijo*".

Leo abbracciò la madre prima di saltare dal divano e dirigersi verso il corridoio.

Jack lo guardò andare via, ancora stupito di avere un figlio. Cercò le parole giuste, ma le semplici parole erano inadeguate alla grandezza di ciò che aveva appena vissuto. Deglutendo a fatica per l'emozione, disse semplicemente: "Sembra un bravo ragazzo".

"È il migliore".

A cena, Jack si sedette di fronte a Leo, continuando a meravigliarsi dell'esistenza del ragazzo e a osservare ogni minimo dettaglio di lui. Si accorse anche che Vanessa non riusciva a mangiare molto e Leo la coccolava. Jack riuscì a stento a trattenere le emozioni e lottò contro un nodo alla gola per tutta la durata del pasto.

"Jack, mi piacerebbe molto rivedere Summer Beach", disse Vanessa. "È una delle mie cittadine balneari preferite. Le onde per il surf sono eccellenti". Strinse la mano di Leo. "E visto che vuoi provare a surfare, credo che dovremmo andarci presto".

La fronte liscia di Leo si corrugò per la preoccupazione. "Non dobbiamo farlo per forza, mamma".

"Lo voglio", disse Vanessa, parlando con tono urgente. "Lo voglio per te. E non preoccuparti, è un viaggio breve, e starò bene".

Jack non era altrettanto sicuro di sé. Poteva vedere il dolore inciso sul volto di Vanessa, anche se lei cercava di non darlo a vedere. Mentre Vanessa reprimeva uno sbadiglio, Jack si alzò dal tavolo. "Leo, lavo io i piatti se vuoi aiutare tua madre. Si sta facendo tardi".

Vanessa scosse la testa. "Posso cavarmela benissimo. Voi due andate in cucina".

Dopo aver aiutato Vanessa ad alzarsi da tavola, Jack portò i piatti in cucina.

Leo lo seguì con i condimenti, che mise nel frigorifero.

Appollaiato su uno sgabello vicino al bancone, Leo studiò Jack. "Conosci mia madre da un po', vero?".

"Sì, e mi dispiace molto che stia così male". Jack raschiò il cibo dai piatti alla spazzatura con movimenti lenti e misurati, concentrandosi invece su Leo.

Il ragazzo mosse il piede avanti e indietro con un tic nervoso. "Mamma non lo sa, ma un giorno l'ho sentita parlare al telefono. Avevo dimenticato il telefono che mi aveva dato da portare, così sono tornato a prenderlo. Continuava a fare il tuo nome".

Jack sorrise con studiata nonchalance. "Spero non sia stato troppo brutto".

"Stava parlando dell'*ospizio*". Leo sputò letteralmente fuori quella parola. "So cos'è. Sei qui per portarmela via adesso? Stanotte?"

Le parole di Leo furono come un coltello nello stomaco. Jack posò il piatto, cercando disperatamente le parole giuste, ma non ce n'erano. Non in una situazione come quella.

"Non stasera", disse. "Ma sei un ragazzo intelligente, e credo che tu sappia cosa succederà a un certo punto".

Leo abbassò la testa e annuì. Il suo visino divenne rosso e Jack capì che il ragazzo aveva trattenuto le sue emozioni. Senza esitare, Jack tese le braccia verso il figlio.

Con aria confusa, Leo scese dallo sgabello. Ma invece di andare tra le braccia di Jack per trovare conforto, il ragazzo indietreggiò fuori dalla cucina, con il volto contorto dalla rabbia e dal dolore. "No! Non ti permetterò di portarla via. Questa è la nostra casa e qui è dove resteremo. Vattene!" Si voltò e corse, sbattendo la porta dietro di sé.

Jack finì di lavare i piatti e si diresse verso le camere da letto. Battendo su una porta, attese una risposta. Aprì agevolmente la porta.

Vanessa si era addormentata sul letto. Leo era accanto a lei, anch'egli addormentato.

Non aveva il coraggio di svegliarla. Invece, chiuse la porta e uscì. Il suo cuore soffriva per quello che Vanessa e Leo stavano passando.

Alla sua auto, Jack strappò una multa per divieto di sosta dal parabrezza ed entrò. Proprio quando pensava che lui e Leo stessero andando d'accordo, il ragazzo aveva perso la testa. Quel poveretto era sottoposto a uno stress inimmaginabile.

Un turbine di pensieri assillava Jack. Era lui la scelta migliore per Leo? Il ragazzo avrebbe avuto bisogno di un'assistenza psicologica per elaborare il lutto. Mentre Jack avviava il motore, lanciò un'occhiata alla casa.

Anche se fosse stato pronto ad accogliere Leo nella sua vita, Leo lo avrebbe mai accettato?

10

"Vuoi rinunciare al tuo appartamento?". Chiese Kai.

"Con i gemelli al college, non ho più bisogno di tanto spazio", disse Marina, passeggiando accanto alla sorella sul molo. Portava ancora la calza compressiva alla caviglia, ma la distorsione era molto migliorata.

Ivy e Bennett le avevano invitate alla giornata a porta aperte del porto turistico, dove era in programma una raccolta fondi per sostenere il programma musicale della scuola della loro amica Celia. Marina aveva intrecciato i folti capelli biondi della sorella ed entrambe avevano indossato una canottiera e dei pantaloncini per godersi il sole.

"Sono in affitto da sempre", disse Marina, fermandosi accanto al proprietario di una barca che vendeva frullati di frutta. "I prezzi delle case sono aumentati così tanto rispetto al mio reddito a San Francisco che non potrei mai permettermi di comprarne una in città. La mia agente dubita di riuscire a trovarmi un lavoro lì, e io devo usare i miei risparmi per pagare le tasse universitarie".

Kai passò un braccio intorno alla spalla di Marina. "È una mossa intelligente. Ma non ti mancherà San Francisco?".

"Io e i bambini ci siamo divertiti molto", raccontò Marina. "Spesso mangiavamo la zuppa di vongole con vista sulla baia o esploravamo i giardini botanici del Golden Gate Park. Era così divertente andare in tram a Union Square nei fine settimana. E ci piaceva prendere il traghetto per andare a vedere il festival dell'arte di Sausalito. Ma quel tempo ormai è passato". Provò una fitta di rimpianto, ma doveva essere pratica.

Marina e Kai aspettarono in una breve fila per comprare i frullati, ammirando le barche decorate con temi diversi. Un proprietario esponeva tavole da surf d'epoca e diffondeva la musica dei Beach Boys. Su un'altra, un uomo suonava un sassofono jazz, offrendo della *jambalaya* in stile New Orleans. In fondo al molo, la barca di Bennett era adornata con fiori hawaiani e torce tiki.

Mentre aspettavano, Kai canticchiava "Let It Go", una canzone di *Frozen*. Quando fu il loro turno, Marina fece un'offerta per prendere due frullati di frutta ghiacciati. Si stava godendo il sole e la tranquillità di Summer Beach.

"Ginger è riuscita a vivere qui per tutti questi anni", disse Kai, sorseggiando il suo frullato di mango.

"Non ha mai lavorato veramente a Summer Beach", sottolineò Marina. "Partiva sempre per svolgere vari incarichi. Ma la prossima settimana farò il mio esordio al mercato agricolo".

"Oh mio Dio", disse Kai, sorseggiando il suo frullato. "Devi fare lo stesso pane al cioccolato e cannella che hai fatto l'altro giorno".

"E molto altro", rispose Marina.

Davanti a loro, la nonna si trovava accanto all'elegante barca d'epoca del sindaco e li salutò con la mano. Ginger stava chiacchierando con Ivy e Scout era seduto accanto a lei. Due bambini accarezzavano il cane. Una folla di persone si aggirava lì intorno.

"Sono io, o quel cane sta sorridendo?". Chiese Marina.

"Come il suo padrone", rispose Kai ridendo. "Hai mai notato quanti cani assomigliano ai loro padroni?".

"Oh, basta", disse Marina, anche se ridacchiò insieme alla sorella. "Mi chiedo dove sia Jack. È rimasto spesso nel suo cottage. Tranne che per portare a spasso Scout al mattino".

Kai le lanciò un'occhiata veloce. "Guarda un po' chi sta tenendo d'occhio quel simpatico inquilino. Credo che tu sia interessata a lui".

"Non proprio". Marina diede un colpetto alla sorella sulle costole. "È uno scrittore, quindi significa che lavora sodo".

"Benvenuti al *luau*", disse Ivy, chiamandoli. "Stiamo grigliando ananas e pesche a fette con con un contorno a scelta tra gelato al cocco o ghiaccio tritato". Indossava un sarong hawaiano con un lei di fiori.

"Sembra delizioso", disse Kai, tirando Marina verso la festa.

"Leilani e Roy sono i veri padroni di casa", disse Bennett, che era impegnato alla griglia. "Io sono solo il boss della griglia".

I brani di *Somewhere Over the Rainbow*, cantati dal celebre Iz delle Hawaii, Israel Kamakawiwo'ole, riempirono l'aria, e Kai iniziò a cantare. Marina rise e si unì. Presto tutti stavano cantando.

Bennett sfoggiò un paio di pinze. "Abbiamo anche dei gamberi al barbecue con salse a scelta: cilantro e lime, barbecue dolce e affumicato, di soia al sesamo. Anche il gelato è fatto in casa. Le ricette sono quelle della madre di Leilani".

Ivy le presentò Leilani e Roy. Marina seppe che trascorrevano parte dell'inverno nella casa di famiglia di Leilani a Kauai.

"Quindi tu sei la nipote di Ginger", disse Leilani con un sorriso. "Siamo felici di conoscerti. Siamo i proprietari del Giardino Nascosto. Spero che anche il giardino di Ginger stia bene ora".

"Se riusciamo a tenere fuori il signor Faccia Felice", disse Marina, indicando Scout.

Un'altra coppia che Marina non conosceva si mise di lato. Dietro di loro, vide Jack inginocchiato accanto a un bambino che gli somigliava e a una bambina. Si sentiva curiosamente attratta da lui, ma probabilmente molte altre lo erano. Accanto a loro c'era una bella donna con un turbante chiaro seduta su una sedia a rotelle.

Jack alzò lo sguardo verso di lei.

"Ciao, Jack. Che bella festa". Marina non lo aveva visto molto da quando avevano sistemato il giardino insieme. Ricordando la conversazione che aveva ascoltato tra Jack e Imani al mercato agricolo, sorrise. "È tuo figlio?".

Una strana espressione, che lei non riuscì a decifrare, attraversò il volto di Jack. Arrossì, e sembrò colpito.

"Questi sono Leo e Samantha", riuscì a dire. "E questa è la madre di Leo, Vanessa".

Ignorando la sua reazione, i bambini alzarono lo sguardo verso di lei. "Ciao", dissero.

La donna accanto a lui, su una sedia a rotelle, le sorrise debolmente.

"È un piacere conoscerti", disse Marina.

"Anche il mio", disse Vanessa. "I bambini si stanno divertendo moltissimo".

Una coppia che non conosceva si girò. "Samantha è nostra figlia", disse la donna sorridendo. "Io sono Denise e lui è John".

"Piacere". John strinse la mano a Marina e Kai. "Vanessa e Leo sono i nostri vicini di casa. Siamo tutti in visita da Santa Monica. E dato che alloggiamo al Seabreeze Inn, Ivy ci ha obbligato a venire".

"Come avremmo potuto resistere?" Disse Denise, infilando il braccio in quello del marito. "Mi sono chiesta perché non viviamo qui".

"E questo è Scout", disse Leo, accarezzando il cane, che

continuava a ricevere attenzioni. "Vorrei avere un cane come lui". Gli si strinse intorno e seppellì il viso nella pelliccia dietro le sue orecchie. Scout rimase pazientemente seduto, coccolando il ragazzo.

"Conosciamo Scout", disse Marina. "È una celebrità, qui".

"Non sempre per il motivo giusto", disse Jack. "Hai visto il giardino? Le piante di pomodoro sono cresciute in un batter d'occhio".

Parlarono un po' delle piante di peperoni e cetrioli, mentre Kai fece un'offerta e tornò con un piatto pieno di gamberi alla griglia, pesche e ananas.

"Devi provare l'ananas con le salse", disse Kai. "Oh mio Dio, è delizioso".

Marina intinse una fetta di ananas calda in una delle salse. Il sapore affumicato e la dolcezza naturale della frutta, combinati con il gusto aspro del lime e il coriandolo, erano un mix perfetto. "Antipasto o dessert?", pensò ad alta voce.

"O come contorno per verdure e carni alla brace", disse Leilani. "L'ananas è piuttosto versatile. Alle Hawaii lo prepariamo in molti modi diversi".

"Delizioso", disse Marina. "Come fai a lasciare la tua attività in inverno?".

"Ci limitiamo ad appendere un cartello", disse Leilani. "Alla fine dell'anno facciamo buoni affari con le stelle di Natale e poi chiudiamo fino al primo marzo. Se ci rimangono delle piante, assumiamo dei liceali del club di giardinaggio per curarle fino al nostro ritorno". Fece un cenno a Leo e Samantha. "I nostri figli sono cresciuti, ma li iscrivevamo a Kauai per l'inverno. Gli piaceva molto e imparavano tanto da quell'esperienza. Lavoriamo per vivere la vita che vogliamo".

"Piuttosto che vivere per lavorare", aggiunse Marina.

Con in mano una tazza di *shave ice* hawaiano, Ginger si voltò. "Cosa ti avevo detto?".

"Comincio a capire", disse Marina. La gente di Summer

Beach aveva una visione diversa della vita. Il ritmo era lento come sulla spiaggia, ma soprattutto la gente del posto che aveva incontrato sembrava amare ciò che faceva. In qualche modo, lo facevano funzionare nel mondo moderno.

"Forse dovremmo passare l'estate qui", disse Denise.

"È un'idea". John mise un braccio intorno alla moglie. "Scommetto che potrei fare un sacco di lavoro a distanza, ed è solo a un paio d'ore, se devo andare a una riunione".

Il viso della bambina si illuminò. "Possiamo? E potrebbe venire anche Leo?".

La madre di Leo gli arruffò i capelli. "Penso che funzionerebbe. Anche a me piace molto questo posto". Ringraziò in silenzio Denise, che annuì.

Marina percepì che ci doveva essere una storia tra loro.

Denise sembrava emozionata. "Ivy, è possibile affittare le nostre stanze per tutta l'estate?".

"Mi dispiace, quest'anno siamo al completo", disse Ivy. "Ma potete trovare altri posti per trascorrere l'estate in città. Bennett può aiutarvi. Ha una licenza da agente immobiliare, quindi quando non fa il sindaco, aiuta le persone con le loro proprietà".

In piedi accanto alla griglia, Bennett agitò di nuovo le pinze. "Sono felice di aiutarvi", disse. "Una volta finita la scuola, le case in affitto vanno via velocemente. Se vuoi vedere qualche posto questo fine settimana, probabilmente posso organizzarmi".

"La scuola è quasi finita", disse Denise. "È meglio informarci subito".

Marina ascoltava, percependo una certa urgenza nelle parole di Denise, ma non riusciva a capirne il motivo. Forse, come tante altre persone, erano esauste e avevano bisogno di staccare.

"Spero di vedervi più spesso", disse Marina a Denise e Vanessa. "Jack ha affittato il cottage per gli ospiti nella proprietà di mia nonna, quindi quando Leo e Samantha faranno visita a Scout, potremmo fare degli aperitivi nel patio".

"Cii piacerebbe", disse Vanessa, prendendo la mano di Denise.

Le due donne sembravano due ottime amiche che condividevano un legame speciale. Marina si accorse che Vanessa non stava bene e le si strinse il cuore.

"Mamma, posso avere un altro po' di frutta?". Chiese Leo. "È davvero buona".

Vanessa annuì e prese la borsa.

"Ci penso io", disse Marina. Si diresse verso la griglia di Bennett e lasciò cadere dei soldi nel barattolo delle donazioni. C'era qualcosa in quel ragazzino che le toccava il cuore. Era pazzo di sua madre, naturalmente, ma c'era di più. Marina aveva cresciuto due bambini e aveva riconosciuto la dolce vulnerabilità di Leo.

Bennett alzò lo sguardo su di lei. "Un altro giro?"

"Per Leo".

Bennett annuì e mise la frutta nel piatto per il ragazzo.

Quando Marina portò a Leo il piatto di pesche e ananas grigliate, gli occhi del ragazzo si spalancarono di gioia. La ringraziò con un abbraccio e offrì il piatto a sua madre, che rifiutò, e alla sua amica Samantha. I due bambini si precipitarono all'interno della barca, con l'aiuto di Jack, dove sedettero a condividere il loro dolce piatto.

"Adoro i bambini di quell'età", disse Marina, guardando Leo e Samantha. Sentendo gli occhi di Jack su di lei, si girò verso di lui e vide una profonda compassione impressa sul suo volto. Avrebbe potuto innamorarsi in quel preciso momento, ma invece distolse lo sguardo. Anche Grady le aveva fatto quell'effetto. Stava recitando, anche se lei all'epoca non lo sapeva. Al momento, non si fidava di se stessa per capire la differenza.

"Pronti a partire?" Marina chiese a Kai, sentendosi un po' nervosa.

Kai fece una smorfia. "Stai scherzando. Questa è una festa fantastica". Poi, notando Jack, Kai annuì. "Credo di capire il tuo problema. Ma ti prego di restare. Se lo fai, verrò con te a San Francisco per aiutarti a fare i bagagli".

Marina non poteva rifiutare un'offerta del genere. "Il prossimo fine settimana?"

"Promesso".

"Ci sto", disse Marina. "Credo di essere pronta per una granita".

Kai le toccò il gomito, indicando la prua della barca. "Shelly sta preparando i suoi *Sea Breeze* speciali. Chiedili belli carichi. Sono solo per amici e familiari. Mi ha detto che la parola d'ordine è *woo-hoo*. Facciamo una bella offerta. È per una buona causa, no?".

"Meno male che siamo venute a piedi". Marina dovette ridere di Kai. Sua sorella e Shelly avevano più o meno la stessa età e si erano trovate piuttosto bene insieme. Si erano conosciute al Java Beach e Shelly aveva invitato Kai alla sua lezione di yoga mattutina.

Dopo che Shelly ebbe servito loro i cocktail, Marina trovò un posto dentro la barca per sedersi e sollevare la caviglia mentre osservava la folla. Tutti si stavano divertendo e lei era contenta di essere rimasta.

Ginger si infilò all'interno si sedette di fronte a lei. "Ah-ha, ecco dove ti stai nascondendo".

"Sto ancora recuperando", disse Marina, sorseggiando la sua bevanda ghiacciata.

"Kai mi ha detto che il prossimo fine settimana sposterai tutte le tue cose in un magazzino".

"Esatto".

Ginger si appoggiò in avanti sulle ginocchia. "È bello vederti risparmiare e impegnarti in un progetto preciso. Qual è?".

Come al solito, Ginger fu molto diretta.

"Ho pensato di iniziare da zero per crearmi un giro di

clienti al mercato agricolo", disse Marina. "Se per voi va bene, quest'estate potrei organizzare delle cene a sorpresa nel piccolo patio che si affaccia sulla spiaggia. Quando avrò risparmiato abbastanza, potrei affittare uno spazio e aprire un ristorante. Ho già parlato con Bennett per ottenere i permessi e le licenze necessarie. Ti dispiacerebbe? Sarebbe solo per l'estate. A quel punto, dovrei aver capito se la mia idea può funzionare".

Ginger picchiettò i polpastrelli delle dita, rimuginando sull'idea. "Quel vecchio cottage è stato il mio regalo di nozze da parte di Bertrand e ci siamo promessi di tenerlo per i nostri figli e nipoti, e per i loro figli".

Mentre la barca dondolava dolcemente nel porto, Marina mise una mano sulla spalla di Ginger. "Il cottage significa molto anche per me. E per Heather, Ethan e i ragazzi di Brooke, anche se non esprimono spesso i loro sentimenti".

Ginger passò la mano su quella di Marina e sorrise. "È buffo che tu mi chieda di organizzare delle cene. Forse non lo sai, ma dopo aver fatto amicizia con Julia Child, ho spesso sognato di avere anch'io un piccolo caffè. Summer Beach è un posto perfetto, anche se, alla mia età, mi sto godendo la mia libertà".

Marina ascoltava, chiedendosi dove la nonna volesse arrivare. Poteva sempre guardarsi intorno e trovare un altro posto. Magari al Seabreeze Inn. Avrebbe potuto parlare con Ivy e Shelly.

Gli occhi di Ginger brillarono. "Mi piace che tu ti stia dando da fare. Forse dovresti essere tu a far fruttare il mio sogno. Dovresti valutare i costi, ma sei molto determinata. Perciò, ti dico: va bene. Usa pure il cottage per le tue cene".

Marina era entusiasta all'idea di organizzare lì degli eventi. Guardandolo dalla barca, osservò il cottage da un nuovo punto di vista. "Davvero?"

Un sorriso sfiorò le labbra di Ginger. "Perché no? Mi

farebbe comodo un po' più di compagnia. Resta qui e fai un tentativo".

"Mi piacerebbe molto", esclamò Marina, abbracciando la nonna. "Lo vedo già, pieno di luci e fiori. Apriremmo solo la sera. Ivy e Shelly mi manderanno degli ospiti e Ivy comprerà degli stuzzichini per l'ora del tè e del vino".

"Penso che ci divertiremo tutti con queste feste", disse Ginger. "Ma abbiamo bisogno di un patio più grande".

"Ci ho pensato un po'. Ivy mi ha parlato di un costruttore che sta sistemando molte delle case danneggiate o distrutte sul crinale. Le chiederò il suo nome".

Ginger annuì. "Potrebbe essere costoso, però".

"Non nel modo che ho in mente. Se lui può occuparsi dell'intelaiatura e dell'impianto elettrico, credo che noi possiamo fare gran parte del lavoro di finitura. Potrei chiedere ai ragazzi di Brooke di aiutarmi. Quello che risparmierei rinunciando al mio appartamento coprirebbe facilmente i costi".

"Buona idea". Ginger si accigliò. "Ma ad una condizione, sul serio".

"Qualsiasi cosa".

Un sorriso si insinuò sul volto di Ginger. "Devi dare il mio nome a uno dei piatti".

Marina si sedette e piegò le braccia. "Solo se posso usare alcune delle tue ricette".

"Affare fatto", disse Ginger, e si misero d'accordo. "Purché non siano quelle di Julia. Anche se molte le ho cambiate", aggiunse con un sorriso malizioso.

Per la prima volta dopo anni, Marina fu pervasa da un nuovo senso di libertà. Le piaceva avere un nuovo progetto da portare avanti. Sarebbe sicuramente stata un'estate da ricordare.

Sul molo sentì Jack chiamare Scout e questo la fece sorridere. Anche lui sembrava meno irritante, ora. Inoltre, dopo la fine dell'estate, sarebbe andato da qualche altra parte e lei si sarebbe liberata dei sentimenti di imbarazzo che sembravano affiorare ogni volta che lui era nei paraggi.

Quei sentimenti non significavano nulla, si disse. A causa di Grady, aveva imparato che non era in grado di giudicare le persone, quando si trattava di uomini.

Si era ufficialmente ritirata dal mondo degli appuntamenti. Mai più.

"È questo?" chiese Marina mentre entrava con la sua Mini Cooper turchese nel piccolo parcheggio del municipio di Summer Beach. La capote era abbassata e Ivy seduta accanto a lei.

"Adoro questa tua macchinetta", disse Ivy. "Ho una vecchia Chevrolet d'epoca che Bennett di solito tiene perfettamente a punto per me, ma oggi quella macchina ha deciso di prendersi un giorno di ferie. Spero che sia solo la batteria".

"Non posso biasimarla. A volte mi chiedo come si faccia a essere motivati a lavorare in spiaggia", disse Marina.

Ivy si sistemò i capelli lucenti, castani e mossi, dietro un orecchio e si mise a ridere. "Se ami ciò che fai...".

"...Non lavorerai mai un giorno in vita tua". Marina sorrise alla sua vecchia amica. "Adoro questa citazione".

Dal loro punto di osservazione in cima alla collina, Marina poteva vedere le barche ormeggiate nel porticciolo e i surfisti intenti a cavalcare le onde che rotolavano senza fine verso la costa.

Quella mattina, Marina aveva incontrato Ivy e Shelly al Seabreeze Inn per discutere dei vassoi di degustazione per gli eventi quotidiani che riunivano i loro ospiti ogni pomeriggio.

"Sei sicura che Mitch non penserà che mi sto intromettendo nei suoi affari?". Chiese Marina.

"Fornisce i biscotti, ma il motivo principale per cui si presenta ogni giorno è vedere Shelly". Ivy ridacchiò. "Si frequentano da un po' di tempo. I nostri ospiti saranno contenti di scoprire le tue cene pop-up. Credo che ne rimarrai sorpresa".

"Shelly e Mitch sembrano una bella coppia", disse Marina. Shelly ha uno stile eccentrico, yoga-bohémien, che si sposa bene con l'atmosfera rilassata da surfista di Mitch. " Mitch è fortunato a fare ciò che ama".

"Fare surf al mattino quando le onde sono buone, poi preparare il caffè e chiacchierare con i visitatori e la gente del posto". Ivy prese la sua borsa. "Anche per Shelly è una bella vita. Oltre a gestire la locanda con me e Poppy, gira video di lifestyle. Nell'ultimo anno, il suo vlog è passato dallo stile chic newyorkese a un'atmosfera casual da spiaggia. I suoi follower lo adorano. E si occupa del giardino che gestisce alla locanda. Ha studiato Orticoltura all'università".

"La locanda è incantevole", disse Marina. "Ci avete messo molto a ristrutturarla?".

"È un'opera in corso", disse Ivy mentre scendevano dall'auto. "Stiamo ancora lavorando al piano inferiore, che è rimasto chiuso per anni".

Si avviarono verso le porte del municipio. "Cosa fate per divertirvi da queste parti?". Chiese Marina.

"C'è sempre qualcosa da fare", rispose Ivy, con il suo top turchese di pizzo che svolazzava nella brezza. "Daremo una grande festa per il Giorno dell'Indipendenza, con tanti barbecue sulla spiaggia. Tra la cura degli ospiti e il lavoro alla locanda, riesco a dedicare un po' di tempo alla pittura, che è la mia passione. L'anno scorso abbiamo organizzato una mostra che ha riscosso molto successo, quindi la riproporremo quest'anno".

"Qui le cose non sono cambiate molto da quando ero

bambina", disse Marina. "Se fossi rimasta, mi chiedo come mi sarei sentita a proposito di Summer Beach".

Nel corso degli anni, Marina vi aveva portato i suoi gemelli, quando poteva, ma era Ginger che di solito andava a trovarli a San Francisco. Dato che Marina doveva lavorare, era più facile fare così. Probabilmente i suoi figli avevano trascorso a Summer Beach più tempo di lei, nel corso degli anni. Dopo qualche settimana, tornavano con i nasini bruciati dal sole e le facce felici. Spesso aveva desiderato di potersi unire a loro. E ora, eccola lì. Forse per sempre.

Il sole splendeva caldo sulle spalle di Marina. Anche se a volte le mancava San Francisco, non poteva dire lo stesso del freddo che spesso saliva dal mare, avvolgendo di nebbia costiera anche le giornate estive. Passarono accanto a delle bouganville viola e a un assortimento di piante da paesaggio desertico in direzione dell'edificio moderno di metà secolo.

Parandosi gli occhi, Marina disse: "Sembra un'architettura californiana d'epoca".

"Aspetta di vedere l'interno", disse Ivy.

Quando Marina entrò in quella struttura così luminosa, l'alto soffitto attirò il suo sguardo. La luce del sole filtrava dalle finestre del cleristorio. Una parete di vetrate si affacciava sulla baia, e oltre. Sul bordo del banco della reception era appeso uno striscione che recitava: "*La vita è migliore a Summer Beach*".

Marina lo sperava proprio.

Una voce di donna risuonò davanti a loro. "Buongiorno, è una splendida giornata a Summer Beach. Posso aiutarti, tesoro?".

Ivy si affacciò da dietro Marina. "Buongiorno, Nan. Hai già conosciuto Marina?".

La donna, sulla cinquantina e con dei riccioli rossi raccolti, fece un dolce sorriso. "Certo. Io e mio marito Arthur stavamo giusto parlando di te, stamattina, al Java Beach. Benvenuta a Summer Beach, carissima".

Ivy toccò il bordo del banco della reception, soffermandosi ad annusare un vaso pieno di rose da giardino mentre nascondeva un piccolo sorriso. "Le voci corrono veloci in una piccola città".

Dentro di sé, Marina si sentì stizzita. Ci sarebbe voluto un po' di tempo per abituarsi al gossip locale, ma significava anche che le voci sui suoi prodotti da forno e sulle cene a sorpresa si sarebbero diffuse rapidamente. Questo era un bene e, allo stesso tempo, un male. Non poteva permettersi di commettere errori.

"È difficile credere che solo un anno fa ero qui a chiedere una licenza commerciale", disse Ivy.

"È per questo che sono qui", rispose Marina a Nan.

"Beh, immaginavo", ribadì Nan, con i riccioli che le tremavano mentre parlava. Si avvicinò e abbassò la voce in un complice sussurro. "Mitch mi ha detto che hai alcune delle ricette di Ginger, quelle che lei non ha voluto condividere con lui. È la nostra donna del mistero, quella Ginger".

"Non so se sia vero", disse Marina. "Ma Ginger mi ha fatto promettere di dare il suo nome a un piatto".

"Dovreste dare ai piatti il nome di tutti gli abitanti del posto", disse Nan, con gli occhi pieni di gioia. "Non sarebbe divertente?".

"Forse una volta che li avrò incontrati", rispose Marina, cercando di non impegnarsi. "Dove devo andare per ottenere una licenza commerciale?".

"Jim Boz può aiutarvi. Quando non è impegnato, si occupa di tutte le questioni di pianificazione e di zonizzazione, e delle licenze commerciali". Nan estrasse un modulo e lo attaccò a una cartellina. "Compilalo e vai subito lì". Fece un cenno verso una porta. "Farò sapere a Boz che siete qui. E... Ivy, Bennett ti sta aspettando?".

"Sì, ma non disturbarlo se è occupato. Prima faccio iniziare Marina".

"Piacere di conoscerti, Nan". Marina si avviò verso l'ingresso, passando accanto a una robusta pianta di gomma che si protendeva verso la luce.

"Nan è un vero tesoro", sussurrò Ivy. "Forse spettegola un po' troppo, ma non ha cattive intenzioni".

"A differenza di quella con cui lavoravo prima", disse Marina, pensando a Babe Barstow, la regina del gossip delle celebrità. Se aveva qualche notizia con cui poteva punzecchiarti, tanto meglio. Ma, ormai, faceva parte del passato.

"Ti manca già la tua vecchia vita?". Chiese Ivy.

"A volte. Amo San Francisco, ma questa mi sembra ogni giorno di più casa mia. Ginger vuole che io rimanga, e devo pensare anche a lei. Non sta ringiovanendo, anche se è ancora una forza. I tuoi genitori sono qui vicino?".

"Lo sono, e sono ancora attivi, vanno in barca e organizzano feste ogni volta che ne hanno la possibilità. Io e Shelly abbiamo due fratelli gemelli che hanno un bel po' di figli. Anche se ormai sono tutti cresciuti".

"E come stanno le tue due ragazze?".

"Bene. La più grande fa l'attrice sulla costa orientale, anche se a volte viene qui per degli spot pubblicitari. Qualche mese fa ha girato una puntata pilota, ma il suo vero amore è il teatro". Ivy scosse la testa. "La più giovane fa la pendolare all'università di San Diego per il suo ultimo anno. È stato uno sforzo portarla qui".

"Non è sempre facile". Marina pensò ai suoi figli. Heather aveva chiamato per dire che Ethan non aveva superato un esame importante e non era andato ad alcune lezioni per giocare a golf. Marina aveva cercato di contattarlo, ma non rispondeva alle sue chiamate.

Scorrendo la domanda, Marina la compilò rapidamente mentre Ivy rispondeva ad alcuni messaggi sul suo telefono. Quando finì coi moduli, si rivolse a Ivy. "Io e Ginger stavamo pensando di ampliare il patio. Ci hai parlato di un bravo costruttore che sta sistemando le case in cima alla collina. Mi chiedo se avrebbe tempo per un lavoro così semplice".

"Axe ha più di una squadra e fa anche piccoli lavori", disse Ivy, scorrendo la sua rubrica. "Ti darò il suo numero".

"Axe?" Marina alzò le sopracciglia. "Devo preoccuparmi?"

Ivy rise. "È un soprannome. Axel Woodson è un ragazzo del Montana, ed è incredibilmente simpatico".

Mentre Marina digitava il numero di Axe, si presentò al bancone un uomo dall'aspetto giovane e grassoccio, con una folta chioma di capelli brizzolati.

"Salve, signore. Cosa posso fare per voi?"

"Questo è Jim Boz", disse Ivy presentandoli. "Marina è una delle nipoti di Ginger".

"Da San Francisco, mi sembra di capire".

"Esatto", disse Marina. "Bennett mi ha suggerito di iniziare da qui per ottenere i permessi. Vorrei vendere il mio cibo fatto in casa al mercato agricolo e organizzare delle cene a sorpresa al cottage di Ginger. Un paio di volte a settimana, magari. Quando l'attività sarà collaudata, vorrei espandermi e aprire una caffetteria".

"Ha fatto bene ad andarci piano". Boz scosse la testa. "Sono tempi duri per i ristoranti, in questa città".

"Perché?" Chiese Marina.

"L'anno scorso la comunità qui vicino ha approvato la presenza di alcune grandi catene di ristoranti", disse Boz. "Fanno molta pubblicità e propongono offerte che i nostri ristoranti locali non possono eguagliare. Anche se il loro cibo non è altrettanto buono, sono dei marchi ben conosciuti. I turisti si riversano lì, lasciando i nostri ristoranti vuoti".

Ivy annuì, d'accordo. "Alla locanda cerchiamo di indirizzare le persone ai caffè e ai ristoranti locali, ma le offerte delle catene sono piuttosto allettanti. Tuttavia, i visitatori possono trovare pasti di gran lunga migliori nei nostri ristoranti".

"È la mentalità del gregge", aggiunse Boz. "È un grosso problema, quest'anno. E non so se molti dei nostri locali potranno resistere ancora a lungo. Le catene stanno già fiutando la possibilità di acquistare o affittare le proprietà di quelli che falliscono".

Marina lo trovò inquietante. "Questo distruggerebbe parte di ciò che rende unica Summer Beach".

"È un bel problema", disse Boz. "Oltre a danneggiare molte persone del posto. Java Beach, lo Starfish Cafe, il chiosco di tacos di pesce di Rosa, sono solo alcuni dei ristoratori locali che hanno visto diminuire gli affari".

"Sembrerebbe che non abbia scelto il momento migliore.", disse Marina. Un motivo in più per iniziare senza esagerare, decise. Che il mercato stesse cambiando in quel modo era preoccupante, non solo per lei, ma anche per i ristoratori locali e la loro clientela. Si chiese cosa fosse possibile fare.

"Vedo che Nan l'ha fatta iniziare dalla licenza commerciale". Boz tirò fuori un altro mucchio di moduli. "Dovremo fare un'ispezione in loco. Che ne dice di domani?".

"Caspita, così presto!". Marina pensò subito a quante pulizie avrebbe dovuto fare. Non che la cucina fosse sporca, ma avrebbero guardato dietro il frigorifero? O il vecchio Myrtle, il forno rosso vintage?

Boz inarcò un sopracciglio. "C'è qualche problema?"

Dal tono della sua voce, capì che aveva già delle domande. "Eseguirà lei l'ispezione?".

Boz fece cliccare la penna un paio di volte. "Abbiamo un incaricato che vi raggiungerà alla casa. Io so dov'è il cottage, ma lui potrebbe non saperlo. Indirizzo?"

"Oh, giusto", disse Marina, sentendosi agitata. Quel pomeriggio avrebbe dovuto dare una bella pulita.

Il telefono sul bancone squillò e Boz lo prese. "Certo che lo è. La mando lì?". Lanciò un'occhiata a Ivy. "Il ragazzone è pronto per quel panino al pastrami".

"Ci vediamo dopo, Marina", disse Ivy. "Grazie per il passaggio". Abbracciò Marina e uscì verso l'ufficio di Bennett.

Boz esaminò la sua domanda. "Ha esperienza in questo tipo di attività?".

"No, ma cucino con Ginger da sempre".

"Dovrà superare un esame di certificazione per la manipolazione e la sicurezza degli alimenti e seguire le linee guida del Codice della Salute e della Sicurezza della California". Fece scorrere sulla scrivania un plico pieno di informazioni. "Questo contiene tutti i dettagli di cui avrà bisogno".

All'improvviso, il suo telefono squillò e lo guardò. Un messaggio della sua agente fluttuava sullo schermo. *Chiamami subito. Oggetto: Hal.*

Marina sospirò. Il pensiero di quel parassita le offuscava la mente. Irritata per via di Hal, si lasciò sfuggire uno sbuffo. "Quanto tempo ci vorrà? Speravo di poter iniziare questa settimana al mercato agricolo". Strinse le labbra. Non voleva che le venisse fuori una frase così sgarbata.

Boz sbatté un altro modulo sulla scrivania. "In questo caso, avrà bisogno di un permesso temporaneo per strutture alimentari".

Infastidita dall'accumularsi dei moduli, Marina si tolse un ciuffo di capelli dalla fronte. Non riusciva a credere a tutte le questioni che avrebbe dovuto affrontare per poter vendere qualche pagnotta. E doveva ancora calcolare i costi per determinare il margine di profitto. E testare le ricette. E creare i menu. Per non parlare delle fotografie del cibo per il sito web e i social media. "Non ci posso credere. Tutto quello che voglio fare è vendere del pane".

Boz alzò le sopracciglia e inclinò la testa. "Non sono io a fare le regole, signora".

Marina si premette la punta delle dita sulla tempia. Tutto ciò stava improvvisamente cominciando a sembrare troppo. Non aveva mai gestito un'attività prima d'ora. "E se volessi ampliare l'area del patio?".

"Dipende da cosa intendete costruire. Si avvarrà di qualcuno per fare i lavori?".

"Penso di sì".

”Glielo consiglio, signora”. Fece scivolare un altro modulo sulla scrivania.

“Wow”. Marina non voleva essere scortese, ma mettersi in affari era molto diverso dal presentarsi al lavoro che faceva da anni. “Grazie... credo.”

“Se ha altre domande, ci chiami”, disse Boz allegramente. “Siamo qui per essere d'aiuto, non per ostacolare i suoi sforzi, anche se ora potrebbe sembrare così”.

Con una smorfia, Marina raccolse i documenti e tornò alla sua auto. Per fortuna l'allegra Nan non era al banco della reception. Marina non riusciva più a sopportare tutto quell'“aiuto”, in un solo giorno. Tuttavia, era lì per avviare un'attività.

Nel parcheggio, si fermò accanto alla sua auto, inspirando per calmare la frustrazione. Ricordando il messaggio che Gwen le aveva inviato, telefonò alla sua agente. La chiamata finì direttamente nella segreteria telefonica. Se riguardava Hal, non potevano essere buone notizie. Lasciò un messaggio, rabbrividendo al solo pensiero del suo vecchio capo.

Fermandosi, Marina guardò la comunità dal punto panoramico in cui si trovava. Il sole le scaldava il viso e l'ampia vista sull'oceano dalla cima della collina le rasserenava lo spirito. Ogni giorno che passava si sentiva un po' più leggera. Finora doveva ammettere che la vita a Summer Beach era bella.

Niente più Hal, niente più Babe, niente più Grady. Aveva la possibilità di far ripartire la sua vita. Ridacchiò tra sé e sé. Non che avesse molta scelta. Il suo agente lo aveva messo in chiaro.

Ma ora era decisa a essere intraprendente e a trarre il meglio da quella situazione.

Tirando fuori il telefono dalla tasca, compose il numero del costruttore. Rispose subito.

“Sono Axe”, disse con voce sicura e ottimista. “Cosa posso fare per lei?”.

Marina spiegò rapidamente chi era e di cosa aveva bisogno. "Quando potrebbe venire a vedere il patio?".

"Che ne dice di questo pomeriggio?".

Che voce profonda, baritonale, notò Marina. Perfetta per la radio o le voci fuori campo. "Certo, ci sto andando adesso".

"Allora ci vediamo lì tra mezz'ora", disse Axe.

Marina accettò e salì in macchina. Lì c'era una semplicità di vita che le piaceva.

Quando Marina arrivò al Coral Cottage, vide Kai fuori a prendere il sole. Aveva un ampio cappello a falda larga che le proteggeva il viso e un bikini retrò color oro che metteva in mostra il suo corpo tonico e le sue lunghe gambe. Danzare nei musical la teneva in gran forma.

Marina aveva mantenuto la linea per necessità di lavoro, anche se aveva notato di aver messo un po' di peso sui fianchi, ora che aveva iniziato a cucinare e assaggiare le varie ricette. Ma non le importava. Le piaceva il suo aspetto, ora. Non era più così smunta e molto più felice. Lì poteva essere chiunque volesse.

Se stessa, preferibilmente.

Si diresse verso la sorella. Con la coda dell'occhio vide Jack sulla veranda del cottage degli ospiti. Era chino sul suo computer portatile a lavorare e Scout sonnecchiava ai suoi piedi. Una strana sensazione la attanagliò e spostò rapidamente la sua attenzione su Kai, presa a canticchiare una canzone che le stava passando in testa.

"Ehi", disse Marina, toccandola sulla spalla. "Sta arrivando compagnia".

Kai sollevò un lembo del cappello. "Sono necessari i miei servigi?".

"C'è un costruttore che verrà a vedere il patio. Mi farà un preventivo per il lavoro. Vorrei vedere quello che potremmo fare per conto nostro, per contenere i costi".

"E chi sarebbe, esattamente, questo *noi* di cui stai parlando?".

Marina si appollaiò sul bordo della chaise longue di Kai. "Io, te e i ragazzi di Brooke".

Kai si sollevò su un gomito e prese un thermos accanto alla sua poltrona. Sorseggiò e inarcò un sopracciglio verso Marina. "È la prima volta che ne sento parlare".

"Massì, Kai. Sarà divertente". Marina tese la mano per prendere il thermos. "Ho la gola secca. Posso avere un po' della tua acqua?".

Kai esitò. "È un succo di frutta". Le passò il thermos.

Marina ne bevve un grosso sorso e tossì, colta alla sprovvista. "Wow, che cos'è?"

Ridendo, Kai disse: "È la specialità di Shelly. Un cocktail, si chiama *Sea Breeze*".

"Non mi avevi detto che c'era dentro la vodka".

"Sorpresa. Proprio come mi hai sorpreso con i lavori del patio". Kai si reclinò e si tirò il cappello sul viso.

"Dai, Kai. Pensa a tutte le volte che ti ho aiutato con quelle cose tipo i compiti".

"Hai intenzione di rammentarmelo per sempre?". Allungò una mano e mosse le dita. "Posso riaverlo, per favore?".

Marina bevve un altro sorso. *È così rinfrescante.* Ne mandò giù un altro ancora e restituì il thermos a Kai.

In lontananza, Marina vide un camion svoltare sulla strada che portava alla loro proprietà. "Mi sa che è il costruttore. Alzati. Tra l'altro, ti stai scottando".

"No, non credo proprio. Svegliami quando avrete finito".

Il furgone si fermò accanto all'auto di Marina e ne uscì un uomo alto e grosso come il Montana. I suoi capelli schiariti dal sole erano pettinati all'indietro, e gli occhiali da aviatore gli coprivano gli occhi. Axe indossava una camicia sportiva con jeans e stivali di buona fattura. Mancava solo il cappello da cowboy.

Marina diede un colpetto sulle costole a Kai. "Ho l'impressione che vorrai dargli un'occhiata".

"Lasciami fuori da questa storia".

Axe si diresse verso di loro. "Lei è Marina Moore?" La sua voce profonda era all'altezza della sua corporatura.

Marina si alzò. "Sono io. E quella giù lì è mia sorella".

Kai fece capolino da sotto il cappello. "Beh, salve", disse, con una sorpresa evidente nel tono.

"Salve". Axe si toccò la fronte con un dito, come se spesso ci fosse lì un cappello.

Da cowboy, c'è da scommetterci, pensò Marina.

Marina vide gli occhi di Axe dirigersi verso Kai: in effetti, era difficile resistere a quella visione. Ma, bisogna riconoscerglielo, riportò subito lo sguardo su Marina. "Dov'è questo patio?"

"La accompagno io", disse Marina.

Accanto a lei, Kai si alzò bruscamente, mettendosi seduta. "Vengo anch'io".

"Non devi. Ci pensiamo noi". Marina soffocò una risata.

Kai si alzò. O meglio, cercò di alzarsi. All'improvviso, la sorella si accartocciò a terra e il cappello da sole le cadde.

"Ehi, attenzione", disse Axe, afferrando Kai prima che cadesse.

"Oh, mi dispiace tanto", disse, arrossendo anche sotto la scottatura. "Le mie gambe si sono addormentate".

"O forse quel succo ti ha dato alla testa", osservò Marina.

Mentre Kai scuoteva le gambe, Axe si mise accanto a lei, sostenendola e cercando di mantenere una distanza rispettabile. "Forse è meglio che si sieda, signora".

Kai gli rivolse un sorriso radioso. "Mia sorella è la *signora*. Io sono un po' più giovane, quindi sono ancora una *signorina*".

Marina sgranò gli occhi. "Mia sorella è un'attrice teatrale. Si capisce?".

"Ho sentito dire che è tornata in città quest'estate", disse Axe mentre si chinava per recuperare il suo cappello. "Anni fa, anch'io cantavo e recitavo in un piccolo spettacolo estivo. Quindi, a proposito di questo patio?".

Con una voce così profonda, Marina poteva benissimo

immaginarlo sul palco. E notò che anche Kai lo stava facendo. "Il patio è da questa parte". Dopo che Kai le ebbe lanciato un'occhiata sprezzante, Marina si avviò verso il patio, con Kai che zoppicava dietro di loro.

"Kai, cara, forse è meglio se ti metti qualcosa". Marina indicò il suo bikini succinto. "Non vorrai scottarti, e il nostro ospite ha già visto tutta la mercanzia". Voleva che Axe dedicasse tutta la sua attenzione al lavoro da fare sul patio. E non poteva resistere alla tentazione di stuzzicare ancora un po' la sorella.

"Oh, Marina, su!" Kai si strappò il cappello di dosso ed entrò a passo di danza.

Mentre Marina descriveva le sue idee, Axe si aggirò intorno al piccolo patio. "Dovremmo livellare il terreno o ampliare lo spazio con una terrazza".

"Una terrazza è un'idea carina, e mi piacerebbe che le luci in alto conferissero un'atmosfera accogliente. Sotto le stelle e con una luce soffusa. E magari mettere un braciere, già che ci siamo".

"Possiamo fare quello che vuole". Togliendosi gli occhiali da sole, aprì un piccolo libro fotografico che aveva portato con sé. "Qui ci sono diversi lavori che abbiamo realizzato. Se le piace uno di questi, o se ha immagini o foto di qualcos'altro di suo gradimento, probabilmente potremmo essere in grado di ricrearla".

Mentre Marina sfogliava le foto, si morsicò il labbro inferiore. "Temo però che il mio gusto sofisticato possa superare il budget che ho a disposizione. Speravo di poter fare qualche lavoro di rifinitura, montare le luci, cose del genere".

"Certo, possiamo pensarci". Gli occhi di Axe si incresparono agli angoli.

Marina ipotizzò che avesse circa l'età di Kai. Fra i trentacinque e i quarant'anni. "Vedo che ha realizzato tanti lavori. È da molto a Summer Beach?".

"Abbastanza a lungo da poterla chiamare casa". Sorrise. "I

miei vivono ancora nel Montana e io torno a trovarli al ranch e a sciare sulle nevi lì vicino, ma è una vita diversa".

"Devono sentire la sua mancanza", disse.

"Ho cinque fratelli e sorelle che sono ancora lì. I miei non hanno molto tempo di sentire la mia mancanza. E vengono a trovarmi, quando la neve diventa troppo alta".

Marina si chiese se fosse sposato. Non era per lei, ovviamente. Non vedeva alcun anello al dito, ma ciò non significava necessariamente qualcosa.

Marina indicò una foto. "Mi piace questo terrazzo".

"È possibile contenere i costi acquistando un braciere già pronto".

"Lo apprezzo molto".

"Qualsiasi cosa, per Ginger", disse Axe. "Ha fatto molto per la comunità". Il suo telefono suonò, e lui lo spense. "Mi faccia sapere se vede qualcos'altro, le manderò un preventivo".

"Lo farò, grazie".

Mentre Marina lo guardava salire sul suo furgone, Kai uscì di casa. Aveva indossato un caftano fluente parzialmente trasparente con tacchi a spillo, si era spazzolata i capelli e si era truccata e profumata.

Kai vide il camion di Axe allontanarsi. Quando la vide, la salutò con la mano, ma non si fermò. "Perché non l'hai trattenuto?".

"Non sapevo di doverlo fare".

"Sapevi che sarei tornata. Che sorella che sei".

"Mi dispiace, ho lasciato il lazo a San Francisco. Ma non sei fidanzata?".

"L'anello è nella mia borsa, non sulla mano". Kai si sdraiò su un gradino, prese un bastone e disegnò un ghirigoro sulla sabbia. "Penserai che sono sciocca, e forse ho bevuto troppo sotto il sole. O forse sono dipendente dall'attenzione altrui". Si passò le mani sul viso.

Marina si sedette accanto a lei. "Non essere così dura con

te stessa. Mi dispiace di averti presa in giro. Ma non posso biasimarti; Axe è un bel ragazzo".

"Sono stata troppo scontata?" Chiese Kai, appoggiando la testa sulla spalla di Marina.

Marina sorrise. "Solo un po'".

Stringendo gli occhi, Kai emise un piccolo grido. "Faccio sempre così. E finisco per scacciarli".

"Non credo che tu ne faccia scappare così tanti".

"Un paio di loro mi hanno detto che sono troppo appiccicosa".

Poiché Kai era piccola quando i loro genitori erano morti, Marina immaginava che un terapeuta avrebbe potuto trovarci qualche collegamento, in quel modo di comportarsi. Non c'era da meravigliarsi. E tra tutte le sorelle, Kai aveva trascorso più tempo a Summer Beach con Ginger che con lei o Brooke. Ma loro avevano una famiglia a cui badare.

"Va tutto bene", disse Marina, accarezzando il braccio di Kai. "Se il prezzo è buono, tornerà per costruire una terrazza".

Kai sospirò. "Devo prendere una decisione su Dmitri, non è vero?".

"No, devi decidere ciò che è meglio per te stessa".

12

*J*ack chiamò Scout, che lo aveva preceduto sul sentiero che portava in cima al crinale, inseguendo uno scoiattolo.

"Maledetto cane". Mentre Jack si inoltrava nella boscaglia, il profumo del rosmarino selvatico e ramingo schiacciato sotto i piedi si spandeva nell'aria. Si infilò due dita in bocca e lanciò uno di quei fischi penetranti che usava nelle partite di baseball.

Funzionò. Scout si fermò e si girò con uno strano salto all'indietro. Fermo su un punto invisibile a Jack per via della boscaglia, il cane mugolò. Camminava avanti e indietro come se avesse messo all'angolo qualche creatura.

"Andiamo, bello". Jack sbuffò mentre si arrampicava più in alto nella boscaglia. Era determinato a ripristinare il più possibile la sua capacità polmonare.

Una voce incrinò la quiete. "Ha lì un serpente a sonagli". Era una voce di donna, calma e ferma. "Non muoverti".

Jack si girò di scatto. Ginger era seduta su un grosso masso, con lo sguardo rivolto al mare grigio-azzurro scintillante, in una sorta di meditazione. Indossava dei jeans e una giacca a vento.

Il vento lassù era forte. Jack si chiuse la zip della felpa.

"Come fa a sapere che è un serpente a sonagli?".

"Non sei tu quello che viene dalla campagna? Ascolta!". Gli fece l'occhiolino. "O è passato troppo tempo?"

"Ahi". Ma si zittì. Ed eccolo lì: un suono morbido e distante come quello di un irrigatore che sfrigola. Solo che al posto dell'acqua, c'era del veleno pronto a schizzare nelle vene. Da ragazzo, una volta era stato portato d'urgenza all'ospedale in una corsa contro il morso di un serpente.

Ginger gli fece segno di avvicinarsi. "Il fischio è stato impressionante. Ora, però, richiamalo lentamente".

Jack fece così, e quando Scout lo vide, lasciò il serpente con riluttanza e si avvicinò al suo umano con la sua buffa andatura.

Jack si sistemò sul bordo della massiccia roccia piatta che sembrava essere stata gettata verso il mare da un antico vulcano, mancando il bersaglio per poco. Intorno a loro, dei papaveri arancioni brillanti, dai petali setosi, ondeggiavano sui loro sottili steli, con gli occhi scuri rivolti verso il sole. I fiori gialli del campo d'oro e i lupini viola sbocciavano insieme, spargendosi lungo il fianco della collina come i colori su di una tavolozza.

"Che posa straordinaria", disse Jack, riprendendo fiato. Ginger aveva quasi il doppio dei suoi anni, eppure se ne stava lì, perfettamente composta, con le lunghe gambe distese e i capelli color zenzero come un'aureola intorno ad un viso appena segnato dalle rughe.

"Sono quasi sessant'anni che salgo su questa collina", disse. "Tra un viaggio e l'altro per il mondo con Bertrand".

"Com'era qui, una volta?".

"Più silenzioso. Meno auto. Tempi più semplici". I suoi focosi occhi verdi si illuminarono sotto una frangia di ciglia chiare. "Mi piaceva l'emozione di esplorare nuovi luoghi, ma tornare qui era sempre un gradito ritorno alla natura".

"Un'occasione per ricaricarsi". Jack raccolse un bastone

secco e lo spezzò, scagliandone metà lontano dalle vicinanze del serpente per distrarre Scout. "Suo marito scriveva i suoi libri al cottage?".

Un mezzo sorriso le sfiorò le labbra. "Ma sì. Molto spesso. A quei tempi usavamo la casetta degli ospiti per il nostro lavoro. Le ragazze sapevano che non dovevano disturbarci, lì".

"Ho letto il suo libro sulla leadership e la diplomazia come ispirazione per un articolo che stavo scrivendo. È stato allora che ho scoperto anche il suo lavoro". Jack aveva finalmente avuto modo di consultare i suoi vecchi appunti per rinfrescare la memoria sul nome di Ginger. Quello che aveva trovato si era rivelato interessante, ma c'erano ancora molte cose che non sapeva. Bertrand e Ginger Delavie erano stati una straordinaria supercoppia ai loro tempi, ma il lavoro di Ginger si svolgeva per lo più dietro le quinte.

"Oh, davvero?". Ginger scrollò una spalla esile, ma sorprendentemente forte. "Beh, se vuole scriverci su un libro...". La sua voce si interruppe, e il commento rimase sospeso nell'aria come una sfida.

Probabilmente si riferiva al marito, ma non era ciò che incuriosiva Jack. "A quei tempi le donne non venivano riconosciute per i loro sforzi".

"Non ho lavorato per la notorietà".

"No". Lanciò l'altra metà del bastone per Scout. "Ha studiato matematica a scuola?".

"Alle superiori. Non sono andata all'università".

"Perché no?"

"Negli anni Cinquanta, in certi ambienti, era considerato stravagante mandare una donna all'università. I miei fratelli maggiori – pace all'anima loro – ci erano andati, e io avevo letto i loro libri di scuola più attentamente di loro, quindi non aveva senso, capisce?".

Jack fece fatica ad accettare quella spiegazione, ma d'altronde molte cose erano cambiate nel corso dei decenni.

"Com'è arrivata a lavorare per la C.I.A.?".

"Chi dice che l'ho fatto?".

"Sono un giornalista investigativo", disse Jack. "Alcuni parlavano di lei come l'Asso dei Codici. Com'è arrivata a fare quel tipo di lavoro?".

Un falco si alzò in volo, planando sul fianco della collina, in cerca di piccole prede. Scout drizzò le orecchie e lo osservò, affascinato da quella nuova e strana creatura.

"Tutto è cominciato con Bertrand", disse Ginger, prima di risvegliarsi dalle sue fantasticherie. "È venuto qui per scrivere di me?".

"No, signora, proprio no. Ma lei ha preso parte a molti progetti interessanti, nel corso della sua carriera. Forse è arrivato il momento di condividerne alcuni". Jack trattenne il respiro. *Avrebbe parlato?*

Lei strinse gli occhi. "Allora, come è finito a Summer Beach?".

"Un giorno, in autostrada, svoltando per caso. E ho pensato che se un giorno avessi deciso di scrivere un libro, questo sarebbe stato il posto giusto per farlo". Jack si strinse un ginocchio e guardò verso il mare, dove le onde si infrangevano con una forza implacabile.

"Non troverà l'ispirazione che cerca, là fuori".

"Forse le piacerebbe raccontare qualche storia del suo lavoro". Jack prese il telefono, pensando di poterla registrare.

"Oh, ne avrei un sacco, ma non per il libro a cui sta pensando. Ho in mente un altro progetto di cui credo dovremmo parlare". Il timer dell'orologio di Ginger suonò. "È ora del mio massaggio. Ci vediamo in giro".

Con ciò, scivolò via dalla roccia con un movimento agile e si avviò di nuovo lungo il sentiero, camminando più rapidamente di lui.

Jack la guardò andare via. Si era imbattuto in una delle menti più brillanti del ventesimo secolo. E in sua nipote, che era altrettanto intrigante. Marina e le sue sorelle erano a conoscenza dei risultati ottenuti dalla nonna o solo della lunga ombra che il marito aveva gettato su di lei?

Marina.

Non lo stava aiutando a concentrarsi sul lavoro. E nemmeno quel ragazzo che gli aveva rapidamente rubato il cuore. Fortunatamente, Leo si era riavvicinato a lui dopo il suo scoppio d'ira in cucina, il primo giorno in cui l'aveva visto. Leo era un bravo ragazzo, ma Jack si rendeva conto che stava vivendo male le condizioni di salute della madre. Nessuno sapeva quanto tempo le rimanesse.

Jack non aveva mai immaginato che l'estate sarebbe andata in quel modo. E negli angoli più remoti della sua mente echeggiava l'idea che nulla sarebbe stato più come prima.

13

Marina tirò fuori dal forno un'altra serie di mini-crostate e le sistemò sui ripiani di raffredda-mento. Si passò la manica sulla fronte, sentendo il calore che saliva da Myrtle, il vecchio forno rosso. Fortunatamente la cucina aveva superato l'ispezione.

Marina aveva lavorato tutto il giorno. Prima di tutto, aveva terminato le pratiche del Comune, poi aveva deciso le ricette, fatto la spesa e cucinato. Era preoccupata perché Gwen non aveva ancora risposto alla sua chiamata, anche se aveva provato a contattarla di nuovo.

Kai entrò nella stanza canticchiando una vecchia canzone di Broadway.

"Irving Berlin?"

"Molto bene". Kai allargò le dita, agitando le mani ai lati del viso. "*There's No Business Like Show Business*". Ma da *quale* spettacolo?

Marina fece una smorfia. "*Sette spose per sette fratelli*?"

"No. *Anna prendi il fucile*".

"Hai nostalgia del palcoscenico?". Chiese Marina, soffian-dosi le ciocche di capelli via dal viso. Era stata tutta presa a cucinare negli ultimi due giorni, e non vedeva l'ora di reclamare lo spazietto al mercato agricolo che Cookie le aveva promesso.

"Mi manca l'emozione". Uno sguardo malinconico attraversò il volto di Kai. "Che cosa hai preparato oggi?".

Aveva preparato diversi tipi di pane: baguette francesi, al rosmarino, alle olive e *babka* al cioccolato e cannella. Piccole crostate di mirtilli e fragole e, per sfizio, anche dei biscotti con gocce di cioccolato grandi come un piattino. Niente di troppo elaborato, solo del buon cibo fatto in casa.

E c'erano un sacco di piatti sporchi. "A meno che tu non voglia aiutare a pulire", aggiunse Marina.

"In realtà, sono in vena di progettare", disse Kai, storcendo il naso. "Ti serve un sito web dove la gente possa iscriversi alla tua prossima cena a sorpresa. Preferirei lavorare su quello".

Facendo una smorfia alla sorella, Marina tirò fuori dal forno l'ultima teglia di biscotti con gocce di cioccolato. Nel farlo, il guanto da forno le scivolò e fece cadere la teglia calda. In un attimo, i biscotti finirono sul pavimento. "Noooo!"

"Regola dei cinque secondi", gridò Kai, tuffandosi per prenderne uno.

"Cosa sta succedendo qui?" Chiese Ginger mentre un biscotto le scivolava davanti ai piedi.

Dietro di lei, Jack raccolse il biscotto come avrebbe fatto un esterno di baseball. "Qualcuno vuole questo biscotto o posso prenderlo io??".

"Non provate a mangiarli", disse Marina, facendo una smorfia. "Ne ho altri che ho appena tolto dal forno".

Mentre Jack si inginocchiava per raccogliere i biscotti rovinati, si guardò intorno. "Sono impressionato. Non vedevo così tanti biscotti da quando ero bambino alla fattoria".

"Ginger mi ha insegnato quasi tutto quello che so". Marina gettò i biscotti sbriciolati nella spazzatura. Le morbide gocce di cioccolato, calde di forno, avevano lasciato delle strisce sul pavimento.

"Pulisco io", disse Jack.

"Non è necessario", disse Marina, chinandosi con uno strofinaccio.

Senza arrendersi, Jack ne afferrò un capo e la sua mano sfiorò quella di lei. "Hai pulito le fodere dopo che Scout ci si è arrampicato sopra con le zampe sporche. Lavare i piatti è il minimo che possa fare". Fece un cenno con il mento verso la pila di piatti nel lavandino. "Scommetto che hai bisogno di aiuto anche per quelli".

"Ha ragione", disse Kai, sventolando vari fogli di carta. "Ho le bozze degli adesivi per te, quando sei pronta".

Marina affondò sui talloni e lasciò a malincuore lo strofinaccio. La mano di Jack contro la sua era calda e sicura. *Che tipo di uomo si offre di aiutare in quel modo?* Nessuno di quelli che aveva conosciuto negli ultimi vent'anni. Inarcando un sopracciglio, disse a Jack: "Vuoi solo del cibo gratis".

"Forse", rispose. "Ma non per me".

Marina non riusciva a capirlo, ma non voleva rifiutare il suo aiuto.

Mentre Marina e Jack parlavano, Ginger sollevò i mezzi occhiali leopardati che portava al collo per ispezionare il lavoro di Kai. "Queste bozze sono davvero molto belle. Hai un talento, Kai. Come ho sempre detto, chi riesce ad essere creativo in un settore lo è anche negli altri".

Marina si alzò e si voltò verso di lei. "Vediamo cosa sai fare, sorellina".

Kai si sedette accanto alla nonna. "Mentre lo spettacolo andava avanti, riempivo il tempo aiutando gli altri membri del cast a creare pagine dei fan e merchandising. Era divertente". Stese diversi disegni sul tavolo di formica rossa. "Ne ho fatto uno con un cottage, un altro con delle conchiglie e dei coralli, e questo con fiori e una tavola imbandita. Quale ti piace?".

Marina si fece aria sul viso accaldato. "Sono tutti belli, ma mi piace in particolare quello con il cottage. Aiuterà la gente a ricordarsi il nome".

Entrambe le donne guardarono Ginger. "Voto anch'io per quello".

Kai sorrise. "Era anche il mio preferito. Le altre immagini andranno bene per il sito web. Le stamperò e le metterò sui sacchetti di carta e sul cellophane che hai comprato per il pane".

"Allora impacchettiamo tutto, inizio domattina presto". Marina prese un piatto di crostatine ai mirtilli e le offrì a tutti. "Assaggiate".

"Forse dovresti aprire un conto per me", disse Jack, prendendone una.

"Se continuo così, non riuscirò a entrare nei vestiti di scena, in autunno". Kai ne addentò una. "Mmm, è deliziosa. Sicuramente le finirai subito".

"Lo spero proprio", disse Marina. "Questo è il primo mercato che provo a fare. E ne ho fatte alcune anche per Ivy e Shelly per la locanda. Ginger, ti piacerebbe assaggiarne una?".

"Assolutamente sì, con il tè, più tardi", disse Ginger. "Mi ricordano quelle che io e Bertrand mangiavamo a Londra. Fatte dal cuoco personale della Regina che aveva studiato cucina francese".

Sorridendo, Kai disse: "È meglio che esca di qui e stampi questi adesivi. Farò anche dei biglietti da visita".

Dopo che Ginger e Kai se ne furono andate, Jack rimase lì. Senza che nessuno glielo chiedesse, iniziò a sollevare le ciotole e le teglie che si trovavano nel grande lavello. "Il detersivo per i piatti?"

"È sotto il lavandino, a destra. Non è necessario che tu lo faccia", disse Marina.

"Se lo dici un'altra volta, potrei andarmene", disse.

Marina si fece il segno della cerniera sulla bocca. Nonostante l'inizio difficile, Jack si stava dimostrando un tipo simpatico, dopotutto. Tirò via i piatti sporchi dal bancone e li immerse nel lavandino con l'acqua insaponata che Jack aveva preparato. "Posso asciugarli anch'io".

"Prego", disse lui.

Marina tirò fuori da un cassetto uno strofinaccio di cotone. Ben presto lei e Jack stavano lavorando all'unisono. Fin dal momento del luau sulla barca di Bennett, Marina aveva pensato a quel bambino che aveva visto con Jack.

"Mi ha fatto piacere vederti al porto, l'altro giorno", disse. "Scrivere così a lungo deve essere difficile".

"Non è poi così male", disse rapidamente Jack. "Scout mi ricorda quando è ora di fare una passeggiata".

Riprendendo la conversazione, Marina disse: "Mi ha fatto piacere conoscere i tuoi amici, quel giorno. Denise, John e la loro figlia. E Vanessa e Leo".

Jack rimase in silenzio per un momento, come se stesse soppesando la sua risposta. Marina aspettò.

"Sono brave persone", disse infine.

"E Leo è adorabile", disse Marina. "Sembra che voi due abbiate un legame speciale".

Ancora una volta, Jack esitò. "Vanessa è una vecchia amica e collega. È doloroso vederla in condizioni così fragili". Tirò un respiro. "Tutto quello che posso fare per suo figlio, lo farò. È un bravo ragazzo".

Marina avvertì che Jack sembrava voler chiudere l'argomento, anche se non poté fare a meno di pensare che ci fosse dell'altro nella sua storia. Leo gli assomigliava così tanto.

"Sembra che tu e Ginger andiate d'accordo", disse Marina, rompendo il silenzio. Li aveva visti fuori a parlare nel patio diverse volte.

"Tua nonna ha avuto una vita straordinaria", disse Jack, mentre rovistava in una padella. Sembrava essersi rilassato, una volta cambiato argomento.

"Le sue storie sono certamente divertenti", disse Marina con una leggera risata. "Te ne ha raccontate molte?".

"Mi ha parlato di come è arrivata a fare il suo lavoro".

"La maggior parte delle persone pensa che occuparsi di statistica sia piuttosto noioso, ma lei sembra essersi divertita, soprattutto dopo la morte del nonno. Il suo lavoro l'ha portata in giro per il mondo".

"Occuparsi di statistica, eh?". Jack la guardò con un sorriso divertito. "È questa la versione per la famiglia?".

Dove vuole arrivare? Marina si irrigidì al suo commento. "È la verità".

"Qualche anno fa ho scritto un articolo su una delle donne che aveva addestrato. Non parlano molto, sai? Ma mi sono ricordato il suo nome".

"Non ti seguo".

Jack aggrottò le sopracciglia. "Sai di cosa si occupa Ginger, vero?".

"Certo. Te l'ho appena detto". Leggermente irritata, asciugò una padella e la mise via.

Divertito, Jack le passò un'altra padella grondante d'acqua. "Non credo che tu lo sappia".

Lei fece schizzare delle gocce d'acqua verso di lui. "Credo di conoscere mia nonna". I sottili peli sulla nuca di Marina erano irti di irritazione. Proprio quando cominciava a piacerle il nuovo Jack, era riemerso quello vecchio.

"E tu?"

Ginger si affacciò alla porta. "Vi ho sentito bisticciare, qui dentro".

"Non stiamo bisticciando. Jack ha semplicemente preso un abbaglio". Marina si mise a sventolare l'asciugamano, asciugando una padella prima di sistemarla in una credenza.

Piegando le braccia, Ginger disse: "In realtà, no".

Marina si portò una mano alla vita. "Uno di voi due potrebbe svelarmi cosa c'è sotto?".

Ginger fece un cenno a Jack.

"Qualche anno fa", disse Jack, "Ho intervistato una delle migliori decifratrici di codici del Paese. Venerava tua nonna, che le aveva insegnato tutto ciò che sapeva".

Marina fissò Jack. "Mi dispiace, credo di aver capito male...".

"No, per nulla". Ginger inarcò un sopracciglio con modestia. "Anche se altri mi hanno superato. Solo che la maggior parte di loro usa il computer".

"Di cosa stai parlando?" Marina chiese lentamente.

"In realtà, l'intelligenza artificiale è la prossima frontiera", disse Ginger. "Tuttavia, qualcuno deve sviluppare gli algoritmi e programmare le macchine".

"Non intendevo questo", Marina si premette una mano sulla tempia. Cercò di ricordare una storia che doveva aver sentito anche lei. Donne che decifravano codici. Se ne erano occupate durante la Seconda guerra mondiale. Ma Ginger sarebbe stata troppo giovane.

Ginger si sedette e intrecciò le dita sul tavolo, come se aspettasse che Marina la raggiungesse.

"Perché non ne hai mai parlato?" Chiese Marina.

"Non ho fatto questo lavoro per attirare l'attenzione su di me", disse Ginger, sollevando una spalla e lasciandola cadere. "Poche persone lo avrebbero capito. E non dovevamo parlarne". Le sue labbra si incurvarono. "Nessuno vuole sapere cosa fa uno statistico. Questo è certo".

"Certo?" Esclamò Marina. Improvvisamente sua nonna sembrava una spia o qualcosa del genere. "Sembra che tu abbia lavorato per la C.I.A.".

"Non la metterei proprio così", disse Ginger con una rapida e autoironica smorfia della bocca. "Si potrebbe dire che lavoravo a chiamata. Una consulente. Perché, con il carico di lavoro del caro Bertrand...".

"Aspetta, l'hai fatto quando il nonno era ancora in vita?". Aveva avuto un infarto mentre nuotava all'Hotel Ritz di Parigi negli anni Ottanta, quando Marina era adolescente.

Sembrando leggermente impaziente, Ginger batté un'unghia ben curata sul tavolo. "È così che sono entrata nel giro, non capisci?".

"Tramite il nonno?"

Ginger sollevò un angolo della bocca in un sorriso enigmatico. "Più o meno, cara. Eravamo in piena guerra fredda. Per decenni, in realtà".

Tutti i pensieri su Jack, Leo e il pane per il mercato agricolo svanirono. Sentendosi il battito accelerare, Marina gettò a terra lo strofinaccio e si rivolse a Jack. "Non posso credere che tu non abbia voluto dirmi nulla a riguardo".

Jack fece un passo indietro e alzò le mani in segno di difesa. "Ginger me l'ha appena detto. Pensavo lo sapessi".

"Ora, voi due, calmatevi". Ginger si alzò in modo autoritario, spazzolandosi le pieghe dei pantaloni. "Non riesco a immaginare cos'altro vorresti sapere, Marina. Ho lavorato con alcuni codici. Era più che altro risolvere enigmi. Nient'altro".

Ginger fece una pausa, guardandoli in modo criptico. "La vita è un puzzle, che si può comporre o smontare in molti modi diversi. Ora, se volete scusarmi, vado a giocare a bridge". Con un gesto della mano, lasciò la cucina.

Marina avanzò verso Jack. "Cosa ti dà il diritto di intrometterti nei nostri affari privati?", chiese, cercando di ignorare che aveva fatto la stessa cosa con Jack pochi minuti prima.

Jack si passò una mano sul viso, cercando inutilmente di nascondere un'espressione divertita. "Dai, prova cercare il suo nome su Google".

"Chi cerca su Google la propria nonna? Una volta insegnava matematica, lo sapevi? Proprio qui a Summer Beach", disse Marina, indicando la città. "Un'insegnante di matematica di una piccola città non è una specie di spia, e questo è quanto".

Jack si premette la mano contro il petto. "Non ho mai detto questo".

In lontananza, Scout abbaiava.

"Ti sta chiamando". Marina aprì a Jack la porta sul retro.

Scuotendo la testa, uscì e si diresse verso la casetta degli ospiti. Marina sbatté la porta dietro di sé.

Attraversando la casa, Marina vide Ginger allontanarsi. Fermandosi nello studio dove si trovava Kai, piegò le braccia e si appoggiò allo stipite della porta. Le pareti rivestite di pino nodoso sembravano ancora impregnate del tabacco da pipa alla vaniglia di suo nonno, o forse era l'incenso alla vaniglia che Kai amava bruciare lì. "Cosa sai di nostra nonna?".

Kai tirò fuori dalla stampante un foglio di adesivi. "Che razza di domanda è?".

Marina indicò con un braccio la casetta degli ospiti. "Il signor *so-tutto-io*, il giornalista investigativo, ha appena insinuato qualcosa su Ginger che mi mette molto a disagio".

Kai sorrise. "*Vincitore del premio Pulitzer*, hai dimenticato".

"Guarda che non sto scherzando".

"Su che cosa?" Kai alzò la testa. "Sul fatto che Ginger fosse una ballerina esotica?".

Le labbra di Marina si separarono. "Dici sul serio?"

"Che ne pensi?" Kai rise.

Marina sgranò gli occhi. "Devo usare il tuo computer". Prima che la sorella potesse rispondere, Marina si sedette davanti al portatile di Kai sulla scrivania e iniziò a digitare.

Qualche istante dopo, lo schermo del computer lampeggiò. Kai si girò e le due sorelle fissarono lo schermo.

14

"Chi è *Nonna COBOL*?". Chiese Kai, sporgendosi verso lo schermo del suo portatile nello studio. "E quella accanto a lei sembra Ginger". Lesse la didascalia sotto la foto. "Quell'enorme macchinario è un computer UNIVAC, dei primi anni Sessanta. Molto prima dei PC".

"Nell'era dei dinosauri, in termini informatici", disse Marina. "Diciamo che è più o meno il periodo in cui Ginger e il nonno vivevano sulla costa orientale, vero?". La vecchia foto caricata su un sito web era un po' sfocata, ma Marina riusciva a distinguere Ginger. "Vediamo", disse, cliccando sul nome dell'altra donna. "Grace Hopper. Commodoro Hopper, cioè. Ha ricevuto la Medaglia presidenziale della libertà. Credo sia la più alta onorificenza di questo paese".

"Per cosa?" Chiese Kai. Le sorelle sedevano rannicchiate davanti al portatile nello studio. Si erano quasi dimenticate dei nuovi adesivi che Kai stava preparando per Marina.

Marina cliccò di nuovo. "Caspita. Grace era una donna straordinaria. Dottorato in matematica a Yale, riserva della Marina, e poi questo". Indicò lo schermo. "Era famosa per la sua capacità di tradurre notazioni matematiche in codice macchina. Aveva scritto il primo compilatore per computer".

"E ha inventato il linguaggio di programmazione COBOL". Kai si premette una mano sulla fronte. "È una cosa enorme. Chissà se Ginger aveva lavorato con lei?".

"Forse. Evidentemente Jack ne sa più di noi sulla vita professionale della nonna. E lei glielo ha confermato. Ma non ha detto altro". Marina incrociò le braccia. "Hai mai notato che Ginger a volte è molto vaga sui viaggi che fa?".

Kai annuì. "Non ho mai pensato a Ginger come a qualcosa più di un'insegnante di matematica, o della moglie di un diplomatico".

"Sono entrambe posizioni importanti", disse Marina, lanciando un'occhiata alla sorella.

"Lo so, ma frequentare persone come il Commodoro Hopper. E Julia Child, principi e baroni, e chissà chi altro. Pensavo che si inventasse tutte quelle sue storie, ma forse nostra nonna aveva un'altra vita che non abbiamo capito, quando eravamo più giovani".

"Forse lo fa ancora", disse Marina, riflettendo su ciò che aveva visto sullo schermo. "Jack ha detto che era una decifratrice di codici. Una crittologa. È facile da credere. Tutti noi, da piccoli, abbiamo fatto i suoi giochi con codici e cifrari".

"Sembra che conosca altre persone altolocate", disse Kai. Cliccò su un altro collegamento. "Eccola di nuovo a che fare con la C.I.A.".

"Ma il lavoro del nonno li portava ovunque, e avevano incontrato molte persone di alto livello". Marina aguzzò l'occhio sull'immagine. "È in piedi davanti a una scultura che sembra una zuppa di quelle con le letterine. È bellissima, come un'alta pergamena verdeggiante srotolata con file e file di lettere. E lei è con il capo della C.I.A.".

Kai lesse il titolo. "*Kryptos: Un codice indecifrabile?*". Sedendosi, disse: "Perché mi sembra di essere Alice sperduta nel Paese delle Meraviglie?".

Marina rise. "O Forrest Gump, dove nostra nonna sembra essersi inserita nella storia senza che noi ne sapessimo nulla".

Appoggiò il mento sulla mano. "Ma in un certo senso... ha senso. Ricordi gli indizi che ci lasciava e che portavano alle sorprese di compleanno? Dovevamo risolverli per trovare i regali".

"Era molto divertente", disse Kai. "Ricordo il cifrario di Cesare che ci aveva insegnato. Aveva nascosto i nostri nuovi vestiti estivi e ci toccava decifrare un codice per trovarli. Credo che avessi circa sette anni". Kai sorrise. "Forse Ginger ha lasciato altri messaggi cifrati, qui intorno".

Marina si guardò intorno. "Non si sa mai". Ginger aveva spesso delle buone ragioni tutte sue per fare ciò che faceva. *Enigmatica*, così la chiamavano spesso le persone. Anche se per Marina, Kai e Brooke era semplicemente l'affascinante nonna che amavano.

"Basta così", disse Marina, leggermente sopraffatta. Chiuse il browser, chiedendosi se Ginger avrebbe condiviso altro con loro più tardi. "Adesso abbiamo del lavoro da fare, se voglio arrivare al mercato agricolo domattina presto".

Tornate in cucina, dopo essersi assicurate che i prodotti da forno si fossero raffreddati, Marina e Kai lavorarono insieme al tavolo per confezionare le pagnotte e i prodotti da forno. Marina incartava, mentre Kai apponeva le etichette.

"A quanto pensi di venderli?". Chiese Kai.

"Mentre ero al mercato, ho cercato di vedere che prezzi facevano gli altri per degli articoli simili". Aprì un taccuino. "Ecco".

Kai gli diede un'occhiata. "I prezzi sono buoni. Sei sicura di riuscire a guadagnarci?".

"Dopo aver pagato le tasse comunali, le forniture e gli ingredienti, appena appena. Ma i costi iniziali verranno ammortizzati nel tempo. E ho bisogno di comprare gli ingredienti all'ingrosso, una volta capito cosa si vende meglio".

Mentre Kai ascoltava, lei aggrottò le sopracciglia. "Fai sul serio, vero? Pensavo che saresti tornata a lavorare in autunno".

"Potrei doverlo fare, ma dipende dal fatto che qualcuno mi

offra una posizione. Al momento, sono *persona non gradita*. Avrai ben visto il mio meme".

Kai sospirò. "Eri di tendenza sui social media".

"Non c'era bisogno che lo sapessi", disse Marina, facendo scivolare con cura una pagnotta in un sacchetto e chiudendolo. "C'è una bella differenza tra la popolarità basata sul proprio lavoro e la notorietà derivante dall'aver fatto la figura dell'idiota".

"Credo che molte donne siano dispiaciute per te".

"Questo non mi aiuterà a pagare le bollette".

"Ora parli come Ginger".

Marina chiuse il quaderno. "Ho due figli al college".

"Forse ti stai mettendo troppo sotto pressione. Se puoi permetterti di pagare le loro spese, è fantastico. Ma tu ce l'hai fatta da sola".

"È stato difficile". ricordò Marina, che aveva dovuto lavorare sodo in un caffè per pagarsi le tasse universitarie. "Eppure, quello è stato anche uno dei periodi più felici della mia vita. Prima di Stan, prima dei figli, quando ero sola con me stessa".

"Odio doverlo sottolineare, ma hai chiuso il cerchio. Io voglio bene a Heather e Ethan, ma sanno badare a loro stessi, se tu non puoi. Hanno diciotto anni, quindi sono adulti anche loro".

Marina si accigliò con Kai. "A malapena". Pensò a Ethan e al momento difficile che stava vivendo.

"Sei proprio una mamma", disse Kai scuotendo la testa. "Lascia che si gestiscano da soli".

"Non ti lascio alcuno spazio per le critiche. I miei figli sono la cosa più importante, per me". Marina si fermò. Kai non avrebbe mai potuto sapere cosa significasse essere madre. E sapeva che questo la preoccupava.

"Non c'è bisogno di rinfacciarlo", ribatte Kai. "Solo perché fino ad ora sei stata una supermamma".

"Sono molto sotto pressione", ribatté Marina. "Non sai

cosa significhi essere responsabile dei figli e della loro crescita come esseri umani funzionanti". Non appena quelle parole lasciarono la sua bocca, si pentì.

"Non certo per mancanza di tentativi, vero? Almeno, io ho un anello di fidanzamento, e tu? Un meme. E tutti ridono di te". Kai si allontanò dal tavolo e si precipitò fuori.

"No, no, no", borbottò Marina con un impeto di rammarico. "Perché ho dovuto toccare quel tasto?". Era sempre stata la sorella maggiore, quella che metteva tutto a posto. Sapeva quali erano i punti deboli di Kai. "Cosa c'è di sbagliato in me?".

Lo stress della disoccupazione, l'umiliazione pubblica e la preoccupazione per i figli stavano diventando troppo pesanti da gestire, facendole fare cose che non avrebbe voluto.

"Devo scusarmi", borbottò Marina, ricacciando indietro le lacrime di rabbia verso se stessa. Guardando dall'ampia finestra della cucina, poté vedere Kai che si dirigeva verso la riva. Sua sorella si fermò per togliersi le scarpe. Afferrando un'infradito in ogni mano, Kai iniziò a correre, scalciando la sabbia e guadagnando velocità man mano che procedeva.

Fin dall'infanzia, Kai andava spesso a correre quando era turbata, battendo i piedi contro la sabbia per alleviare l'ansia.

Anche lei poteva avere molte cose per la testa, ma Marina non poteva fare a meno di sentirsi responsabile per il crollo della sorella.

"PANE FRESCO!", disse Marina alla folla di passaggio al mercato agricolo, anche se nessuno si fermava. Si sentiva un po' in imbarazzo, come se fosse un imbonitore alle giostre.

Dato che nessuno le prestava attenzione, Marina tornò a sistemare la sua merce. Aveva scambiato di posto le pagnotte, le confezioni di biscotti e le crostate almeno una dozzina di volte. Niente sembrava essere d'aiuto.

Non aveva venduto nulla in due ore, mentre le due liceali

accanto a lei avevano quasi esaurito i loro dolcetti di riso soffiato. Era contenta che stessero mettendo a frutto le loro abilità imprenditoriali, ma se si fossero date un altro cinque dopo aver venduto qualcosa, avrebbe urlato. E Cookie, la direttrice del mercato, non era impressionata. Non avrebbe mai ottenuto un tavolo in quel modo, né sarebbe stata in grado di pagarlo.

Cosa stava facendo di sbagliato?

"Pane fresco!", esclamò Marina, in un ennesimo tentativo.

"Oh mio Dio, sembra che tu ti stia scusando per aver occupato dello spazio". Kai si appoggiò al bordo del tavolo. "Non dire delle cose ovvie".

"Bè, quando sei tornata a casa ieri sera?". A mezzanotte, Kai non era ancora rientrata.

Kai storse un angolo della bocca. "Mi stai controllando?"

"No, l'ho solo notato. Tutto qui".

Kai prese una pagnotta e un pacchetto di biscotti. "Vuoi che ti mostri come si fa?".

"Non hai mai venduto nulla al mercato agricolo". Marina scrollò le spalle, ma se c'era qualcuno che poteva riuscire a piazzare della merce, probabilmente era Kai. Essere più giovane e bionda non guastava. "Avanti, incanta tutti con la tua bellezza".

"Pensi che si tratti di questo?". Kai sembrava un po' ferita mentre apriva una pagnotta di pane. "Hai dei guanti?"

"Per cosa?"

"Ma come hai fatto ad avere questo spazio? Torno subito". Kai attraversò il corridoio fino a un altro venditore che, dopo qualche parola, le diede un paio di guanti sottili per maneggiare il cibo, un coltello e un piatto di carta. Kai si infilò i guanti, poi si mise a tagliare il pane al rosmarino, i biscotti con le gocce di cioccolato e la crostata di mirtilli. Una volta messi insieme tutti gli assaggi, si voltò verso le persone che passavano.

"Pane al rosmarino fatto in casa!", disse Kai con la sua voce sicura da palcoscenico. "I migliori biscotti al cioccolato del mondo! Crostate di mirtilli da urlo!".

"Non puoi dare via tutto", disse Marina, osservando le persone che si fermavano per assaggiare e poi si allontanavano. Una coppia, che sembrava appena scesa dallo yacht, prese due assaggi. Marina sgranò gli occhi. Immaginava che avrebbe sempre potuto registrare le perdite sulla dichiarazione dei redditi. Era comunque pensare positivo, no?

"Aspetta". Kai continuava a distribuire assaggi.

La coppia dello yacht arrivò alla fine dell'area e poi si voltò.

La donna tornò al tavolo di Marina. Mentre indicava il pane al rosmarino, il suo braccialetto d'oro tintinnava. "Quel pane è tremendo".

"Come, scusi?" Marina avrebbe voluto strisciare sotto il tavolo e sparire.

La donna sbirciò sopra i suoi occhiali da sole scuri. "Perché sarà responsabile del fatto che dovrò andare in palestra un giorno in più". Sorrise. "Ma ne varrà la pena. Prendo due pagnotte. Immagina che panini al formaggio grigliato ci verranno fuori".

Suo marito si avvicinò, dietro di lei. "Non dimenticare i biscotti al cioccolato. Prendine una dozzina".

Marina li guardò a bocca aperta, senza sapere cosa dire. Erano seri?

"Certo", disse Kai, mettendosi accanto a Marina. "E ha provato le crostate? A me piacciono con la panna montata e una spolverata di cannella. Sono meravigliose con i cocktail a base di champagne per un brunch sulla barca, o come dessert mentre si guarda il tramonto".

"Io opterei per una pallina di gelato", disse il marito.

"Potremmo servirli questa sera a cena", aggiunse la donna. "Ne prenderemo sei".

Marina era stupita e agitata. Clienti veri, che compravano davvero quello che lei aveva fatto. "Non volete sapere quanto costano?".

Kai e la donna si guardarono per un attimo e poi scoppiarono a ridere insieme.

"Fai il conto", sussurrò Kai.

Il volto di Marina bruciava per l'imbarazzo. Era chiaramente fuori posto, lì. Aveva parlato così tanto a lungo con le telecamere da aver dimenticato come si conversa con le persone?

Kai fece scivolare uno dei nuovi biglietti da visita di Marina nella borsa della coppia. "Assicuratevi di chiamare o mandare un'e-mail quando volete prenotare i vostri acquisti, perché le scorte si esauriscono molto velocemente", disse Kai in tono confidenziale. "Non vorrei che rimaneste delusi".

"È molto gentile da parte sua", disse la donna. "E accettate richieste particolari?".

"Finché riesco", disse Marina, esitando a mettere in mostra le sue abilità, ancora acerbe.

"Mia sorella è troppo modesta. Può fare qualsiasi cosa".

Dopo che la coppia se ne fu andata, Kai si rivolse a lei. "Alla fine ci sei quasi arrivata, ma vedrai che prenderai la mano".

"Hai un talento naturale", disse Marina. "Mi sento un'idiota". Poteva fissare una telecamera e leggere un notiziario a un milione o più di persone, ma i muscoli che governavano l'interazione con gli altri le si erano atrofizzati.

Kai le scostò i capelli dalle spalle. "Ricorda, sono una professionista. Questo è solo un altro palcoscenico".

Con Kai che distribuiva campioni, Marina esaurì le sue scorte prima che il mercato agricolo chiudesse. Guardando sua sorella, Marina pensò a quanto le voleva bene. Si rese conto di non essere sola: anche quando litigavano, il legame che avevano intrecciato fin dall'infanzia era ancora forte.

Mentre Marina puliva il tavolo, toccò la spalla di Kai. "Ti ho detto che sono rimasta male per quello che ti ho detto ieri?".

"Non devi", rispose Kai, prendendole la mano. "Siamo entrambe nervose e anche a me dispiace".

"Guardandoti là fuori, mi è venuta in mente una cosa", disse Marina, facendo leva su un pensiero che aveva avuto. Ti piacerebbe collaborare a questa impresa, durante l'estate? Io sono brava in cucina e tu hai un talento naturale con le persone".

"Non ti sminuire", disse Kai. "Da quanti anni vai in onda?".

"È diverso. Come conduttrice di un telegiornale, dovevo contenermi e tenere a bada le mie emozioni e opinioni. Qui devo imparare di nuovo a relazionarmi con le persone reali".

L'espressione di Kai si addolcì. "Sinceramente, avevo notato questo aspetto di te".

Marina proseguì. "Conosco i miei talenti e conosco i tuoi. Forse non lavorerò mai più in televisione e non sono nemmeno sicura di volerlo fare. Per una volta nella mia vita, voglio amare quello che faccio, anche se non si guadagna molto. Non è chiedere troppo, alla mia età. Ma se sognassi più in grande? E se formassi una squadra con le persone che ammiro di più, come te e Ginger? Insieme saremmo più forti".

"Mi piacerebbe, ma sai che presto me ne andrò". Kai fece un cenno alla folla intorno a loro. "Questo è il vostro palcoscenico, non il mio. Ma se dovessi fermarmi da qualche parte, sappi che starei qui con te, Ginger e Brooke".

"Tieni presente la mia offerta, per favore". Marina fece una pausa, guardando l'oceano. "Ora capisco perché Ginger non ha mai voluto liberarsi del cottage, nemmeno quando lei e il nonno lavoravano altrove. Questo posto è un angolo di paradiso. Posso fare molto bene qui".

E non si trattava solo di lei. Marina aveva pensato a cosa avrebbe potuto fare per aiutare gli altri ristoratori della zona. Quello che Boz aveva detto sui concorrenti della comunità vicina, con grandi disponibilità economiche, l'aveva turbata. Odiava vedere le persone che avevano lavorato duro per costruire i loro sogni essere sfruttate. Gli uomini d'affari avrebbero detto che è solo una questione di sopravvivenza del più forte, ma certe lotte non sono sempre giuste.

Kai restituì il piatto e il coltello al venditore vicino e lo ringraziò. Quando tornò, chiese: "Cosa farai per Heather e Ethan e per la loro retta universitaria?".

"Quello che posso. Forse hai ragione. I miei figli sono abbastanza grandi da capire che la vita può essere complicata. Ho intenzione di parlare con loro affinché richiedano degli aiuti finanziari". Marina diede un colpetto col gomito a Kai. "Allora, ci stai?".

Kai abbassò gli occhi. "Non posso. Ho appena preso un altro impegno".

"Hai ottenuto una parte? È fantastico". Anche se delusa, Marina era davvero felice per Kai. Sapeva che Kai si sentiva irrequieta lontana dal lavoro e dal palcoscenico.

"No, ma lo farò in autunno, ne sono certa". Kai si morse il labbro, esitando. "Non sgridarmi, ma ieri sera ho chiamato Dmitri. Abbiamo parlato a lungo e ho accettato di sposarlo quest'estate". Mentre Kai parlava, la luce nei suoi occhi si affievolì.

Marina prese la mano della sorella, che tremava. "Sei sicura?"

Kai esitò prima di annuire. "Avevi ragione anche su molte cose. Probabilmente sono troppo vecchia per farmi una famiglia. È ora che mi accontenti di quello che posso avere". Fece una smorfia. "Non mi sono espressa bene, non era ciò che intendevo dire. Dmitri è un bravo ragazzo e ha un ottimo rapporto con i suoi figli".

Marina vide le spalle di Kai crollare. Quindici minuti prima, la fiduciosa Kai era piena di gioia, chiacchierava con gli sconosciuti e li trasformava in amici. "Devi proprio fare così in fretta? Vi frequentate solo da un mese".

"Devo", disse Kai. "Se non vado a incontrarlo a Chicago, dice che è finita".

Mentre Marina puliva il tavolo, fece una smorfia. "È un ultimatum. Non ci cascare".

"Stai suggerendo di abbandonare un uomo rispettabile che vuole sposarmi, cosa che – attenzione – non capita tutti i giorni?".

"Solo perché hai in mano un uovo oggi, non significa che sia la scelta migliore, a lungo termine. Io l'ho imparato, di sicuro".

"Ma Grady ti ha lasciato", disse Kai.

"Non c'è bisogno che me lo ricordi", disse Marina. "Ma ho riflettuto molto su quella situazione, e ho imparato molto. E se avessi deciso di provare a riprendermi Grady? Ne sarebbe valsa la pena? Alcuni errori possono essere perdonati, ma lui aveva superato l'età in cui ci si può riabilitare. Sono rari i vecchietti che riescono a farcela. Non dico che sia impossibile, ma le probabilità sono poche. Devi venire a patti con l'idea di abbandonare il tuo sogno di avere una famiglia. Non sono sicura che tu l'abbia fatto. Questo è il nocciolo del problema, e devi essere onesta con te stessa".

Kai tacque, e Marina capì di aver toccato il nervo più sensibile della sorella. Uscirono dal mercato, salirono in macchina e percorsero la breve distanza fino al cottage. Avrebbero potuto camminare, ma quella mattina la macchina era stata piena di prodotti da forno.

Marina si avvicinò a Kai e le toccò la spalla. "Grazie per il tuo aiuto oggi. Non ce l'avrei fatta senza di te. E non preoccuparti, riuscirai a capire cosa fare della tua relazione con Dmitri". Sorrise. "C'è sempre Axe".

"È proprio un piacere per gli occhi," disse Kai. "E poi ha recitato in una compagnia teatrale estiva".

"Il costruttore canterino". Marina accostò l'auto davanti al cottage e si fermò. "Il fatto che tu abbia notato altri uomini dovrebbe significare qualcosa".

Mentre entravano, Marina notò un'auto parcheggiata davanti al cottage. Pensò che Ginger potesse avere compagnia. Dopo aver posato la borsa, bussarono alla porta e lei aprì.

Un uomo anziano con occhiali da sole e camicia sportiva le si parò davanti. "Marina Moore?"

"Sì?"

Le porse un foglio di carta. "C'è una citazione per lei".

Marina alzò le mani. "Oh, per l'amor del cielo", disse, con la gola che le si stringeva per la rabbia. Di sicuro c'era Hal dietro a tutto ciò.

Kai tornò di corsa alla porta d'ingresso. "Che cosa c'è?"

"Li prenda pure, signora". I fogli gli tremavano in mano.

"Fammi vedere", disse Kai, strappando il plico spillato all'uomo, che si allontanò immediatamente. "Che uomo vile". Sfogliò le pagine. "Sono della società che possiede l'emittente. Stanno facendo causa *a te*?".

Marina guardò l'uomo saltare in macchina e andarsene via rapidamente. "Sta solo facendo il suo lavoro per conto di quel pazzo libidinoso all'emittente", disse, scandendo l'aria per sottolineare le sue parole.

Proprio in quel momento squillò il telefono. Rispondendo, disse: "Gwen, mi hanno appena notificato una citazione".

"Stavo appunto chiamando per avvertirti. Ho contattato il suo avvocato, dice che dovresti iniziare a prepararti. Il contratto prevede una possibilità di mediazione. Quando potresti essere qui?".

Marina sussultò. Proprio quando la sua vita stava migliorando, le complicazioni legali erano l'ultima cosa di cui aveva bisogno. "Devo chiudere il mio appartamento la prossima settimana. Posso farlo allora".

"Non sono sicura che gli avvocati possano agire così velocemente. Dovresti chiamare il tuo".

Dopo aver riattaccato, Kai la abbracciò. "Mi dispiace tanto. Ma verrò con te a San Francisco".

"E Dmitri, a Chicago?".

Kai strinse le braccia intorno a Marina. "Sei mia sorella".

15

*J*ack si appoggiò alla sedia e allungò le dita. La sua scrivania in legno intagliato, in stile Monterey, era posizionata di fronte a un'ampia finestra che si affacciava sulla spiaggia: uno dei panorami più incredibili che potesse immaginare per trarre ispirazione.

Il cottage per gli ospiti favoriva l'ispirazione ed era arredato in stile shabby chic, da spiaggia californiana. Alcuni divani logori erano rivestiti di tela bianca, dei cuscini con fenicotteri rosa e palme erano comodamente sparsi in giro e tappeti intrecciati in tonalità sabbia ricoprivano le piastrelle Saltillo. In cucina, le stoviglie vintage in melamina erano ancora perfettamente utilizzabili. Il cottage per gli ospiti era una capsula del tempo della vita da spiaggia californiana di metà secolo, cosa che gli andava benissimo.

Jack batté qualche altro appunto prima di chiudere il portatile. Sebbene stesse facendo progressi nella sua ricerca, non era ancora riuscito a capire quale taglio voleva dare alla biografia di Ginger Delavie. Doveva preparare i primi tre capitoli e uno schema dettagliato prima di presentare il suo progetto. Se solo Ginger avesse risposto alle sue domande... ma continuava a non voler parlare del suo lavoro.

Scout sapeva che, quando il portatile si chiudeva, aveva la possibilità di fare una passeggiata sulla spiaggia. Si alzò e diede una zampata alla gamba di Jack, arricciando le labbra in quello che sembrava un sorriso.

"Ehi, bello", disse Jack. "Questa sì che è una bella espressione. Tienila un attimo".

Jack prese il suo blocco da disegno e lo aprì. Disegnare era sempre stato rilassante e spesso mandava i suoi disegni ai nipotini. Scout era il suo ultimo soggetto. Jack tracciò qualche rapido schizzo sul foglio, sorridendo per la personalità del muso di Scout che stava catturando.

"Sei famoso in Texas", disse Jack, allungando la mano per grattare il collo di Scout. I bambini chiedevano a gran voce altre illustrazioni di Scout in stile cartone animato. A volte Jack si chiedeva come sarebbe stato seguire quella sua passione. Avrebbe vissuto una vita diversa, più tranquilla, questo è certo.

Una cosa era ormai chiara. Mentre Jack era noto per il giornalismo investigativo che lo portava spesso in viaggio, avrebbe dovuto cambiare il suo stile di lavoro per adattarsi al giovane Leo. Quella strada, più tranquilla, avrebbe potuto essere migliore. Con Vanessa e Leo era successo tutto così in fretta che Jack stava ancora elaborando piani e sentimenti.

Jack chiuse il blocco da disegno, soddisfatto del suo lavoro. Avrebbe finito l'opera più tardi. Schioccando la lingua, Jack prese una giacca a vento leggera. Le mattine sulla spiaggia erano fresche, soprattutto quando soffiava il vento di tramontana. Al suo segnale, Scout balzò in piedi dalla sua posizione accanto alla scrivania e lo seguì fino alla porta. Il cane si sedette, scodinzolando e aspettando.

"Ecco un bravo cagnolone", disse Jack, facendo scattare il guinzaglio al collare di Scout. "Chi l'avrebbe mai detto che eri così intelligente?".

A Jack piaceva lavorare la mattina presto, appena sorgeva il sole. Spesso, a quell'ora, era pronto per fare una pausa con una passeggiata sulla spiaggia, anche se quel giorno aveva un appuntamento. Negli ultimi giorni, aveva iniziato a camminare con buon passo. Anche se era ben lontano dall'essere in forma come il sindaco locale, sentiva che la sua capacità polmonare stava aumentando, il che era una bella sensazione.

Quella mattina, Jack doveva incontrare Bennett in una proprietà poco distante. Schioccò le dita per chiamare Scout. "Vieni, bello. Andiamo".

Dopo una breve passeggiata, Jack vide Bennett che lo aspettava davanti a una casa a pochi isolati dalla spiaggia. Era sopraelevata, e aveva una buona vista sull'oceano.

"Hai fatto la tua corsa, stamattina?" Chiese Bennett.

"un po' più tardi del solito. Però sto migliorando le mie prestazioni".

"Presto ci sarà una corsa di 10 km qui in città", disse Bennett. "Dovresti unirti a noi". Si chinò a massaggiare il collo di Scout. "Anche il tuo amico è il benvenuto. Sarà per una raccolta di fondi per il rifugio degli animali". Al rumore di un'auto, alzò lo sguardo. "Eccoli qui".

Denise e John scesero dal SUV e insieme aiutarono Vanessa a scendere dal sedile posteriore. Leo e Samantha uscirono di corsa, con l'aria assonnata.

"Ho un nipote della loro età", disse Bennett. "Forse gli piacerebbe fare snorkeling insieme al molo".

Leo e Samantha si illuminarono. "Possiamo?" chiese Leo alla madre, mentre si avvicinava a lei.

"Sembra divertente", disse Vanessa. Si fermò davanti alla casa di legno di fronte a loro. "Che bel posto estivo. Mi ricorda le case che vedevo a Nantucket".

Bennett estrasse una chiave dalla tasca. "Ha due suite e una terza camera da letto, più un soppalco che dà su una terrazza panoramica. Ho pensato che questa configurazione potesse andare bene. I proprietari volevano venderla, ma hanno deciso di affittarla per la stagione. Ha bisogno di alcuni lavori, ma è confortevole".

Denise prese sottobraccio Vanessa. "Quest'estate ci divertiremo un mondo a condividere una casa al mare. Non so perché non l'abbiamo fatto prima". Mentre camminavano per la casa, una dimora di metà secolo arredata con fresche tonalità di bianco e turchese, Bennett ne indicava le caratteristiche.

"Ci sono dei ventilatori a soffitto in tutta la casa, basta aprire le finestre per far entrare la brezza marina. Si può raggiungere facilmente a piedi la spiaggia e il villaggio". Aprì la porta di una suite, che aveva un patio laterale. Un graticcio di glicini ombreggiava l'area soleggiata e i fiori di gardenia addolcivano l'aria.

"Sarebbe perfetto per te", disse Denise a Vanessa.

"Mi piace molto", rispose Vanessa, guardandosi intorno con un'espressione di piacere.

Jack la guidò verso il patio, dove in un angolo zampillava una fontana a testa di leone.

"Posso solo immaginare di sedermi qui e leggere", disse, tendendo la mano a Leo. Il ragazzo rimase vicino alla madre.

Il cuore di Jack si strinse a lei. Denise, John e i bambini guardavano il resto della casa e tutti reclamavano delle stanze. A Samantha piaceva la camera da letto decorata con le sirene.

"Il loft è fantastico", disse Leo, con gli occhi sgranati. Quell'area spaziosa aveva un tema nautico blu e bianco. Una scala circolare conduceva al tetto, dove era stata allestita una terrazza panoramica.

"Allora è tuo", disse Vanessa. "Potremmo mettere un telescopio sul tetto per farti esplorare le stelle. Questa casa sulla spiaggia è perfetta per noi".

Jack sapeva che la casa di riposo non era lontana, e pensava che avere Denise, John e Samantha vicini a Leo fosse un buon piano. Odiava pensare a ciò che lo aspettava, anche se non vedeva l'ora di conoscere Leo più da vicino.

"Allora la prendiamo noi", disse John, stringendo la mano di Bennett.

Bennett chiuse la casa e si voltò verso di loro. "Ho tutti i documenti nel mio ufficio, se volete, possiamo compilarli lì, oppure potete portarli con voi".

"Tanto vale farlo adesso", disse John, abbracciando Denise, che stringeva la mano di Vanessa.

"Basta che io possa sedermi da qualche parte", disse Vanessa.

Jack pensava che Vanessa avesse un aspetto migliore rispetto alla prima volta che l'aveva vista a Los Angeles. Sperava che potesse migliorare e magari anche sconfiggere la malattia, anche se dubitava che fosse una possibilità realistica. Tuttavia, Jack poteva sperare. Rispettava Vanessa e il percorso che aveva scelto. Non era stato facile, ne era certo, ma sembrava soddisfatta della sua decisione.

Vanessa e Leo avevano riempito i suoi pensieri da quando l'aveva incontrata di nuovo a Santa Monica.

Scout uggiolò accanto a Jack e batté la coda. Jack si grattò la testa. "Mentre voi vi occupate di tutto, io posso portare i bambini in spiaggia con Scout". Per Jack, quell'estate agro-dolce era l'occasione di conoscere suo figlio.

Leo e Samantha sembravano emozionati, e i genitori avevano dato il loro permesso. Jack si avviò verso la spiaggia con i due bambini e Scout. Quando arrivarono, lasciò che i bambini si togliessero le scarpe mentre lui comprò un frisbee in un negozio di souvenir.

Non c'era molta gente in spiaggia. I surfisti stavano tornando da una mattinata sulle onde e alcune persone passeggiavano sulla sabbia. Un bagnino sedeva su una posta-zione rialzata, osservando i surfisti rimasti e una coppia con dei bambini che correvano lungo la riva.

Jack passò il frisbee a Leo. "Sai lanciare uno di questi?".

"Certo", disse Leo. Lui e Samantha ridacchiarono.

Una domanda stupida per dei bambini che vivevano in spiaggia, pensò Jack. "Scout è alle prime armi, quindi ditegli di sedersi e di aspettare. Lanciatelo il più lontano possibile. Poi, dategli il comando: "Prendilo".

Le orecchie di Scout si drizzarono. Stava recependo tutto. Come se avesse capito, trottò verso Leo e si sedette, ansimando per l'eccitazione.

"Guardatelo", disse Leo, allargando gli occhi. "Sa cosa sta succedendo".

"È attento e impara in fretta. Ora fai un bel lancio".

Scout inclinò la testa, osservando il frisbee che girava in aria per poi posarsi sulla spiaggia. Ansimava, correndo dietro al nuovo giocattolo.

"Che ne dici?" Chiese Jack. "Aggiungiamo un movimento, come questo". Indicò il frisbee.

"Vai a prenderlo", disse Leo, imitando Jack.

Scout si mise a correre così velocemente da non riuscire a fermarsi e sbandò intorno al frisbee. Lo afferrò con la bocca e tornò indietro felice.

Ben presto Leo e Samantha si alternarono, e si divertirono molto a giocare con Scout.

"Qualcuno di voi ha mai avuto un cane?". Chiese Jack.

"Abbiamo un gatto", rispose Samantha. "È con mia zia in questo momento".

"Ne ho sempre voluto uno", aggiunse Leo. "Ma mia madre dice che sono molto impegnativi".

Alcuni dei ricordi più belli di Jack da ragazzo erano legati al suo cane, Buster. "Beh, se volete, potete stare con Scout quest'estate. Io sono nel cottage degli ospiti vicino al Coral Cottage, dall'altra parte del villaggio. Potete andare a prenderlo quando volete".

"Dovremmo chiedere ai nostri genitori", disse Leo e Samantha annuì.

"Oh, certo. Capisco". Jack avrebbe dovuto imparare molte cose sull'essere genitore.

"Ma sarebbe una figata", disse Leo.

"Proviamo qualcosa di diverso con Scout", disse Jack. Preso il frisbee, lo fece volteggiare in aria, ma prima che atterrasse diede a Scout il comando. Il cane esitò, ma quando Jack ripeté l'istruzione, Scout partì. Pochi istanti dopo, Scout saltò in aria e afferrò il frisbee. Il cane era così eccitato da quella novità che tornò al galoppo e girò intorno a loro due volte prima di sedersi.

"Wow, gli è piaciuto", disse Leo.

Jack accarezzò il collo di Scout. "È un cane intelligente. Puoi insegnargli molte cose. Assicurati solo di tenerlo lontano dagli orti e dai giardini. Adora creare scompiglio in quei luoghi".

Leo e Samantha si stavano divertendo così tanto con Scout che Jack fece un passo indietro e osservò i bambini, pensando a tutto quello che si era perso. Non poteva incolpare Vanessa, specialmente ora, ma provava una punta di tristezza per tutto ciò che aveva perso.

Eppure, Jack era anche grato che Vanessa avesse chiamato. L'alternativa sarebbe stata quella di aprire un giorno la porta a un Leo adulto, informandolo di essere suo padre.

No, meglio avere una parte dell'infanzia di Leo che non averla affatto.

Ora sono un padre. Jack lasciò che quella consapevolezza si insinuasse in lui, sentendo la portata di quella responsabilità. Eppure, la situazione era ancora complicata. Leo non ne aveva idea e il bambino avrebbe presto affrontato la tragica perdita della madre. Jack sapeva che non sarebbe stato un buon sostituto di Vanessa.

Cosa poteva offrire a suo figlio? Jack aveva passato la vita a inseguire storie in tutto il Paese e in tutto il mondo. Ne aveva un sacco da raccontare, ma ora aveva difficoltà a decidere in che direzione portare il suo manoscritto. A volte avrebbe voluto diventare un illustratore, ma in quel campo era completamente un autodidatta.

Forse il problema era la differenza tra scrivere un articolo e qualcosa di più lungo, come un libro. Comunque fosse, Jack aveva difficoltà a concentrarsi. Che si trattasse di Leo e Vanessa, di Scout che gli chiedeva di andare a fare una passeggiata o di Marina che lo distraeva, aveva difficoltà a riordinare gli appunti che aveva preso nel corso degli anni.

E poi c'era Ginger. Sul sentiero, l'aveva stuzzicato con un altro progetto. Poteva essere una valida alternativa? Qualunque cosa avesse scelto di fare, avrebbe dovuto inviare presto una proposta al suo agente.

Ora che Jack era responsabile di Leo, la sua vita sarebbe cambiata. Lui avrebbe iniziato la scuola in autunno, e si chiese quali sarebbero state le condizioni di Vanessa allora. Forse, nelle prossime estati lui e Leo avrebbero potuto partire con il furgone e andare in campeggio in giro per il paese.

"Attenti", chiamò Leo.

Jack si abbassò appena in tempo per evitare un frisbee che volava basso con Scout al suo inseguimento.

Alle sue spalle sentì un urlo. Girandosi, vide Scout disteso su Marina, che le leccava il viso, mentre il frisbee si era fermato sulla sabbia dietro di lei. Scout le era finito addosso, felicissimo di vederla.

"No, Scout, no!". Jack saltò in piedi e si precipitò in aiuto di Marina. Dietro di lui, Leo e Samantha gli correvano dietro, gridando a Scout.

Jack allontanò Scout e aiutò Marina a sedersi. "Mi dispiace tanto. Ti ha fatto male?".

"Non proprio, a meno che la sabbia nei capelli non conti". Si scrollò i capelli e spazzolò la sabbia dal vestito. "Guarda Scout", disse Marina. "Credo che mi stia sorridendo".

Jack le tolse un po' di sabbia dal viso. La sua pelle era morbida, anche se non avrebbe dovuto notarlo.

Leo fece un passo verso di lei. "Signora, mi dispiace. È stata tutta colpa mia".

Jack mise un braccio intorno a Leo. "Quei frisbee ti vanno proprio di traverso". Accarezzò i capelli di Leo. "Sei stato gentile a scusarti".

"Accetto le scuse, anche se non erano necessarie", disse

Marina. "Avrei dovuto guardare dove andavo, ma ero così immersa nei miei pensieri".

"Non alzarti. Potresti esserti fatta male. Ancora la caviglia?". Mentre Jack la guardava, un pensiero si fece strada. Era il tipo di donna che diventa più bella con l'età.

"Sto bene. Ma quel maledetto cane...". Lei scosse il dito verso di lui. "Dobbiamo parlare".

Come se Scout avesse capito, si avvicinò a Marina a testa bassa. Lei gli lisciò la mano sul pelo setoso e dorato.

"Scuse accettate", disse.

Jack raccolse il frisbee e lo lanciò a Leo. Scout gli corse dietro con la sua andatura sbilenca e traballante.

"È un bel tipo", disse Marina, stringendo le braccia intorno alle gambe. "Anche se non so bene quale".

"È come un bambino troppo cresciuto", disse Jack, mettendosi accanto a lei sulla sabbia. Il sole faceva risaltare i riflessi dorati dei suoi capelli.

"Bei ragazzi", disse Marina, gettandosi i capelli sulle spalle. "Ivy mi ha detto che Bennett stava mostrando un posto a Denise e John. Insieme a Vanessa e Leo, giusto?".

"Bennett sta scrivendo il contratto d'affitto per loro, così ho pensato di dare ai ragazzi qualcosa da fare".

Marina coprì gli occhi con le mani, per ripararli dal sole, e guardò i bambini. "Sono bravi ragazzi. Ricordo quando io e le mie sorelle andavamo a trovare nostra nonna qui, in estate. Passavamo tutto il giorno in spiaggia e rientravamo solo per mangiare. Oppure girovagavamo per il villaggio, risparmiando i centesimi per il gelato".

"Sembra un'infanzia perfetta".

"Per molti versi, lo è stato. Summer Beach è un luogo ideale per le famiglie".

"E per i single di una certa età?". Jack sollevò il sopracciglio.

Marina rise – un po' nervosamente, notò lui. "Non lo so".

Bruscamente, cambiò argomento. "Come procede la tua scrittura?".

"Più lentamente di quanto vorrei", disse Jack.

"So cosa vuoi dire", disse Marina. "Ho scritto tante cose per i miei telegiornali e non ho mai avuto il tempo di ripensarci. Senza una scadenza, mi sarei arenata".

"Abbiamo entrambi inseguito le notizie, solo da parti opposte", disse Jack, cambiando discorso. "Ti manca?"

Stringendo le gambe, appoggiò il mento sulle ginocchia. "Pensavo di sì, ma non è così. Del resto, la mia carriera è stata un caso fortuito".

"Pensi di prenderti l'estate libera?", mi chiese.

"Non come stai facendo tu. No, ho lasciato quella posizione...". Fece una pausa e scosse la testa. "Ho intenzione di cambiare carriera. È ora di fare ciò che voglio della mia vita".

"E di che cosa si tratta?"

Gli occhi di Marina si illuminarono di felicità. "Ho appena fatto un ottimo esordio al mercato agricolo. Con l'aiuto di Kai, sono riuscita a vendere tutto. Fa parte di un piano più ampio. Ho intenzione di organizzare delle cene al cottage. E un giorno ho intenzione di aprire un caffè qui a Summer Beach".

"Impressionante. È un bel cambiamento". Per la prima volta, Jack si sentì a suo agio con Marina, e anche lei sembrava molto più rilassata. Si avvicinò a lei, ma lei non si mosse.

Marina si sistemò una ciocca di capelli dietro l'orecchio. "È buffo, ma appena mi sono presa il tempo di rallentare, molti dei miei problemi sono diventati molto più chiari. E anche avere intorno la mia famiglia, delle persone che ti conoscono davvero, aiuta".

"Sei fortunata in questo senso", disse Jack.

Posando lo sguardo su di lui, chiese: "Non ci sono dei tuoi parenti nelle vicinanze?".

Jack guardò verso la spiaggia, osservando Leo. Tecnicamente, le cose erano cambiate. "È complicato".

Marina annuì, come se avesse capito, e non fece altre domande.

Mentre chiacchieravano, Jack si trovò a godere della facilità della loro conversazione e a sperare che non finisse. Quando Denise e John gli fecero cenno di essere pronti, la delusione si fece strada nel suo petto.

"Sembra che debba riportare i bambini dai loro genitori", disse. L'ultima parola lo colpì. Schiarendosi la gola, chiese: "Ti andrebbe di prendere un caffè, qualche giorno? Faccio spesso colazione al Java Beach".

"Ho sentito dire che è il centro di tutti i pettegolezzi", disse Marina. "Ma tra un paio di giorni lascerò degli antipasti al Seabreeze Inn per il loro ricevimento a base di tè e vino". Fece una pausa, come se ci stesse pensando. "Potresti unirti a noi lì, ne sono sicura. Visto che sei stato un vecchio ospite".

"Mi piacerebbe", disse Jack. Un certo formicolio lo attraversò. Non si sentiva così da secoli. Si alzò e tese la mano a Marina per aiutarla ad alzarsi. La mano di lei era morbida, ma la sua presa era salda.

"Ho ancora della sabbia addosso?".

"Solo un po'". Jack le sfiorò la spalla, non perché lì ce ne fosse, ma perché non poteva resistere a toccare la sua pelle setosa. "Ecco. Tutto a posto".

"Ci vediamo dopo", disse Marina con un piccolo sorriso, avviandosi per continuare la sua passeggiata.

Mentre Jack guardava Marina allontanarsi, chiamò Leo e Samantha. "Forza, è ora di prepararsi per la cena". Avrebbe dovuto memorizzare tutte quelle frasi da genitore, ma immaginava che i bambini sarebbero stati sempre affamati dopo aver giocato sulla spiaggia.

Aveva funzionato. Sorridendo, Jack li guidò all'interno.

Scout si lanciò dietro di loro con il frisbee in bocca. Jack aiutò i bambini a sciacquarsi i piedi sabbiosi a un rubinetto sulla spiaggia, mentre Scout giocava nell'acqua. Un cane bagnato era meglio di un cane ricoperto di sabbia, pensò.

"Marina resta a cena con noi?". Chiese Leo. Lui e Samantha si guardarono e ridacchiarono.

"Ha altro da fare", rispose Jack.

Samantha intervenne. "È carina. È la tua ragazza, vero?".

"L'ho appena conosciuta", disse Jack, scompigliando i capelli dei bambini. "Ci vuole un po' di tempo perché diventi una fidanzata o ragazza. Mettetevi le scarpe e andiamo a cercare i vostri genitori".

Mentre Jack ci rifletteva su, si rese conto di non sapere molto di Marina, anche se gli sarebbe piaciuto conoscerla meglio. Mentre stringeva un braccio intorno a Leo, si chiese come avrebbe potuto funzionare la frequentazione di un padre single. E come avrebbe reagito Leo?

E soprattutto, quando Vanessa aveva intenzione di dire a Leo di Jack?

16

San Francisco

Marina si spolverò le mani sui jeans, ferma nel suo appartamento vuoto al crocevia tra la sua vecchia e la sua nuova vita. Lei e Kai avevano passato le ultime settimane a ordinare e imballare quasi due decenni di ricordi.

Quella che un tempo era stata una grande casa vittoriana era stata divisa in appartamenti. Sebbene le stanze fossero piccole, Marina aveva apprezzato la posizione vicino al Golden Gate Park, dove lei e i gemelli avevano trascorso innumerevoli pomeriggi. Lì, Heather e Ethan erano andati a scuola. Marina si sarebbe lasciata alle spalle molti buoni amici, ma era ansiosa di iniziare un nuovo capitolo della sua vita a Summer Beach. E tutti i suoi amici le avevano promesso di venirla a trovare.

"Non è ora che ti prepari?". Chiese Kai.

Marina odiava indossare di nuovo un abito elegante, ma

doveva incontrare il suo avvocato, Yasmin, nell'ufficio della controparte.

"Non ne vedo l'ora". Marina prese in mano un diario che aveva trovato mentre faceva i bagagli. "Ho la sensazione che Yasmin sarà interessata a questo, però". Lo infilò nella borsa per non dimenticarlo. Ciò che Marina aveva in mente era piuttosto azzardato, ma valeva la pena provarci.

Dopo aver parcheggiato, Marina cercò il suo avvocato nell'atrio del piano inferiore dell'imponente grattacielo, uno dei più alti di San Francisco. La vide seduta su un divano, intenta a rivedere degli appunti. Marina si fece strada tra la folla e la raggiunse.

Quando Yasmin si alzò per andarle incontro, si lisciò il vestito scuro e si aggiustò gli occhiali con la montatura rossa. "Siamo quasi pronti per iniziare".

Secondo il contratto di lavoro di Marina, avrebbe dovuto intraprendere una negoziazione. Nonostante le leggi californiane stessero cambiando, e a favore dei dipendenti, Marina avrebbe dovuto comunque sottoporsi a quella procedura.

Marina la seguì fino a una serie di ascensori e presto arrivarono all'ufficio dell'avvocato dell'emittente televisiva. Con una società da un miliardo di dollari, probabilmente il padre di Hal aveva un esercito di avvocati sparsi in tutto il paese.

Dalla loro posizione al quarantesimo piano, potevano vedere il Golden Gate in lontananza. L'arredamento dello studio era tutto grigio e grigio acciaio, cosa che conferiva all'ambiente un'atmosfera prepotentemente maschile che aveva lo scopo di intimidire.

Sta funzionando. Marina inspirò e pensò a tutto ciò che aveva sopportato alla televisione e decise che non si sarebbe più lasciata intimidire. *Non più.* Controllò la borsa per assicurarsi che il diario fosse ancora lì.

"Più alto è il piano, più alte sono le tariffe", aveva detto Yasmin, guardandosi intorno. "Penso che potrebbero avere paura di lei. Potrebbe essere una questione lunga e faticosa, ma l'obiettivo è ottenere un accordo favorevole".

Marina cercava di respirare nella gonna aderente che un tempo si adattava al suo corpo affamato e magro. Stringendo la mascella, tirò fuori dalla borsa il diario.

"Mentre io e Kai stavamo sistemando l'appartamento, mi sono imbattuta in alcuni appunti che avevo conservato nel corso di questi anni. Ho pensato che oggi potrebbero essere utili". Marina passò il diario a Yasmin. "Veda un po' cosa ne pensa".

Prima che Yasmin potesse guardarlo, apparve un assistente che le accompagnò nella sala riunioni dove sarebbe iniziato l'incontro. Mentre attraversavano l'ufficio, la spessa moquette ovattava i loro passi.

La vetrata di una sala conferenze interrompeva il lungo corridoio. All'interno, Hal era chino sul tavolo con un gruppo di uomini in abito scuro. *I suoi avvocati*, pensò Marina. Accanto a lui sedeva Babe, vestita con un abito aderente con una profonda scollatura a V. Proprio quello che Hal amava vedere indosso alle donne. Quando la coppia alzò lo sguardo, Marina si voltò rapidamente dall'altra parte.

Sottoporsi a tutto ciò era mentalmente faticoso, ma Marina aveva firmato quell'accordo quando, anni prima, era stata promossa alla posizione di conduttrice. Sebbene fosse stata relativamente felice per molto tempo, Hal era salito in cattedra dopo l'acquisizione dell'emittente, e tutto era cambiato. Si era impegnato a portare il loro programma nel ventunesimo secolo, come ricordava spesso a tutti.

Marina, in linea di principio, era d'accordo, ma non con gli scherzi che avevano iniziato a verificarsi, ed è per questo che aveva tenuto un registro di tutti quegli episodi che aveva trovato sgradevoli e ingiusti. Hal aveva un ruolo da protagonista in tutto ciò, ma c'era di mezzo anche Babe. Aveva iniziato a scrivere giusto per sfogarsi, senza mai avere l'intenzione di mostrare quegli scritti a nessuno.

Dopo che Marina e il suo avvocato si sedettero ad aspettare in un'altra sala riunioni, Yasmin aprì il diario. Non appena iniziò a leggere, i suoi occhi si spalancarono.

"Qualcuno ha mai visto tutto questo?" Chiese Yasmin.

"A parte mia sorella, nessuno. Ho scritto questi episodi come sfogo emotivo. Ho pensato che oggi potrebbero tornare utili". Marina sapeva cosa aveva in mano, ma solo Yasmin poteva determinarne il valore.

Un'espressione di determinazione si posò sul volto di Yasmin. "Lei potrebbe intentare una causa per molestie con questo. O usarlo come strumento di negoziazione".

"Voglio che questi idioti escano dalla mia vita", esclamò Marina. "Posso fare soldi anche da sola. Ma non bisogna farglielo sapere".

"Ho capito", disse Yasmin. "Aspetti qui. Vado a fare due chiacchiere con i ragazzi di Hal".

Marina restò seduta ad ascoltare il ticchettio dell'orologio a muro nella sala conferenze. Mentre aspettava, ripercorse con la mente gli ultimi vent'anni, confrontando la sua vita di allora con quella di adesso. A parte lo stipendio regolare, Marina era infinitamente più felice a Summer Beach. Riusciva a vedere un futuro pieno di famiglia e amici, a fare ciò che amava. Il suo futuro sarebbe stato ciò che lei desiderava costruire.

Se solo fosse riuscita a liberarsi di Hal, Babe e tutti quei garbugli legali.

Di lì a poco, Yasmin tornò. Infilò un foglio nella sua valigetta. "Ora ce ne andiamo", disse con tono pacato.

Quando Marina iniziò a chiedere il perché, Yasmin strizzò l'occhio e si diresse verso la porta.

Salirono in ascensore in silenzio e, dopo aver raggiunto il piano terra ed essere usciti alla luce del sole, Yasmin si rivolse a lei.

"Congratulazioni", disse Yasmin, sciogliendosi in un ampio sorriso. Porse il diario a Marina. "Lei è una donna libera. Hanno accettato di patteggiare, convenendo sul fatto di annullare tutto. Inoltre, ho negoziato un buon accordo per i suoi problemi". Yasmin menzionò una cifra che fece sorridere Marina.

Era più di quanto avesse sperato, ma di certo se lo meritava. Avrebbe potuto usare quel denaro per far decollare la sua nuova attività e rimpinguare un po' i suoi risparmi. Marina si strinse il diario al petto. "Come posso ringraziarla?"

"Ringrazi lei stessa. Tenendo un registro così dettagliato con date, luoghi ed eventi, ha fatto centro". Yasmin sorrise. "Mentre me ne andavo, Babe mi ha raggiunto per darmi il suo biglietto da visita. Credo che Hal abbia un grosso problema, ora".

"È la migliore notizia che abbia mai sentito", disse Marina. Forse Babe aveva capito che Hal non l'avrebbe trattata meglio di come aveva trattato lei. Ma questo non la preoccupava più di tanto.

Marina abbracciò Yasmin prima di andare via. Marina tornò alla sua auto con una rinnovata leggerezza nel passo. Era libera. Mentre tornava al suo appartamento, chiamò Gwen e Ginger ed entrambe furono felici per lei. Marina varcò la porta del suo vecchio appartamento e gettò le braccia intorno a Kai. "È finita", gridò.

Dopo averle raccontato ciò che era successo, la sorella fece un piccolo, folle balletto di felicità per lei, mentre Marina rideva. Si cambiò rapidamente e la raggiunse, pronta a finire di fare i bagagli.

Kai uscì dalla cucina con una scatola. "Ecco gli ultimi piatti". Appoggiò la scatola su una pila di altre che erano allineate nel soggiorno.

La mattina dopo, Marina e Kai pulirono l'appartamento in attesa dei traslocatori. Marina strizzò uno straccio. "Dopo che il camion sarà stato caricato, potremo andare in albergo, farci una doccia e iniziare il viaggio di ritorno a Summer Beach".

"Ora abbiamo qualcosa da festeggiare", disse Kai.

"Hai avuto notizie da Dmitri a Chicago?".

Un velo di tristezza adombrò il volto di Kai. "Sta facendo il gioco del silenzio".

"La vita non è tutta rose e fiori. È importante che le coppie risolvano ogni disaccordo prima di sposarsi".

Kai si appoggiò al vecchio camino. "Tu e Stan avete mai litigato?".

Quando Marina ricordò le loro discussioni, si mise a ridere. "Le cose su cui non eravamo d'accordo sembrano così banali, ora. Una volta Stan aveva dimenticato di pagare la bolletta e ci avevano staccato la corrente durante una festa. Qualcuno aveva rimproverato Stan e io ero mortificata. Abbiamo tirato fuori le candele e tutti si sono divertiti, ma non gli ho parlato per due giorni. Ora mi sembra così infantile".

"Anch'io mi sarei arrabbiata", disse Kai.

"Un conto è essere delusi per l'errore di qualcuno che ti ha dato fastidio, ma quei due giorni erano capitati prima che Stan partisse in missione per un mese. Ho avuto molto tempo per pensare e mettere le cose in prospettiva. Quando tornò, ero cambiata. Avevamo imparato entrambi a prendere le cose con filosofia, a risolvere i problemi e ad andare avanti. La vita è troppo breve per non ridere. E sono felice che l'abbiamo fatto".

Kai mise un braccio intorno a Marina. "E ora, eccoci qui".

"Più vecchie e più sagge, solo che ora facciamo errori diversi". Marina aggrottò il naso.

"Lasciare il tuo lavoro qui non è stato un errore. Aspetta di tornare. Tutte le ricette che hai testato e i menu a cui hai lavorato dimostreranno la tua bravura".

"Ti hanno mai detto che sei la migliore?".

"Anche tu", disse Kai. "E la prossima volta che parlerò con Dmitri, gli dirò che sono contenta che stiamo discutendo, perché abbiamo bisogno di conoscerci meglio prima di impegnarci per tutta la vita insieme". Fece una pausa e si passò le mani sul viso. "Non gli piacerà, ma rimanderò il matrimonio. Ha fatto tutto un po' troppo in fretta".

"Penso che sia una cosa saggia", disse Marina. "Anche se so che è doloroso".

Il campanello al piano di sotto suonò e Marina fece entrare la squadra di traslocatori.

Tre uomini corpulenti si affacciarono alla porta d'ingresso. "Tutto quello che c'è qui va in magazzino?", chiese uno di loro.

"Tranne le scatole lungo quel muro", disse Marina, indicandone alcune che potevano stare nella sua auto.

Mentre gli uomini iniziavano a portare via i resti della sua vita, il telefono di Marina squillò e sullo schermo apparve l'immagine di Ethan.

"Ciao, mamma. Come sta andando il trasloco?".

"Abbastanza bene, tesoro. Metterò le nostre cose in magazzino per sei mesi, finché non mi sarò sistemata a Summer Beach".

"Davvero ti fermi lì?". La sua voce conteneva una nota di incredulità.

"Sono sicura che Heather ha condiviso quel meme con te", disse Marina, facendo una smorfia. "Il mio agente dice che devo darmi una calmata, nella ricerca di lavoro. Ma io amo Summer Beach e ho una nuova impresa che mi riporterà in vetta". Marina si morse il labbro. Doveva essere più realistica con i ragazzi.

"Basta che tu sia felice, mamma", disse Ethan.

"Volevo parlartene di persona", replicò Marina, immergendosi nell'argomento che temeva. "È importante che ci prepariamo per il prossimo anno scolastico".

"Cosa vuoi dire?"

"Ho contattato la Duke per avviare le pratiche per gli aiuti finanziari. Tu e Heather continuerete a studiare e noi ripagheremo i prestiti in un secondo momento. Voi due dovete continuare".

"Sì, a proposito di questo...". La voce di Ethan si interruppe.

"Hai già trovato un lavoro estivo? Se no, c'è posto da Ginger. Posso aiutarti a trovare lavoro qui".

"Mamma, ti prego". Ethan espirò. "Ho chiamato perché ho bisogno di parlarti".

Le antenne da mamma di Marina si drizzarono. "Ti ascolto".

"Vedi, è così... la Duke è una grande scuola, ma non fa per me".

"Se si tratta dei voti, puoi prendere un altro tutor", disse rapidamente Marina. "Tutti quelli di cui hai bisogno per superare questa prova. L'abbiamo già affrontata in passato e puoi farlo di nuovo. So che puoi, Ethan. Anche Heather è lì per aiutarti. Non mollare adesso".

"Mamma, ascoltami. Ti prego".

Mentre i traslocatori si affrettavano intorno a lei con gli scatoloni, Marina si accigliò e afferrò il telefono. "Vai avanti."

"Questo non è un problema che devi risolvere tu", disse Ethan con serietà. "Non sono più un bambino e so cosa voglio. Il golf è tutto ciò che ho sempre desiderato fare. Se mi dedicherò agli allenamenti con lo stesso impegno con cui mi dedico alla scuola, credo di poter fare un salto di qualità".

"Ma la tua formazione...".

"Posso sempre tornare a scuola, e non deve essere per forza alla Duke. So che è costosa".

"Tesoro, non pensarci nemmeno. Farei qualsiasi cosa per te e per Heather".

Ethan emise un grande sospiro. "Ho già lasciato la scuola. Troverò un amico da cui stare e dove potrò allenarmi ogni giorno. Voglio diventare un professionista e non voglio aspettare fino a dopo la laurea. Il golf è l'unica cosa che so fare bene".

Marina si mordicchiò un'unghia. "Potresti trovare altri argomenti da studiare che ti piacciono".

Con un tono esasperato, Ethan si sfogò al telefono. "Sono dislessico. Ma lo sapevi che anche altri golfisti di alto livello lo sono? So che posso farcela. Non tornerò alla Duke. È finita".

Marina si premette una mano sul viso per arginare le lacrime che le salivano agli occhi. *Cosa avrebbe fatto Stan?* Sentiva la serietà nella voce di suo figlio, ma era pur sempre un genitore che voleva il meglio per i suoi figli.

Ci riprovò. "Sai che le tue prospettive di lavoro future saranno limitate, senza un'istruzione".

Ethan emise un grido di frustrazione. "Non hai sentito niente di quello che ho detto? Accidenti, mamma, perché non mi ascolti? Faccio schifo a scuola, ma sono un ottimo giocatore di golf. Posso sempre trovare lavoro nei golf club".

Marina iniziò a camminare nervosamente, cercando di trovare un modo per comunicare con suo figlio. Non era questo quello che aveva in mente per lui. Aveva lavorato sodo per dare ai suoi figli l'istruzione di cui avevano bisogno.

E poi, capì.

Lei stessa era lì a cambiare la sua vita per fare ciò che voleva veramente. Non poteva dare la stessa possibilità a suo figlio? Marina colse l'espressione empatica di Kai. Per quanto fosse difficile abbandonare il sogno che aveva per lui, doveva lasciare che suo figlio vivesse il suo.

Riprendendo fiato, Marina disse: "Capisco. Se hai bisogno di qualcosa...". Aveva già detto a Ethan e Heather che avrebbe messo i loro scatoloni all'ingresso del magazzino, in modo che potessero prendere tutto ciò di cui avevano bisogno.

"Grazie, ma sono a posto", disse Ethan. "Ho lavorato al campo di un country club qui a Durham, quindi ho un po' di soldi da parte".

"Non me ne avevi parlato prima". E nemmeno Heather.

"Nessuno lo sapeva. Volevo vedere se potevo davvero trovare un lavoro nel mondo del golf. E l'ho fatto".

Marina era impressionata. "Ci hai pensato davvero tu?".

"Sì, l'ho fatto. Non preoccuparti per me. Sono a posto".

Sospirando, Marina disse: "Ammetto che all'inizio ero scioccata, ma voglio che tu sappia che sono orgogliosa di te per aver seguito il tuo cuore". Suo figlio non era più un bambino e stava facendo i primi passi per assicurarsi il futuro che desiderava.

"Grazie per averlo detto, mamma".

Sentiva la gratitudine nella voce del figlio e avrebbe voluto abbracciarlo. Dopo avergli detto quanto lo amava, riattaccò.

"Wow", disse Kai inarcando un sopracciglio. "Quindi, ho capito che Ethan ha abbandonato la scuola. Mi chiedo cosa ne penserà Heather. Potrebbe sentirsi abbandonata".

"Spero di no. Le ho lasciato un messaggio per esserne sicura. Ma sono sicura che vorrà il meglio per Ethan". Tuttavia, Marina non poteva fare a meno di pensare che Kai potesse avere ragione.

"Una volta impacchettato tutto, mangiamo", disse Kai. "Sto già morendo di fame".

Marina estrasse dei contanti dai suoi jeans e li porse a Kai. "Offro io. Conosci i miei posti preferiti. Vai a prendere qualsiasi cosa per rifocillarci".

"Sushi, involtini thailandesi, cannoli o tacos?".

"Sorprendimi. E prima di partire, devo fare altre ricerche gastronomiche. Te la senti di restare un altro giorno?".

"Mmm... mi piace come suona quest'idea. Io non ho nulla da fare", disse Kai, uscendo di corsa dalla porta.

Dopo il ritorno di Kai, Marina si sedette con la sorella in un angolo del soggiorno. Mangiarono del sushi mentre i traslocatori caricavano il furgone, parlando dell'estate che li aspettava.

Una volta finito di riempire il furgone, Marina chiuse la porta dell'appartamento e consegnò la chiave al padrone di casa al piano di sopra. Marina e Kai fecero la doccia nella locanda che avevano prenotato mentre l'appartamento veniva smontato, e poi trascorsero il resto della giornata e la mattina successiva visitando molti dei ristoranti preferiti di Marina. Avendo vissuto nel quartiere per anni, conosceva molti dei proprietari. Dopo aver condiviso i suoi progetti a Summer Beach, molti si erano offerti di aiutarla e le avevano detto di chiamarli ogni volta che avesse avuto bisogno di aiuto.

"Qual è l'aspetto più impegnativo della gestione del vostro ristorante?". Marina chiese a un proprietario.

"La costanza nella preparazione dei cibi, l'assunzione dei dipendenti giusti e lo stare in piedi per la maggior parte della giornata". La donna appoggiò le mani sul bancone e sorrise. "Ma mi piace fare del buon cibo che piaccia alla gente. Il cibo è amore e bisogna amare per riuscire a servire bene gli altri".

"Penso che sia vero per molte professioni", disse Marina. Nel suo vecchio lavoro, si alzava presto ogni mattina, desiderosa di condividere le notizie del giorno con gli spettatori. Molti la contattavano attraverso i social media o le scrivevano per ringraziarla del suo stile giornalistico garbato e amichevole. Quando Hal era arrivato all'emittente, si era lamentato, dicendo che era troppo gentile – un dinosauro, in effetti – e che gli spettatori di oggi volevano programmi più graffianti.

Spettacoli graffianti e giovani donne sexy, ecco il notiziario che voleva Hal.

Di sicuro aveva pagato per quell'errore. Ora Marina poteva ridere di quel commento, anche se all'epoca l'aveva colpita profondamente. Se era un dinosauro, per lei andava bene. Era troppo matura ed esperta per andare contro i suoi principi di integrità giornalistica.

Ancora una volta, si ritrovò desiderosa di alzarsi al mattino e trovarsi pronta a servire gli altri. Solo che ora, invece che di notizie, si sarebbe trattato di buon cibo in un ambiente rilassante in riva al mare.

Marina non vedeva l'ora di tornare al lavoro.

Quando la piccola auto di Marina fu pronta, lei e Kai passarono ancora una volta davanti al suo vecchio appartamento. Con una mano appoggiata sul volante, guardò il vecchio edificio vittoriano. "È la fine di un'epoca, non è vero?".

"Tocca a qualcun altro ricominciare da capo, qui", disse Kai. "Tu hai Summer Beach".

"E l'estate per dare il via a questa folle idea".

Kai mise una mano sul braccio di Marina. "Non è una follia. Avevo intenzione di passare qualche settimana a rilassarmi al sole, mentre Dmitri concludeva degli affari a Chicago e a New York, ma sono con te a tutti gli effetti in questo progetto".

"Puoi andare quando vuoi", disse Marina.

"Lo so, ma mi piace questa atmosfera". Kai tamburellò le mani sul cruscotto. "Andiamo. È ora che tu torni al lavoro".

"Questo mi ricorda che...". Marina mandò un rapido messaggio a Ivy. *Stiamo tornando da SF. Va bene consegnare il primo lotto di antipasti al Seabreeze Inn domani?*

La risposta di Ivy arrivò rapidamente. *Non vedo l'ora! Guida con prudenza e ci vediamo allora. Gli ospiti saranno entusiasti. Quando siete disponibili per delle feste?*

Con un brivido di eccitazione nel petto, Marina mostrò a Kai il testo. "Sembra che siamo davvero in affari".

Kai sobbalzò sul suo sedile. "Vuoi che ti faccia la lista della spesa mentre guidi?".

"Sarebbe fantastico. Voglio creare liste della spesa standard per determinati piatti. In questo modo risparmierò molto tempo in futuro e potrò stimare i costi per le cene, in modo da sapere quanto far pagare e che tipo di profitto posso aspettarmi da ogni evento. In questo modo potrò calcolare il ritorno sull'investimento e sul tempo".

"È una cosa intelligente". Kai allungò il braccio sul sedile posteriore per prendere un blocco di appunti dalla borsa. "Parli già come un'imprenditrice".

"La mia visita al Municipio è stata come una sveglia. All'inizio ho trovato scoraggianti tutti quei moduli, ma bisogna passarci per diventare professionisti".

"Un passo alla volta, come dice sempre Ginger". Kai fece scattare la penna.

Mentre Marina ricordava le parole di Boz, le venne un'idea. Spiegò subito la forte concorrenza che i ristoranti locali di Summer Beach dovevano affrontare. "So di essere l'ultima arrivata in città, ma ci vorrebbe la giusta copertura mediatica per fare luce sul problema".

Ascoltando, Kai scosse la testa. "Sembra un discorso più profondo. I ristoranti di Summer Beach hanno un'ottima cucina, ma i visitatori non lo sanno. Questo potrebbe essere uno dei motivi per cui potrebbero venire in visita, a parte l'ottima spiaggia".

"Si tratta di pubbliche relazioni", disse Marina. Picchiettando le dita sul volante, si rivolse a Kai. "E se ci fosse un evento annuale per portare alla ribalta i ristoranti locali? Un gigantesco festival di degustazione".

"Perché non far intervenire uno chef famoso per valutare i ristoranti locali?". Gli occhi di Kai si allargarono. "Hai presente quello con i capelli a punto biondo platino e l'auto fighissima?".

"Riceve milioni di richieste", disse Marina. "Abbiamo bisogno di qualcosa di rapido ed efficace su cui poter contare".

Kai aprì il blocco di carta e fece scattare la penna. "È ora di fare un po' di brainstorming. Sono pronta quando lo sei tu".

"Lascia fluire le idee", disse Marina, immettendosi nel traffico. "Siamo sulla buona strada".

Durante il viaggio di ritorno a Summer Beach, Marina dettò le liste della spesa, i menu e persino le ricette che aveva in mente. Più riusciva a standardizzare il tutto fin dall'inizio, più i compiti sarebbero stati facili, soprattutto quando l'attività si sarebbe espansa.

Marina e Kai buttarono giù un sacco di idee per risollevare i ristoranti locali e l'intera comunità di Summer Beach. Marina non vedeva l'ora di condividerle. Avrebbe iniziato con Ivy e Mitch.

Quando parcheggiarono l'auto davanti al cottage e cominciarono a togliere le scatole dal piccolo bagagliaio, Jack uscì dalla casetta degli ospiti.

"Bentornate", esclamò. Scout corse impaziente davanti a lui. "Avete bisogno di aiuto con quelle scatole?".

"Certo che sì", disse Marina. Scout le girò intorno alle gambe, implorando attenzione. "Ehi, tu, ti sono mancata?". Si inginocchiò per massaggiare il collo di Scout, e il cane mugolò chiedendo a Kai di unirsi a lei.

"Certo che sì", disse Jack mentre prendeva un paio di scatole. "Ditemi dove metterle".

"Grazie", disse Marina. "Nel garage. Ho fatto un po' di spazio sul lato prima di partire. L'apriporta è in cucina, vicino alla porta sul retro. Se Ginger è qui, probabilmente la porta è aperta".

Dopo aver aspettato che Jack fosse fuori dalla portata delle sue orecchie, Kai disse: "Credo che tu sia mancata più a Jack che a Scout".

"Ne dubito".

"Non lo so", disse Kai con un piccolo sorriso. "Cosa sta succedendo tra voi due?".

"Assolutamente niente". Eppure, quando Marina pronunciò quelle parole, sentì una piccola fitta al petto. C'era qualcosa in Jack che le faceva accelerare il battito, quando era vicino. "Non ho il tempo di pensare a lui".

"C'è qualcosa", disse Kai. "Conosco quello sguardo nei tuoi occhi".

"Va bene, abbiamo fatto una bella chiacchierata prima che partissi. Jack era in spiaggia a giocare a frisbee con Leo e

Samantha e il frisbee era sfuggito a Leo. Scout lo stava inseguendo e ci siamo scontrati. Comunque, dopo siamo rimasti lì seduti a parlare per un po', Jack mi ha aiutato ad alzarmi e mi ha spolverato".

Gli occhi di Kai brillarono. "A teatro la chiamiamo scena dell'incontro".

"Oh, smettila. Non c'è stato nulla di ammiccante o di carino. Silenzio, eccolo che arriva". Marina si fermò a guardare Jack che tornava indietro. Scout si mise al suo fianco e guardò Jack con occhi adoranti.

"Ne hai un'altra da darmi?". Jack grattò Scout dietro le orecchie.

Marina si sporse sul sedile posteriore per tirare fuori un'altra scatola. "Eccola qua. E quelle dall'altra parte, anche".

Jack caricò la serie successiva di scatole e partì.

"Cosa ti avevo detto?". Kai si lasciò sfuggire un piccolo strillo. "Hai visto? Si stava godendo la vista quando ti sei sporta all'interno della macchina".

"Kai! Non è vero. Non mi guardava nemmeno quando ho portato fuori quella scatola".

"Beh, non è stato evidente, ma posso capirlo. Sono addestrata a leggere il linguaggio del corpo. Ha distolto lo sguardo per pudore. Sai cosa significa".

"Smettila subito". Marina si ricordò di una promessa fatta a Jack e si passò una mano sul viso. "Guarda, Ginger ti sta salutando dalla finestra. Meglio andare a vedere cosa vuole".

Kai si voltò. "No, non è vero. Non ho più sei anni".

Jack tornò con Scout che saltellava accanto a lui. "Cos'altro avete?"

"Solo queste". Marina indicò le ultime scatole. Kai era appoggiata all'auto, intenzionata a rimanere al suo posto.

Marina si schiarì la gola. "Domani andrò a preparare il tè e il vino per l'incontro alla locanda. Mi avevi accennato che avresti voluto dare un'occhiata".

"Certo", disse Jack, con il volto illuminato. "Ho bisogno di staccare da quel computer".

Marina infilò il pollice nella tasca dei jeans. "Come va la scrittura?"

"Sto ancora mettendo ordine fra i miei appunti. Ma ci arriverò".

"Ok. Beh, grazie per l'aiuto". Dopo le parole di Kai, Marina si sentì in imbarazzo. "Ci vediamo domani?".

"Non mi perderei il tuo debutto per nulla al mondo". Schioccò le dita e indicò il cottage. Scout corse davanti a lui verso il cottage degli ospiti.

Una volta che le sorelle furono entrate in casa, Kai scoppiò a ridere. "Jack è interessato, non c'è dubbio".

Marina pensò alla conversazione che avevano avuto sulla spiaggia. Sentiva che si stava innamorando di Jack, ma temeva di cadere in un altro frettoloso pasticcio sentimentale come quello che aveva avuto con Grady.

"Non ho tempo per queste sciocchezze", disse Marina, sentendosi agitata. "Specialmente dopo Grady. Kai, non sono una ragazzina e sto crescendo due figli per conto mio".

Ginger uscì dalla cucina. "Ho visto Jack che ti aiutava con quelle scatole. Va tutto bene tra voi due, adesso?".

"Bene, a parte il fatto che mia sorella si è messa in testa che sono interessata a lui".

"Va bene, se proprio insisti", disse Kai, alzando le spalle. "Anche se in realtà ho detto che è lui ad essere interessato a te".

Ginger alzò le sopracciglia. "È un un bel tipo. Potrebbe rendere felice qualcuna".

Marina aprì la bocca. "Non posso credere che tu lo abbia detto".

Ginger si girò di scatto, il suo caftano zebrato svolazzava nella brezza dell'oceano. "Beh, non sono ancora morta", disse prima di tornare in cucina.

Marina si passò le mani tra i capelli. "Non so cosa sia

preso a voi due, ma io devo fare la spesa". Riprendendo la borsa, si diresse verso la macchina.

Avere un interesse per Jack, o per qualsiasi altro uomo in quel momento, era l'ultima cosa a cui pensava. E Jack aveva pure i suoi problemi. Non sapeva quali fossero, ma c'era qualcosa che lui nascondeva. Lo sentiva.

Marina non voleva saperne di altre complicazioni. Ne *ho già abbastanza, grazie mille.* Mise in moto l'auto.

Kai uscì di corsa sventolando la lista che avevano fatto durante il viaggio di ritorno. "Hai dimenticato questo".

Marina abbassò il finestrino e gliela strappò di mano. "Non voglio più sentire parlare di Jack Ventana. Ho del lavoro da fare. Ethan avrà anche lasciato la scuola, ma io devo ancora provvedere a lui e assicurarmi che Heather continui a studiare. Questa è la mia vita, Kai".

Kai piegò le braccia sulla portiera dell'auto. "È esattamente il mio punto di vista. Le cose difficili succedono, ma se non si cerca almeno di rendere ogni giorno un po' speciale, che senso ha? E per quanto riguarda Jack, so che stai cercando di dimenticare Grady, ma non è bello sapere che qualcuno ti trova attraente? Facci quello che vuoi". Fece una smorfia e agitò una mano in un gesto teatrale. "E questo è tutto ciò che ho da dire al riguardo".

Marina si mise a ridere. Non voleva arrabbiarsi con Kai. "Questa è una famiglia di pazzi, lo sai?".

Marina includeva se stessa in quell'affermazione. Tuttavia, Jack si stava insinuando sempre più spesso nei suoi pensieri. Dopo tutto quello che aveva dovuto sopportare con Grady, non era sicura che fosse saggio. Un'estate, ecco tutto ciò che era.

17

La mattina dopo, Marina si mise al lavoro nella cucina del cottage per preparare gli antipasti per l'evento pomeridiano di Ivy al Seabreeze Inn. Dopo aver preso l'impasto della torta dal frigorifero, tirò fuori da un cassetto il vecchio mattarello di legno di Ginger.

Spolverando un po' di farina sulla pasta e sul rullo per ridurre l'appiccicosità, vi premette il mattarello, spianando quella che sarebbe stata la frolla per le crostatine di funghi e noci che aveva preparato molte altre volte.

"Quel vecchio mattarello ha visto tante primavere quasi quanto la sottoscritta", disse Ginger entrando in cucina. "È stato un regalo di nozze di una delle mie zie, e ha girato il mondo con me".

Marina lo batté sul banco. "La prima volta che ricordo di averlo usato è stato per appiattire la creta da modellare".

"Non è interessante pensare che i semplici oggetti avranno una vita più lunga della nostra?", disse Ginger, dando un'occhiata alla cucina.

Marina alzò la testa. Quel tipo di discorsi da parte di Ginger la rendevano nervosa. "Ti senti bene, nonna?".

Ginger mise un braccio intorno a Marina e le baciò la

guancia. "Sto bene, tesoro. Non capita spesso che mi chiami nonna".

Marina era grata che lei e le sue sorelle avessero ancora Ginger. "Forse ho un po' di nostalgia. Stavo pensando a quando ho preparato per la prima volta queste crostatine per te e il nonno. Credo che avessi circa diciotto anni".

"Forse allora avrei dovuto incoraggiarti di più verso le arti culinarie. Julia Child avrebbe voluto incontrarti e condividere con te alcuni dei suoi piatti".

"Ma io avevo te, e tu avevi le sue ricette, anche quelle speciali. Quali sono le tue preferite?".

"Non si può sbagliare con il suo Boeuf Bourguignon o la Quiche Lorraine. E le sue Crepes Suzette sono sempre da urlo. Queste ricette sono nei suoi libri che vi ho dato". Ginger riempì un bollitore di acqua fredda per il tè e lo mise sul fuoco. "Guardarla cucinare con Jacques Pepin a *Cooking in Concert* è stato un vero piacere. Quel programma mi ricorda sempre il tempo trascorso con lei a Boston".

Marina premette un tagliabiscotti rotondo nell'impasto, prima di modellare i piccoli tondi in una teglia per muffin in miniatura. Quando fu piena, ne riempì un'altra.

Ginger ispezionò le aree in cui Marina aveva organizzato e misurato gli ingredienti in diverse postazioni. "Una *mise en place* molto bella".

"Mi hai insegnato a iniziare in modo organizzato e a fare sì che lo rimanga. Sicuramente aiuta tutta la preparazione".

"Hai bisogno di aiuto per qualcosa?"

"Grazie, ma ci penso io", disse Marina. Era tutta presa e si stava divertendo.

Ginger prese una manciata di tè Earl Grey sfuso e l'aroma agrumato di bergamotto si diffuse in cucina. Versò le foglie in una pallina di rete e la chiuse prima di appenderla in una teiera. "Che tipo di antipasti stai preparando?".

"Questa pasta è per le crostatine di funghi e noci con il timo fresco del tuo giardino di erbe aromatiche. Ce n'era in abbondanza, quindi ho pensato che non ti sarebbe dispiaciuto. Servirò anche dei riccioli di cetriolo con polpa di granchio, conditi con un'emulsione di avocado e un cucchiaio di tobiko".

"Ottima scelta. Servirai prima il granchio al cetriolo? È più leggero al palato".

"Naturalmente", dice Marina. "Insieme a fette di pera condite con formaggio di capra e pancetta croccante, il tutto irrorato di miele. Gli ingredienti saranno pronti per l'assemblaggio finale alla locanda".

Marina indicò un piatto di vetro. "E finirò con le mie costine di maiale in stile luau, che sto marinando ora. Userò aceto di riso, salsa di soia, zenzero e aglio, e poi cospargerò le costine di maiale con semi di sesamo e gambi di cipolla verdi tritati. Servirò anche il mio pane al rosmarino e alle olive con olio d'oliva".

"Sembra delizioso. Sono sicura che gli ospiti lo apprezzeranno". Ginger tirò fuori dalla credenza due antiche tazze da tè. "Quando pensi che faremo la nostra prima cena qui?".

"Ivy farà un annuncio, una che volta tutti saranno lì". Marina fece una pausa per mescolare un composto di funghi, noci, timo e cipolle sul fuoco. "Per quanto riguarda le altre attività di marketing, questo fine settimana distribuirò dei volantini al mercato degli agricoltori, Kai ha già pronto il sito web e ho intenzione di testare alcuni annunci locali sui social media per attirare la gente. Miro a due settimane per avviare le cene. Nel frattempo, continuerò a vendere i miei prodotti al mercato agricolo".

Ginger riempì le tazze da tè con l'acqua calda. "La voce di eventi come questo, alla locanda, si spargerà in tutta Summer Beach nel giro pochissimo tempo".

"Lo spero". Marina ricordò l'elenco di idee che lei e Kai avevano elaborato durante il viaggio da San Francisco. "Summer Beach ha mai avuto un festival gastronomico che valorizzasse i ristoranti locali?".

"Non che io ricordi. Perché?"

"Ho pensato a quello che ha detto Boz in municipio, sul fatto che le catene di ristoranti rubano gli affari ai locali. Non sarebbe interessante organizzare un festival della degustazione, qui? Potremmo fare di Summer Beach una meta per i buongustai e sostenere l'economia locale".

"Penso che sia un'idea meravigliosa", disse Ginger. "E dove si terrà questo evento?".

"Ivy mi ha detto che l'anno scorso hanno organizzato una mostra d'arte sul terreno del Seabreeze Inn. Potremmo farla lì".

"O qui", disse Ginger. "Il cortile è sicuramente abbastanza grande. La gente può arrivare facilmente a piedi dal villaggio e c'è un sacco di parcheggio in strada. Questo attirerebbe l'attenzione sul vostro lavoro".

"Kai si è offerta di occuparsi dell'intrattenimento, che potremmo allestire sul patio. Potrei contattare i notiziari locali e regionali per ottenere una certa copertura mediatica". Mentre parlava dell'idea, Marina era sempre più emozionata. "Potremmo chiamare il festival *Taste of Summer Beach*. Kai può creare un sito web abbastanza velocemente e io lo proporrò ai ristoratori locali".

"Probabilmente anche Cookie potrebbe aiutarti", disse Ginger. "Mi piacciono la sua grinta e il suo entusiasmo. Allora, cosa ti blocca?".

Marina rise. "Credo sia meglio che mi metta al lavoro. Parlerò con Bennett per trovare una buona data sul calendario estivo. Immagino che avremo bisogno di almeno un mese per organizzare tutto".

Ginger sistemò le tazze e la teiera sul tavolo di formica rossa. "Quali sono le ultime novità sull'aggiunta della terrazza per il patio?".

"Axe può cominciare all'inizio della settimana. Ha chiamato mentre ero a San Francisco e ha inviato la proposta. Voglio prima esaminarla con te".

Marina provava ancora una sensazione di disagio all'idea di gravare sulla nonna gestendo un'attività commerciale fuori dal cottage. "Sei sicura che non ti diano fastidio tutte queste attività qui? Tra la costruzione di una terrazza e le cene, ho paura di violare la tua privacy e il tuo relax".

"Sembra che tu non sappia cosa mi piace", disse Ginger. "Da quando in qua mi hai visto su una sedia a dondolo in un angolo?".

Con quell'immagine in mente, Marina soppresse una risata. "Non volevo dire questo".

Ginger sollevò il mento con determinazione. "Dobbiamo vivere la vita come se fosse il dono più grande che ci sia mai stato concesso – perché lo è. Ho amato ogni minuto che mi è stato concesso, anche quelli difficili. Non ho ancora intenzione di rallentare per un bel po' di tempo, quindi diamo inizio allo spettacolo". Il bollitore del tè fischiò, Ginger lo tolse dal fornello e lo mise da parte a riposare. "Puoi sederti un momento?"

"Mi piacerebbe". Marina spense il mix di funghi e mise i gusci delle crostatine nel forno, mentre Ginger versava acqua calda nella teiera per mettere in infusione il tè.

"Ecco, ho qualche minuto", disse Marina, sedendosi per raggiungere Ginger.

"Non vedo l'ora di avere di nuovo una casa vivace", disse Ginger. "Bertrand ed io abbiamo sempre fatto così tante cene, con persone interessanti da tutto il mondo. Non potrei essere più felice di quello che stai facendo".

Marina riusciva a immaginare Ginger accogliere gli ospiti come la zia Mame, infondendo alla serata un elemento teatrale. Vederla divertirsi sarebbe valso quasi da solo lo sforzo.

Ginger versò del tè mentre parlavano del nuovo patio. Marina mostrò a Ginger quello che le piaceva. "Sarà un'aggiunta bellissima, anche se le cene a sorpresa saranno un flop".

"Non osare dare corda a queste vibrazioni", disse Ginger, irata.

Marina rise. "Parli come Kai".

"Da dove pensi che l'abbia preso?". Ginger sbuffò. "Non voglio fare discorsi del genere. Avrete successo, quindi andate avanti a tutta".

"Chiamerò Axe e gli dirò di iniziare i lavori", disse Marina sorseggiando il suo tè. Ginger era sempre molto precisa nel prepararlo e Marina doveva ammettere che ne valeva la pena. "Axe ha detto che l'intero lavoro non richiederà molto tempo".

"È un brav'uomo, da quello che ho sentito dire".

Il timer del forno suonò e Marina si alzò. "Torniamo al lavoro".

Ginger lanciò un'occhiata ai jeans e alla maglietta di Marina. "So che siamo al mare, ma ti cambierai prima di andare lì, giusto?".

"Se ho tempo", disse Marina, guardando l'orologio. "Passerò la maggior parte del tempo in cucina a preparare i piatti. Ivy farà l'annuncio".

Ginger scosse la testa. "Lo farai tu, prima che arrivino tutti. Devi essere la portavoce della tua azienda. Nessuno può farlo meglio di te. Dopo aver finito il tè, ti aiuterò ad assemblare i cetrioli e i granchi mentre tu prepari l'emulsione di avocado. E io terrò d'occhio le costolette. Così avrai tempo per una doccia veloce e per vestirti. Vado a chiamare Kai e ti aiuteremo a preparare l'evento alla locanda. Dai il massimo, cara. Sempre".

Dopo aver fatto la doccia ed essersi cambiata, mentre Ginger stava finendo in cucina, Marina prese i primi vassoi di antipasti da mettere in macchina. Quando squillò il telefono, si appoggiò all'auto e rispose. "Ciao Heather, come va?".

La voce di sua figlia esplose attraverso la cornetta. "Mamma, cosa diavolo ti è preso?".

"Scusa?"

"Hai dato a Ethan il permesso di lasciare la scuola? Dopo tutte le tue prediche su quanto sia importante l'università, come hai potuto?".

"Era una decisione che doveva prendere lui, e l'ha fatto". Marina si morse il labbro. Capiva che non sarebbe stata una telefonata veloce.

"No, non lo è", si lamentò Heather, ancora più sconvolta. "Ethan mi ha lasciata qui a scuola da sola. Andare alla Duke non è stata nemmeno una mia idea. L'ho fatto solo perché lui ha ottenuto una borsa di studio per il golf. Mi ha implorato, mi ha detto che aveva bisogno del mio aiuto e ora mi ha piantato in asso. Domani ho un esame finale, e so che non lo supererò per colpa sua".

Marina pensava di sapere cosa c'era dietro. In qualche modo, doveva sedare l'esplosione di sua figlia e rimetterla in carreggiata per l'esame. "Heather, c'è qualcuno che puoi chiamare per studiare con te?".

"Come avrei potuto fare nuove amicizie qui con Ethan che criticava ogni singola persona che incontravo? Nessuno era all'altezza dei suoi standard. Era come se volesse che stessi con lui tutto il tempo. Quindi no, non conosco nessuno da chiamare".

"Non ne ero al corrente, tesoro". Heather ed Ethan avevano avuto delle discussioni in passato, ma niente di simile. Marina aveva bisogno di calmare Heather, ma era anche consapevole del passare dei minuti. Non voleva arrivare in ritardo al suo primo evento, ma doveva sostenere sua figlia.

"Ethan mi ha abbandonata. Quando aveva bisogno di me, io c'ero, ma quando lo imploravo di non andarsene, per lui non aveva alcuna importanza".

"Capisco perché ti senti così". Marina sapeva cosa significava sentirsi abbandonati – e per di più su una televisione nazionale. Ma si trattava di sua figlia. Pensando velocemente, disse: "L'anno scolastico è quasi finito. Questo è il momento in cui tutto il tuo duro lavoro e i tuoi accurati appunti contano". Anche se Heather si preparava bene per i test, era spesso nervosa. Forse la sua isteria per Ethan era dovuta in parte a quello.

"Non sono riuscita a studiare a causa di Ethan", disse Heather scoppiando in un singhiozzo.

Marina avrebbe voluto essere accanto a lei per poterla abbracciare e tranquillizzare. Il primo anno lontano da casa era stato duro per i ragazzi, e Heather ed Ethan non si erano mai separati.

Tuttavia, Ethan aveva preso la sua decisione. Anche se Marina non era del tutto d'accordo, poteva capire il suo punto di vista. Forse in autunno avrebbe cambiato idea e sarebbe andato in un'altra scuola. Ma cosa ne sarebbe stato di Heather?

Era da sola, per la prima volta, in vita sua.

Marina vide Ginger guardare attraverso la finestra. Anche lei era chiaramente preoccupata per l'orario. "Heather, tesoro, c'è qualcuno con cui puoi parlare lì?".

"Nessuno. A Ethan non sono mai piaciute le mie nuove amiche. Diceva che erano ragazze ricche e superficiali, e che i ragazzi erano anche peggio. E quelle intelligenti le chiamava esibizioniste". Tirò su col naso. "Odio quando ha ragione".

"È una scuola impegnativa, con un alto livello accademico", disse Marina, chiedendosi se avesse fatto un errore a mandare i suoi figli dall'altra parte del Paese. "Ma per voi, ho pensato che la Duke sarebbe stata una buona scelta".

"Non è colpa della Duke, potrebbe essere ovunque. Ethan se n'è andato e io non riesco a concentrarmi su nient'altro. Non supererò gli esami e sarà tutta colpa sua".

Ora Marina aveva capito. Heather era stata il sostegno di Ethan per lo studio. D'altra parte, Ethan, con la sua capacità di fare amicizia facilmente, dava a Heather quel sostegno nelle relazioni sociali di cui aveva bisogno. "Tesoro, puoi farcela anche senza di lui. So che è troppo tardi per stringere amicizie e trovare il sostegno di cui hai bisogno, ma ora devi fare un respiro profondo e guardare tutto in prospettiva".

"Non capisco cosa intendi dire".

Marina si voltò e vide Ginger sulla porta che batteva l'orologio al polso. Marina annuì. Anche se il suo esordio nel mondo della ristorazione era importante, Heather aveva bisogno di lei in quel momento.

"Mostra a Ethan di che pasta sei fatta", disse Marina. "Ti ammira per le tue capacità accademiche. Forse ne è persino intimidito o un po' geloso. Il golf potrebbe essere la scelta giusta per lui, ma il tuo curriculum accademico è sempre stato motivo di orgoglio per te. Hai la capacità di eccellere in qualsiasi cosa tu metta al lavoro la tua mente favolosa. Puoi trovare un posto diverso per studiare? Un posto dove puoi concentrarti, ma dove non sei sola?".

Heather annusò. "Credo di sì".

"So che sei così arrabbiata che ti verrebbe voglia di spaccare la faccia a Ethan in questo momento, ma ricorda che è anche il tuo più grande sostenitore. E si sentirà malissimo, se verrai bocciata. Anche tu, tesoro. Concentrati su ciò che deve essere fatto – nient'altro – e supera la prossima settimana. So che puoi. Dopo aver finito gli ultimi esami, vieni a Summer Beach. Ti sei guadagnata un po' di tempo in spiaggia".

"E l'anno prossimo? Non voglio restare qui senza di lui".

"Sono sicura che ci debba essere una soluzione, forse una a cui non abbiamo ancora pensato. Ma per ora, vai a correre e cerca di liberare la mente. Preoccupati di te in questo momento, non di Ethan. So che puoi superare gli esami con degli ottimi voti, ma devi concentrarti e impegnare il tuo tempo nello studio, a partire da adesso. Sei in grado di farlo?".

Heather inspirò rumorosamente. "Credo di sì". La sua voce sembrava flebile, ma almeno aveva smesso di piangere.

Nonostante i minuti scivolassero via, Marina doveva mantenere la calma per Heather. Quel momento poteva cambiare il corso della sua carriera accademica. "Ti voglio bene, tesoro, non importa cosa succeda. Ma se permetti a questa situazione di abbatterti, potresti pentirtene. Puoi tirare fuori le scarpe da corsa che ti ho regalato per il tuo compleanno?".

"Sì, credo di sì".

"Fallo e io aspetterò". Marina pregò di poter aiutare Heather a uscirne. Se non avesse superato gli esami, sarebbe stato più difficile per lei cambiare scuola, se era quello che voleva. Non era impossibile, ma essere bocciata nei corsi l'avrebbe devastata.

Marina vide la porta d'ingresso aprirsi mentre Ginger e Kai uscivano di corsa con i vassoi di antipasti, coperti dalla pellicola di plastica. Marina si premette una mano sul cuore. "Grazie". Indicando il telefono, aggiunse in un sussurro: "È Heather. È sconvolta per via di Ethan".

"Ci pensiamo noi", disse Kai. "Prenditi cura di lei".

Heather tornò al telefono. "Le ho prese", disse, con un tono più deciso.

"Ok, indossale". Marina sentì il rumore di Heather che lo faceva.

"Ora prendi le chiavi, le cuffie e i documenti".

"Mamma?" Heather sembrava più tranquilla.

"Sì, tesoro?"

"Credo di aver capito. Sono ancora arrabbiata con Ethan, ma gli dimostrerò che posso farcela anche senza di lui. Mi riprenderò. Ora vado a correre, poi andrò in una caffetteria e mi metterò a studiare. Grazie, mamma. Ti voglio bene per la tua comprensione".

"Anch'io ti voglio bene, tesoro. Ce la puoi fare". Marina le mandò un paio di baci in aria prima di riattaccare. Farsi comprendere bene pur essendo dall'altra parte del paese era impegnativo, ma almeno Heather sembrava stare meglio. Quanto a Ethan, avrebbe parlato anche con lui.

Nel frattempo, Ginger e Kai avevano finito di caricare l'auto per lei mentre era al telefono.

"Possiamo ancora farcela, giusto in tempo", esclamò Kai. "Prenderemo il resto del cibo. Ora andate e ci vediamo lì".

Marina si infilò nella sua utilitaria con il cuore che batteva all'impazzata. Spaccare il secondo sarebbe andato bene lo stesso.

Guidando il più velocemente possibile, senza far traballare i vassoi di antipasti sistemati sul sedile posteriore e nel bagagliaio dell'auto, Marina sfrecciò per le strade di Summer Beach. La chiamata di Heather l'aveva fatta rimanere indietro sui tempi di marcia, ma Ginger e Kai si erano fatte avanti per aiutarla, e lei gliene era grata. Entrò nel parcheggio posteriore del Seabreeze Inn e si fermò dove Ivy le aveva detto, proprio accanto alla sua Chevrolet, una decappottabile d'epoca rosso ciliegia.

Marina spense l'auto e si aggrappò un attimo al volante per riprendersi. Non era così nervosa dal primo giorno in cui era andata in onda per leggere le notizie. Preparare del cibo che piacesse alla gente era ciò che desiderava fare in quel momento. Tuttavia, ognuno aveva gusti diversi.

Ciò che per alcuni era troppo salato, per altri era appena stuzzicante.

Marina diede un'occhiata al sedile posteriore per controllare i vassoi. Aveva preparato una grande varietà di antipasti per soddisfare tutti i diversi palati, ma sapeva che tra gli estranei ci sarebbero stati anche dei critici severi. Aveva anche prestato particolare attenzione nel creare i menu campione per la cena, tenendo conto delle varie restrizioni sanitarie e dietetiche.

Ivy scese i gradini posteriori dell'antica casa e salutò con la mano. Indossava un top fiorito e fluttuante con una collana turchese, jeans e tacchi a spillo leopardati. L'effetto era casual ma accuratamente coordinato, con una certa eleganza. "Hai bisogno di una mano?"

"Certo. Adesso arrivano anche Kai e Ginger". Marina abbracciò Ivy in segno di saluto. Era così felice di aver ritrovato la sua vecchia amica a Summer Beach. Ed era contenta di aver seguito il consiglio di Ginger e di essersi cambiata. Aveva trovato un prendisole giallo canarino che le stava ancora bene intorno al girovita diventato un po' più abbondante, e aveva preso in prestito da Ginger degli accessori color corallo.

"Sono emozionata per te, oggi", disse Ivy. "Sono sicura che riuscirete a portare a termine questa impresa. Le vostre cene intime possono essere adeguatamente personalizzate per i commensali. La gente si divertirà. Ma è anche un po' egoistico da parte mia. Voglio che tu rimanga a Summer Beach".

Marina aprì la porta posteriore. "Tutto dipenderà dalla mia capacità di mettere in piedi quest'attività".

"Lo capisco", disse Ivy, prendendo il vassoio che Marina le porgeva. "Boz ti è stato utile in municipio?".

"Mi ha dato una serie di moduli e mi ha mandato via. Temo di essermi fatta un po' sopraffare e prendere dalla frustrazione quel giorno, ma non aveva nulla a che fare con Boz. Tuttavia, ho avuto modo di ricevere delle informazioni preziose da lui". Tirò fuori un altro vassoio.

Marina e Ivy si affrettarono a salire una rampa fino alla porta posteriore, che Shelly tenne aperta per loro. "Quando ho incontrato Boz per la prima volta, neanch'io ho fatto una buona impressione", disse Ivy. "Credo che sia abituato alle persone stressate di città, quando arrivano per la prima volta a Summer Beach".

"Ma alla fine, ci rilassiamo tutti dopo essere stati qui un po' di tempo", aggiunse Shelly. Indossava un prendisole bianco e corto, con i suoi lunghi capelli castani raccolti in un disordinato chignon.

Marina notò che Ivy e Shelly erano diverse, come lo erano Marina e Kai. E poi c'era Brooke, la più materna delle tre sorelle Moore, talmente impegnata con la sua famiglia che Marina e Kai non la vedevano quasi più. Brooke aveva a malapena il tempo per mandarle un messaggio di tanto in tanto, ma Marina era decisa a rivederla presto.

All'interno, la cucina era un viaggio retrò negli anni Cinquanta, con due ronzanti frigoriferi turchesi. Lei e Ivy posarono i vassoi sui lunghi banconi che dovevano essere stati utilizzati per le grandi cene e il catering nella vecchia casa.

"Ho fatto spazio all'interno di Gertie, se hai bisogno di mettere qualcosa in frigo", disse Ivy.

Marina guardò quei vecchi elettrodomestici. "Avete dato un nome al frigorifero?".

"E l'altro è Gert", disse Shelly. "Gert e Gertie sembravano proprio essere adatti a loro, anche se tra i due, Gertie è quello che lavora di più".

"Non siamo sempre state così matte", disse Shelly. "Vedrai. Una volta che ti sarai rilassata e avrai preso confidenza con questo posto, ti dimenticherai di com'eri rigida".

Pensando al vecchio forno, che Ginger aveva chiamato Myrtle, Marina rise. "Credo che mi piacerà vivere a Summer Beach".

"Devi venire al mio corso di yoga", disse Shelly. "Ti avevo lasciata stare quando eri rimasta qui a causa del tuo piede. Ma ora la caviglia sembra andare meglio".

"Quasi sempre", disse Marina. Guardò un grande orologio da cucina a forma di conchiglia. Non era rimasto molto tempo per preparare tutto. "Sarà meglio portare qui il resto degli antipasti".

Le tre donne scaricarono rapidamente l'auto di Marina, e

quest'ultima discusse con loro l'idea di organizzare un festival gastronomico con Ivy, che accettò di parlarne al pubblico per suscitare interesse. Ivy si assentò per controllare gli ospiti mentre Marina si preparava in cucina.

"Abbiamo dei piatti grandi, se ne avete bisogno", disse Shelly. "Sono quelli che usa Mitch per i suoi biscotti. Potrebbero risparmiarvi qualche viaggio in cucina".

"Sarebbe meglio", concordò Marina. Era a corto di stoviglie, ma stava cercando di risparmiare sulle spese, soprattutto per via del costo del patio, anche se Axe aveva fatto un preventivo ragionevole.

"Li prendo dalla dispensa del maggiordomo". Shelly scomparve e poi tornò con le braccia piene di bellissimi piatti antichi. "Erano insieme alla casa, tra gli altri tesori".

Marina accese il forno per scaldare le crostatine di noci e funghi e le costolette luau.

Proprio in quel momento arrivarono Ginger e Kai. "Dicci cosa fare", esclamò Ginger.

Marina diede loro l'ordine di disporre gli involtini freddi di cetriolo e granchio su un piatto da portata, mentre lei assemblava la pera e il prosciutto croccante, facendo attenzione a impilarli per bene. Lavorarono rapidamente e presto tutto fu pronto.

"Andiamo", disse Marina, appoggiando un vassoio sulla spalla per sostenerlo. All'interno della sala della musica, lo posò su un tavolo che le aveva indicato Ivy.

Degli antichi lampadari illuminavano la sala, elegantemente arredata. Un pianoforte a coda era stato sistemato su di un lato, accanto a un camino di marmo. Le porte-finestre si aprivano sulla veranda, lasciando entrare la brezza del tardo pomeriggio. Alcuni ospiti si erano accomodati a bordo piscina e, alle loro spalle, le onde si infrangevano sulla riva. Marina non poteva immaginare un posto migliore per il suo esordio.

"Hanno un aspetto sensazionale", disse Poppy, esaminando gli antipasti. "Sono contenta che ne abbiate portati degli altri. Abbiamo invitato alcune persone del posto e i nuovi residenti estivi per aiutare a spargere la voce".

"È meraviglioso, grazie", disse Marina. Quell'evento poteva gettare solide basi per il suo futuro a Summer Beach. Tuttavia, se gli ospiti non avessero gradito il suo cibo, avrebbe anche potuto segnare la fine della sua nuova carriera. L'ansia attanagliava Marina, che alzò lo sguardo verso un orologio francese in bronzo dorato che ticchettava forte sulla mensola del camino. Presto avrebbe scoperto come sarebbe andata.

Dopo aver allestito tutto, Marina si strinse le mani per non farle tremare. Gli ospiti stavano arrivando all'evento pomeridiano a base di tè e vino, indossando abiti di vari stili, che andavano dagli eleganti copricostume da spiaggia agli abiti da cocktail. Una ragazza adolescente si sedette al pianoforte e iniziò a suonare *What a Wonderful World*, e Marina sentì che l'atmosfera nella stanza si era immediatamente risollevata.

Guardava le reazioni degli ospiti mentre sceglievano i suoi sfiziosi stuzzichini artigianali da un vassoio e li assaggiavano. Era la migliore ricerca di mercato che potesse fare. Mitch si precipitò con un vassoio di biscotti d'avena freschi tempestati di mirtilli rossi, noci di macadamia e cioccolato bianco. Evidentemente erano tra i preferiti di tutti, visto che gli ospiti assaggiarono subito anche quelli.

In piedi accanto a Marina, Ginger salutò le persone che conosceva, mentre Kai canticchiava seguendo la musica. Marina sorrise quando vide Leilani e Roy.

"Come va il nuovo giardino?" Chiese Leilani.

"È tutto fiorente", disse Marina, scorgendo Jack sulla porta con i suoi amici Vanessa, Denise e John. I due bambini si diressero verso i biscotti, e poi verso le porte aperte della veranda. "Finché Scout ne rimane fuori".

"Cos'è questa storia di Scout?". Chiese Jack, raggiungendoli insieme a Vanessa, che aveva infilato il braccio nel suo per sostenersi. "È più popolare di me".

Il cuore di Marina andò a Vanessa. "Desideri sederti? C'è

una comoda poltrona a dondolo dove potresti sederti e continuare a guardare i bambini mentre sono fuori".

"Mi piacerebbe", disse Vanessa, e Jack la aiutò a sistemarsi.

"Posso portare un piatto di antipasti per voi?". Chiese Jack. "Li ha fatti Marina".

"Non ho molto appetito in questo momento, ma ne vorrei. Il cibo sembra delizioso". Vanessa toccò la mano di Marina.

"Un'altra volta", disse Marina con dolcezza.

Quando Jack se ne andò per prenderle un bicchiere d'acqua e controllare i bambini, Vanessa lo seguì con lo sguardo. "È un uomo così buono. Non so cosa avrei fatto senza di lui".

Prendendo la mano di Marina, Vanessa continuò. "Una volta mi ha salvato la vita, sai. Stavamo facendo un reportage in una situazione pericolosa e si è gettato sopra di me per proteggermi dai proiettili che sfrecciavano sopra di noi". Guardò Jack. "Temo di averlo sottovalutato, in passato".

Le parole di Vanessa lacerarono il cuore di Marina. Quella donna stava soffrendo e Marina provava compassione per lei e per suo figlio. Inoltre, Vanessa sembrava molto innamorata di Jack.

Marina chiacchierò un po' con lei. "Ti fermerai a lungo a Summer Beach?". Chiese Marina.

"Il più a lungo possibile, vorrei poter dire". Vanessa lanciò un'occhiata attraverso le porte che si aprivano sulla spiaggia e sul mare. "Tutto quello che voglio è sentire il sole sulle spalle e le braccia di mio figlio intorno a me".

Jack tornò con un bicchiere d'acqua per Vanessa e il suo viso si illuminò quando glielo porse. Dopo che Denise e John li raggiunsero, Marina si scusò per andare a controllare il cibo. Si appuntò mentalmente di chiedere a Denise cosa avrebbe potuto mangiare Vanessa, in modo da poterle preparare qualcosa di speciale.

Marina intravide un ospite che prendeva alcuni degli antipasti. Osservò l'uomo mangiare una crostatina di funghi e noci e annuire, piacevolmente sorpreso. Disse qualcosa alla donna che era con lui prima di tornare a prendere un altro piatto per lei.

Marina tirò un sospiro di sollievo. Avrebbe dovuto portare altro cibo, a breve.

Ivy le fece un cenno e Marina la raggiunse.

"Darò il benvenuto a tutti e presenterò l'allieva musicista di Celia, e poi presenterò voi. Volete dire qualche parola?".

"Mi piacerebbe, grazie". Sebbene Marina fosse un'esperta oratrice, tutto ciò era nuovo per lei e si sentiva nervosa. Si lisciò il suo prendisole giallo e sollevò il mento, evocando la sua presenza scenica.

Dopo gli applausi per la giovane pianista, Ivy si rivolse a Marina. "Oggi gusteremo gli antipasti di Marina Moore, che è tornata da poco a Summer Beach. Quest'estate sta organizzando un festival gastronomico chiamato *Taste of Summer Beach*, e ha in mente una nuova iniziativa di cui ora vi parlerà".

"Grazie, Ivy", esordì Marina, proiettando la voce in modo che chi era in veranda potesse sentirla. "Ivy, Shelly e Poppy mi hanno invitato per condividere alcune delle mie ricette preferite, che spero vi piacciano. Oltre al festival gastronomico, sto anche lavorando ad una nuova, divertente idea di ristorazione: le cene a sorpresa. Alcune si terranno qui alla locanda, altre al Coral Cottage, la casa di mia nonna Ginger sulla spiaggia. Posso anche realizzare deliziose cene ovunque vogliate, a casa vostra o sulla vostra barca. Il menu è sempre diverso, personalizzabile e...".

Marina si bloccò. Sentì una voce maschile dire: *è lei, quella del meme.* Un piccolo gruppo di persone iniziò a ridere.

Con fatica, continuò: "E possiamo ospitare...".

Imani si voltò per zittire gli ospiti che sghignazzavano, che sembravano essere degli studenti universitari, ma anche qualcun altro se n'era accorto. Ben presto un altro gruppo si mise a ridere. Altri si voltarono a guardarli.

"Quasi tutte le diete...". Marina sentì il viso surriscaldarsi. Era abituata ad essere davanti alle telecamere e alle troupe, non ad un pubblico dal vivo. Con il cuore che le batteva forte, fece un gesto verso quel gruppo di persone, che ora si trattenevano a stento.

"È vero", disse Marina, mostrandosi più sicura di sé. "Sono quella dei meme. La conduttrice di San Francisco di cui la gente ha riso su tutti i social media". La gente ora rideva più forte. Doveva concludere. "Bè, spero che il cibo sia di vostro gradimento".

Mortificata, Marina fece un debole sorriso e si affrettò verso la porta per riempire nuovamente i vassoi e sfuggire ai riflettori dell'umiliazione. Mentre gli altri ospiti si muovevano, visibilmente a disagio, l'intero umore della sala sembrò precipitare insieme al suo.

Kai la fermò sulla porta. "Ora ti rimetto la festa in pista. Forse quella giovane pianista conosce qualche brano da spettacolo o qualche canzone della Disney".

"Sarebbe fantastico", disse Marina. Mentre si dirigeva verso la sala, sentì le note di *Cabaret* e presto Kai fu lì a cantarla con la stessa bravura di Liza Minnelli. *Grazie al cielo, ci sono le mie sorelle.*

Ginger la seguì in cucina. "È stato piuttosto scortese da parte di quelle persone", disse, prendendo Marina tra le braccia.

Marina strinse le palpebre, trattenendo le lacrime colme di rabbia e di dolore. "Sul web, la gente è stata così cattiva, con tutti quei commenti sgradevoli. Io non li guardo più, ma perché dirmelo in faccia? Mentre sto parlando, davanti alla gente? Non capisco le persone, quando si comportano così".

Ginger le lisciò i capelli e le baciò la guancia. "Se sei sotto gli occhi di tutti, la gente dimentica che hai dei sentimenti. Puoi ricordarglielo, ma raramente gli interessa. Si sentono potenti solo quando possono schiacciare gli altri".

"Dovrei saperlo, dal mio vecchio lavoro". A volte, capitava

che i telespettatori si lamentassero per una storia che non gli piaceva o facevano dei commenti sul suo abbigliamento o sui suoi capelli. "Ma fa sempre male".

Ginger fece un gesto con la mano. "Resta al di sopra di tutto questo. Quando loro cadono in basso, tu vola alto".

Marina fece un sorriso storto. "È quello che ci dicevi sempre quando eravamo piccole". Ginger le era sempre stata vicina, proprio come Marina aveva sostenuto Heather poco prima. Pensando a tutto ciò, riusciva a vedere il suo posto sul sentiero della vita.

Ginger pose le mani sulle spalle di Marina. "È sempre valido, quel consiglio. Non è cambiato".

"Cercherò di ricordarmelo. Credo che ogni settore abbia i suoi critici". Aprì uno dei frigoriferi e tirò fuori un altro vassoio di tartine. "Le spirali di cetrioli e granchio stanno andando a ruba".

"Ecco. Concentrati sulle cose positive, mia cara".

"Immagino che i miei primi clienti siano là fuori". Marina fece una smorfia. "A parte quel gruppo di giovani".

"Questo è lo spirito giusto", disse Ginger. "Stai facendo ciò che ami. Ora torna là fuori, a diffondere la tua gioia e del buon cibo in tutta la sala. E sappi che le persone che contano amano il tuo lavoro".

"Volare al di sopra", disse Marina, di nuovo determinata. Si sistemò quel pesante piatto sulla spalla per avere un maggiore equilibrio e si avviò per il corridoio.

Mentre Marina stava entrando nella sala della musica, uno dei ventenni che avevano riso di lei uscì improvvisamente dalla porta.

"Attento, sono proprio dietro di te", disse Marina, facendo un passo indietro per evitare quel giovane. *Viziatelli di qualche confraternita*, pensò. Poi, *quando loro cadono in basso, tu vola alto.*

Correva ciondolando per il corridoio, probabilmente era ubriaco e non si era accorto di lei. Marina si spinse contro il muro, ma non poté fare nulla per togliere di mezzo il vassoio.

Il giovane centrò in pieno il piatto e all'improvviso gli involtini di cetrioli presero il volo.

"No!", gridò Marina, mentre il piatto d'argento cadeva a terra. "Perché vuoi rovinarmi la giornata?".

Si voltò e scrollò le spalle. "Avresti dovuto toglierti di mezzo, *lady memè*".

"E se fossi stata una persona anziana? Bisogna guardare dove si va, in questo mondo". Il suo istinto materno si fece sentire e indicò il cibo finito per a terra. "Ora chinati e raccogli quel pasticcio".

Il giovane, che probabilmente aveva iniziato a bere molto presto quel giorno, sbuffò. "Ora sei tu la donna di servizio, *lady memè*. Pensaci tu". Si girò per andarsene.

Ma Jack gli sbarrò la strada. "Non ti è bastato insultare questa donna davanti a tutta la gente?". Mise le mani sui fianchi. "Fai come ti ha chiesto la signora".

"Ah, sì? E se non lo faccio?"

L'ispettore Clarkson, che quella volta era in uniforme, si mise dietro a Jack. "Che ne dice di un'accusa di ubriachezza molesta? Perché possiamo fare così, oppure può fare ammenda. Subito".

Anche Bennett e Mitch si fecero avanti. Brontolando, il giovane iniziò a raccogliere il cibo e a sistemarlo sul piatto.

I suoi amici si riversarono fuori dalla sala della musica, con gli occhi spalancati. Ma nessuno di loro mosse un dito per aiutarlo.

"E gradirei anche delle scuse", disse Marina, incrociando le braccia. Era grata che Jack e gli altri la stessero difendendo.

"Mi dispiace".

"In modo più sentito, teppistello", disse Jack.

Il ragazzo agitò una mano. "Va bene, mi dispiace. Siete contenti, ora?"

Ivy si fece largo nel corridoio affollato. "Tu non sei un ospite della locanda. Con chi sei?"

Una delle giovani donne del gruppo alzò lentamente la

mano. "Io e la mia amica ci siamo registrate oggi pomeriggio. Abbiamo incontrato questi ragazzi sulla spiaggia".

"O se ne vanno loro, o te ne vai tu", disse Ivy. "E ti suggerisco di trovare un uomo con un po' più di classe, la prossima volta".

Marina faceva silenziosamente il tifo per Ivy. Guardò mentre il giovane sistemava il resto del cibo sul vassoio.

Poppy apparve dietro di lei. "Ti ho visto rimorchiare le ragazze sulla spiaggia. Dovresti vergognarti". Gli poggiò davanti un rotolo di carta assorbente. "Non dimenticare di pulire il pavimento prima di andare", aggiunse, gettandosi i capelli sulle spalle.

Marina si rivolse a Jack e agli altri suoi nuovi amici. "Grazie", disse, felice per il loro intervento. Ce l'avrebbe comunque fatta a ignorare la situazione e prendere la strada maestra che le aveva indicato Ginger, ma significava molto per lei che i suoi amici avessero messo a posto quel giovane. Che, forse, aveva imparato una lezione preziosa.

Soddisfatta, Marina tornò in cucina per prendere un altro vassoio di cibo.

Jack la seguì. "Che inizio difficile. Stai bene?"

Annuendo, Marina disse: "Grazie per quello che hai fatto prima".

"Quel ragazzo se l'è cercata. Troppo sole, troppa birra, ma non c'è motivo di comportarsi da idiota. Almeno non ti ha rovinato questo bel vestito". Le toccò la mano e la trattenne nel suo sguardo un po' più a lungo del solito. "Il tuo cibo è davvero un'opera d'arte – ed è delizioso. Cosa posso fare per aiutarti, ora?".

Il semplice tocco di Jack le fece scoccare una scintilla, e lei fece un passo avanti verso il calore e la sicurezza che le sue braccia sembravano promettere. Ma poi pensò a Vanessa e a come quella povera donna guardava Jack, con così tanto amore e ammirazione. Marina non avrebbe mai fatto nulla per ferire una donna che aveva un fardello così pesante da portare.

Si bloccò, distolse lo sguardo e fece un passo indietro. "Ci penso io".

Guardandola con aria preoccupata, Jack le afferrò di nuovo il braccio. "Marina, non sei sola".

Fuori, il grido di un bambino attirò la loro attenzione ed entrambi si precipitarono alla finestra, allarmati.

"Ora ce l'hai *tu*", gridò Leo, dopo aver trovato Samantha nascosta dietro una poltrona.

Samantha si sciolse in una risata, poi si coprì gli occhi e iniziò a contare.

"Wow", disse Marina. "Sembra una gran bella partita a nascondino".

"Sono contento che non abbiano visto quei maleducati in sala", disse Jack, chiaramente sollevato. "Non sono certo il tipo di persone da cui devono prendere esempio".

"I bambini imparano assistendo sia ai comportamenti buoni che a quelli cattivi. Sono contenta che si stiano divertendo". Marina tornò al bancone e sollevò un vassoio. Jack ne prese un altro e la seguì nella sala della musica.

Dopo che la folla si era diradata, Marina si mise al lavello per sciacquare i piatti da portata che aveva preso in prestito.

Un bicchiere di vino rosso apparve sul bancone accanto a lei.

"Penso che te lo sia meritato", disse Kai. "Avrei voluto essere lì in corridoio per dirgliene quattro, a quel moccioso. Ma a quel punto ero già a metà del *Fantasma dell'Opera*".

"Sono felice che tu abbia distratto la gente". Marina si tolse l'acqua saponata dalle mani e bevve un sorso di vino, tirando un sospiro di sollievo. "Ora devo solo aspettare di vedere se questo evento genererà qualche affare".

Kai si illuminò. "Denise mi ha chiesto se potevi preparare dei cestini da picnic per la spiaggia. Le ho detto che ne ero sicura. Ti chiamerà".

"È meraviglioso, grazie". Marina abbracciò la sorella. "Non so cosa avrei fatto senza te e Ginger, qui, oggi".

Shelly li raggiunse in cucina portando un piatto vuoto. "Speravo che ci fossero degli avanzi, ma gli ospiti non hanno lasciato nulla. È un buon segno".

Dopo aver pulito la cucina, Ivy e Shelly accompagnarono Marina alla macchina. Shelly lanciò un'occhiata a Jack e Vanessa, che erano seduti in terrazza con Denise e John a guardare i bambini. "Jack e Vanessa sembrano entrambi così gentili, ed è triste che lei sia malata. Almeno sono in buoni rapporti per il bene di Leo. Molti ex non fanno mai pace tra di loro. Poveri bambini".

Marina ascoltava incuriosita.

"Non credo che siano una coppia", disse Kai. "Solo vecchi amici".

Shelly alzò le spalle. "Forse non più, ma Leo è identico a Jack. E dal modo in cui Jack guarda quel ragazzo con tanto orgoglio, non c'è dubbio che sia suo figlio".

Anche Marina aveva notato la somiglianza. E Vanessa sembrava innamorata di Jack. Lui era cordiale e rispettoso, ma niente di più. Si chiese cosa fosse successo tra loro.

Ivy punzecchiò la sorella. "Non si spettegola sugli ospiti".

"Non è più un ospite", disse Shelly, facendo una smorfia.

"Questo non significa che sia un obiettivo facile", ribatté Ivy. "E non andare in giro a dirlo, soprattutto non al Java Beach. La gente merita un po' di privacy, anche se questa è una piccola città. Vuoi che tutti spettegolino su te e Mitch?".

Shelly abbassò la testa, con un'aria imbarazzata. "Dimenticate tutto quello che ho detto".

Ma Marina non ci riusciva. *È questo che Jack tiene nascosto? E se è così, perché?*

19

Jack gettò le coperte sul letto, mise una pila di piatti sporchi nel forno e infilò i vestiti sporchi nell'armadio. Di solito non puliva la casa in quel modo, ma Ginger sarebbe arrivata a momenti.

Jack l'aveva chiamata per chiederle se potevano incontrarsi per parlare della sua idea riguardo quel libro, la mattina stessa. Lui le aveva proposto un caffè a Java Beach, ma lei non era dell'idea. *Adesso ho un po' di tempo. Se sei presentabile, vengo subito.*

Mentre Ginger bussava alla sua porta, lui spostò con un calcio i giocattoli mordicchiati e logori di Scout sotto la sua cuccia. Scout scosse la testa in modo confuso, così Jack arruffò il pelo fra le orecchie del cane. "Mi dispiace, amico. Li riavrai più tardi". Indicò la cuccia e schioccò le dita. "Dentro".

Con riluttanza, Scout si accoccolò lì.

Jack si passò la mano tra i capelli e aprì la porta. "Buongiorno. Entra pure."

"Vedo che sei al lavoro". Ginger ridacchiò e fece un gesto verso la sua scrivania.

Jack sentì le sue viscere implodere. Era disseminata di

schizzi di disegni che non aveva pensato di mettere via. Non erano certo parte dell'attività di uno scrittore serio.

"Ah, quello". Jack sistemò i fogli in un mazzo. "Alcuni stupidi disegni per i miei nipoti".

"Posso?" Ginger tese la mano e mosse le dita.

Jack non poteva certo rifiutare. Messo alle strette, le diede quelle pagine.

Ginger si infilò i mezzi occhiali che portava al collo con una catenina luccicante, ingrandendo l'intelligenza che brillava nei suoi occhi. *Il colore degli smeraldi colombiani:* così li avrebbe descritti nel suo libro.

"Che disegni meravigliosi", disse Ginger. "Questo è Scout, vero? E Leo e Samantha. Che affascinante. Hai mai realizzato qualcosa con le tue illustrazioni?". Lei alzò lo sguardo in attesa.

"È solo per divertimento". Jack si infilò i pollici nei jeans e si dondolò sui talloni. "Non ho mai studiato arte seriamente, ma mi diverte molto farli. Rende felici i bambini".

Ginger sfiorò le pagine. "Quando sei creativo in un settore, puoi benissimo esserlo anche in altri. Le forme che la creatività può assumere sono entusiasmanti, non credi?". Senza aspettare una risposta, continuò. "Disegno, scrittura, canto, cucina. Le scienze e la matematica. Persino gli affari internazionali e le trattative diplomatiche. Oggi si chiama pensare fuori dagli schemi. Ogni generazione ha i suoi modi di dire, credo". Scrollò le spalle e continuò a sfogliare i suoi disegni.

Ricordando cos'altro poteva esserci in quella pila di schizzi, Jack allungò la mano. "Posso riprenderli? Non c'è altro".

"No?" Ginger si avvicinò all'ultimo disegno. "Se non la conoscessi bene, penserei che questa possa essere Marina". Con un piccolo sorriso, gli restituì le pagine.

La punta delle orecchie di Jack bruciava, chiaro segno che lei ci era arrivata. Un giorno aveva disegnato Marina mentre lei era fuori. Non come un personaggio da fumetto, ma come uno dei suoi disegni più seri.

Jack si schiarì la gola. "Ora, a proposito del libro a cui sto lavorando. Vorrei programmare qualche intervista per parlare di alcuni dei tuoi successi".

"Basta così", disse Ginger. "Questo progetto non mi interessa. Come ti ho detto, non ho ancora finito di vivere la mia vita, quindi che senso ha?".

Jack si sentì come un palloncino d'elio che si sgonfiava. Aveva già proposto l'idea al suo agente. In teoria, avrebbe potuto ancora procedere senza coinvolgere Ginger, ma lo avrebbe fatto sentire a disagio, come se stesse facendo le cose di nascosto. "Non vuoi ripensarci? Mi piacerebbe lavorarci su con te".

Jack percepì qualcosa e abbassò lo sguardo. Scout aveva scelto quel momento, molto poco opportuno, per tirare fuori i suoi giocattoli da sotto la cuccia.

Ginger scacciò il pensiero con un gesto imperioso della mano. "Ho sentito che Denise e John stanno pensando di rimanere a Summer Beach. Anche Leo?"

"È vero, ma...".

Quando Ginger guardò di nuovo le sue illustrazioni, un sorriso le si allargò sul volto. "Forse ho un'altra idea". Si fermò vicino alla porta e guardò Scout, che stava allegramente mordicchiando uno dei suoi giocattoli. "Che compagno meraviglioso. Ho una meticolosa addetta alle pulizie che viene ogni due settimane. Forse potrebbe riuscire a trovare un po' di tempo anche per te. Dopotutto, presto avrai molto lavoro da fare".

"Ma io..."

Ginger alzò una mano. "Ora devo andare. Parliamo più tardi".

Dopo aver chiuso la porta, Jack si sedette. Ginger era uno dei soggetti più sfuggenti che avesse mai incontrato.

In quel momento si rese conto che doveva aver visto chiaramente le tazze arancioni attraverso il vetro dello sportello del forno.

"Dammelo", disse Jack, strappando un giocattolo dalla bocca di Scout. Raccolse l'imbottitura che Scout aveva sparso in giro. "Mi fai fare brutte figure. Come se non ci riuscissi già da solo".

Poi pensò a ciò che aveva detto Ginger. *Presto avrai molto lavoro da fare.* Cosa intendeva?

PIÙ TARDI, quella mattina, Marina portò un cestino da picnic con il pranzo che Denise aveva ordinato.

"Vuoi venire in spiaggia con noi?". Chiese Jack.

"Grazie, ma mi aspetta una giornata impegnativa", disse Marina prima di scappare via, attraversando il cortile di corsa.

Vedendola andare via così rapidamente, Jack non poté fare a meno di chiedersi se Ginger le avesse parlato del suo ritratto. Ma non c'era tempo per preoccuparsene. Doveva incontrare Vanessa, Denise e John alla spiaggia.

"Avete messo in sicurezza quel lato?" disse Jack, mentre conficcava un paletto nella sabbia. Se lo avesse lasciato andare, la brezza dell'oceano avrebbe sollevato la tenda come una vela. Ai bambini sarebbe piaciuto, ma non era certo il miglior modo di iniziare una giornata in spiaggia.

"Fatto", rispose John.

Sotto il tendone, Jack preparò un tavolo pieghevole per il cibo. Denise lo coprì con una tovaglia da spiaggia stampata con conchiglie e stelle marine e distribuì un po' del cibo che aveva ordinato da Marina. Quella mattina aveva dato a Jack un cestino da spiaggia pieno di prosciutto e melone, fettine di tacchino freddo e avocado e patatine dolci fatte in casa con olio al tartufo.

"Sembra delizioso", disse Jack. Stava già morendo di fame.

"Serviti pure", rispose Denise. "Marina è un vero tesoro.

Anche noi non vediamo l'ora di partecipare al suo festival gastronomico. Che bella idea!".

Jack scelse alcune cose e si tuffò in quelle prelibatezze con gusto. Sapere che le aveva preparate Marina, in qualche modo, rendeva quel semplice picnic ancora più speciale.

Si fermò a metà del boccone. Come poteva essergli passato per la testa *quel* pensiero? Mentre mangiava, fissava pensieroso il mare.

La verità era che Marina si stava intromettendo nella vita di Jack con frequenza sempre maggiore. Durante l'evento al Seabreeze Inn, era intervenuto contro quel teppistello viziato che l'aveva presa in giro, rovinando il debutto che lei aveva preparato con tanto impegno. Avrebbe voluto prenderla tra le braccia, ma invece le aveva assicurato che non era sola.

Che stupido, si disse. Ma la sua vita stava diventando sempre più complicata, non che si lamentasse di ciò. Marina aveva appena mandato due figli al college, e ora lui stava per diventare padre a tempo pieno. Guardando al futuro, lei sarebbe stata disposta a condividere una vita del genere con lui? Da ex-scapolo nomade, non era abituato a contemplare altre persone nella sua vita. Erano tutti pensieri nuovi per lui. Prima un cane, poi un figlio, e ora...

No, troppo complicato.

Dopo aver finito il suo spuntino, Jack coprì gli occhi con la mano contro il sole del mattino. La fitta nebbia mattutina, che la gente del posto chiamava *buio di giugno*, si stava dissolvendo, e i raggi di sole facevano capolino tra le nuvole che cambiavano continuamente forma. In lontananza, le onde si infrangevano sulla riva e i surfisti in costume si alzavano sulle loro tavole. Era da molto che Jack voleva provare a fare surf. Forse quell'estate lui e Leo avrebbero preso lezioni.

Vanessa si stava rilassando su una sdraio accanto alla tettoia, dove poteva sentire il sole sul viso, anche se era avvolta in una coperta per riscaldarsi. Fece un ampio sorriso. "Era da tempo che desideravo farlo. Summer Beach è così tranquilla.

Niente a che vedere con Santa Monica, tutta invasa dalla folla". Salutò Leo, che correva lungo la spiaggia con Samantha, inseguendo gli uccelli di mare. "*Mi hijo*, vieni a metterti la crema solare".

Leo si avvicinò ansimando, con il petto che si gonfiava per lo sforzo e l'emozione. Vanessa gli spalmò la crema solare con carezze morbide e amorevoli. Gli baciò la fronte e lui la abbracciò prima di correre da Samantha.

Jack prese un blocco da disegno dallo zaino e si accomodò su una sedia. Quando le parole non arrivavano, gli piaceva disegnare. Ed era proprio quel tipo di giornata. Osservando i bambini che giocavano, fece qualche tratto e poi iniziò a riempire i disegni di dettagli, canticchiando mentre lavorava.

"Che stile di vita piacevole", disse Denise, aprendo una lattina di acqua frizzante e passandola a Vanessa prima di aprirne una per sé.

Seduto su una sedia da spiaggia, John incrociò le mani dietro la testa. "Perché non restiamo a Summer Beach?".

"Se solo stessi dicendo sul serio", disse Denise ridendo.

"Sono serio", disse John, guardando l'orizzonte. "È da anni che parlo di aprire una società di consulenza tecnologica. Perché non ora?".

Un sorriso sbocciò sul volto di Denise. "Samantha sarebbe così entusiasta. Era così triste all'idea di allontanarsi dalla spiaggia, anche se questo è un mondo a parte rispetto a Santa Monica".

"Questo significa che Leo e Samantha potrebbero iniziare la scuola insieme qui". Il volto di Vanessa brillò di speranza. "Oh, Denise, sarebbe perfetto per lui".

"Sempre che io rimanga qui", disse Jack, ma non appena le parole gli uscirono di bocca e vide l'espressione di Vanessa cambiare, se ne pentì. "Anche se mi impegno a far sì che ciò accada".

Dentro di sé, Jack trasalì. Sembrava un politico che parlava a vanvera, come certi che aveva intervistato, ma era serio. Ora, Jack doveva rimanere flessibile per l'imminente cambiamento nella vita di Leo.

Mise giù il suo blocco da disegno. "Ho sentito che al giornale locale di Summer Beach c'è un posto da redattore". Bennett ne aveva parlato al cocktail party alla locanda. Non sarebbe stato molto remunerativo, ma era qualcosa che Jack avrebbe potuto fare facilmente. "E il cottage ha una seconda camera da letto in cui Leo potrebbe stare".

"A meno che non voglia restare con noi", disse Denise con dolcezza.

Il cuore di Jack sussultò a quel commento, ma Leo era cresciuto accanto a Denise e John. "Dobbiamo parlarne presto con lui".

Un'ondata di emozioni attraversò il volto di Vanessa. Si mordicchiò il labbro mentre guardava i bambini giocare nella sabbia a poca distanza da loro. Alla fine disse: "Quando Leo era piccolo, pensavo che sarebbe stato facile crescerlo da sola. Ma quando ha iniziato la scuola, ha cominciato a fare un sacco di domande. Desiderava un padre e voleva sapere dove fosse il suo, quello vero. Non ho avuto il coraggio di dirgli cosa avevo fatto".

Jack sentì una fitta di avvertimento nel collo. "Cosa gli hai detto?"

Denise e John distolsero lo sguardo e Vanessa chinò il capo. "Gli ho detto che io e suo padre ci siamo separati quando lui era molto, molto piccolo. Prima ancora che nascesse, prima che sapesse che ero incinta. un po', era vero".

"Questo fa di me il cattivo della situazione. Come se ti avessi lasciato". Jack si passò una mano tra i capelli. Sarebbe stato ben più difficile del previsto.

"Jack, mi dispiace", disse Vanessa. "Non avrei mai pensato che ci saremmo trovati in questa situazione. Man mano che Leo cresceva, diventava sempre più difficile dirgli la verità". Una lacrima silenziosa le rigò il viso. "Ho paura che si arrabbi, e non riesco ad affrontarlo. È tutto ciò che ho".

Jack voleva essere comprensivo, ma quella situazione andava risolta. Inginocchiandosi accanto a Vanessa sulla sabbia, piegò le mani intorno alle sue. "Sai essere più forte di così, Vanessa. So che lo sei. Insieme, possiamo dirgli la verità".

"Ci saremo anche noi per lui", disse John. "È tuo figlio e non vogliamo interferire nel vostro rapporto. Ma spero che tu capisca che Leo sarà fragile. Avrà bisogno di familiarità".

Vanessa appoggiò la testa sulla spalla di Jack e insieme guardarono Leo e Samantha che raccoglievano la sabbia in un secchio per farne un castello.

Anche se Jack aveva appena conosciuto Leo, il suo attaccamento al ragazzo diventava di giorno in giorno più forte, come una vite che cresce rapidamente avvolgendosi intorno al suo cuore. Tuttavia, la domanda rimaneva: Leo lo avrebbe accettato?

20

___

opo essersi versata il caffè del mattino, Marina si sedette al tavolo di formica rossa della cucina per controllare la posta elettronica. Fu felice di trovare un ordine da parte dei suoi primi clienti del mercato agricolo. Volevano prenotare del pane, delle crostate e dei biscotti per il prossimo mercato.

Spuntò anche un'e-mail da parte di una donna, la proprietaria dello Starfish Cafe, un popolare ristorante in collina a Summer Beach. Aveva sentito parlare dell'evento al Seabreeze Inn e aveva chiesto a Marina di passare, un pomeriggio, per presentarle i suoi prodotti da forno. Sarebbe stato un momento perfetto per proporle il festival gastronomico. Mitch si era già dato da fare per mettere a disposizione il Java Beach.

Fuori, nel patio, c'era Kai, che si era offerta volontariamente di occuparsi della gestione della nuova terrazza fuori dal patio. Marina aveva capito perché. Un nugolo di uomini e un paio di donne stavano scaricando legname e provviste sul patio, e al centro c'era Axe, che dirigeva le sue maestranze.

Il suono di martelli e trapani riempiva l'atmosfera con il ritmo dei lavori in corso, e Marina lo accoglieva con piacere. Amava vedere il suo sogno prendere forma.

Marina chiamò Brooke, sperando di trovare la sorella a casa. Invece, trovò di nuovo la segreteria.

"Ehi, Brooke, forse sei in giardino. Sto costruendo una nuova terrazza a casa di Ginger e speravo che Alder, Rowan e Oakley potessero venire ad aiutarmi a finirla. Posso offrire tutto il cibo che saranno in grado di mangiare, che so essere molto. Potremmo anche fare un barbecue di famiglia sulla spiaggia, come ai vecchi tempi. Ci vediamo presto".

Ginger entrò in cucina. "Buongiorno, raggio di sole".

"Ciao! Ho appena mandato un messaggio a Brooke. È sempre così difficile da raggiungere?".

"Tra i ragazzi e il suo giardino, è piuttosto impegnata. L'anno prossimo, quando Alder inizierà a guidare, avrà un po' di aiuto".

Marina ricordava i giorni in cui faceva da autista ai suoi gemelli. Mise giù il telefono e sorseggiò il caffè.

La nonna era vestita da yoga per la sua faticosa escursione mattutina sulla cima del monte, dove spesso si recava a meditare. Marina ci era andata insieme, qualche volta. Appollaiati sul masso piatto preferito di Ginger, si potevano vedere le barche solcare le acque dell'oceano e le balene che percorrevano le rotte migratorie. La vista era stupefacente.

Guardando fuori, Ginger disse: "Kai sta certamente dimostrando una buona capacità di gestione".

"E molto di più", disse Marina, inarcando un sopracciglio.

Kai indossava una camicia bianca con un bottone di troppo aperto. La camicia era legata in vita, lasciando intravedere un po' di pelle sopra i suoi pantaloni bianchi aderenti. Ai piedi aveva dei mocassini di vernice nera, e portava dei braccialetti d'ebano e degli orecchini a cerchio che penzolavano sotto i lunghi capelli, raccolti indietro in una treccia morbida. Sua sorella aveva buon gusto in fatto di moda, ma a giudicare dalla cura con cui si era truccata, Marina sapeva che Kai aveva in mente qualcosa.

Marina guardò la sorella pendere dalle labbra di Axe.

"Stamattina Kai stava cantando delle melodie di Gershwin sotto la doccia, quindi è chiaro che c'è sotto qualcosa".

"L'ho sentita anche io. Un'entusiasmante interpretazione di *I Got Rhythm*". Ginger mescolò la panna al suo caffè. "Sembra affascinata da Axe. Pensa se cantassero insieme. Ha una bellissima voce baritonale. L'anno scorso aveva cantato al falò del quattro di luglio sulla spiaggia". Picchiettò il cucchiaio sul lato della tazza. "Hai già conosciuto questo Dmitri?".

"No, ma so che le ha regalato un anello di quelli che significano: *giù le mani dalla mia donna*".

"Kai non me l'ha detto", disse Ginger, sorpresa. "Magari uno vorrebbe conoscere la famiglia, prima".

"Ho l'idea che sia il tipo di persona che si aspetta che il mondo e Kai girino intorno a lui".

"Beh, non funzionerà". Ginger scosse la testa.

"Spero che non le si spezzi il cuore", disse Marina, sporgendo la testa all'esterno.

Ginger sospirò. "Non è Kai che mi preoccupa".

Marina intravide Jack e Leo sulla spiaggia con Scout. Da quando Denise, John e Vanessa avevano affittato la casa sulla spiaggia, Leo veniva a trovare Jack ogni giorno. A volte era con Samantha, altre volte da solo.

Marina non riusciva a togliersi dalla testa il commento di Shelly durante l'evento alla locanda. Leo potrebbe essere il figlio di Jack? Se sì, perché Jack non l'aveva semplicemente detto? Non riusciva a immaginare cosa ci potesse essere di tanto segreto in tutto ciò.

"Osservi molto Jack", disse Ginger, con un leggero sorriso sulle labbra.

"Davvero?" Marina aveva detto a Ginger dei commenti di Shelly. Se c'era qualcuno che sapeva mantenere un segreto, era sua nonna. "Sto ancora pensando al motivo per cui non ci dice se Leo è suo figlio".

"Forse non sono affari nostri. O forse Leo è un suo parente. Potrebbe essere un nipote".

"Non ci avevo pensato", disse Marina. Avrebbe spiegato molte cose.

Nel tardo pomeriggio, Marina era fuori a controllare l'intelaiatura della terrazza dopo che gli operai se ne erano andati. L'odore di legname era ancora nell'aria e non vedeva l'ora di vedere il progetto finito. Aveva già deciso dove posizionare i tavoli e stava setacciando mercatini e annunci per trovare dei mobili da giardino usati.

Sentì l'abbaiare giocoso di Scout e si voltò. Jack era appena uscito dalla casetta degli ospiti, dove probabilmente stava lavorando da quando Leo se n'era andato. Non che lo tenesse sotto controllo, o cose del genere.

Jack corse dietro a Scout.

"Ehi", disse lui, rallentando accanto a lei.

"Non ti ho mai visto correre sulla spiaggia".

"Bennett mi ha dato l'idea. Stamattina ho fatto un paio di chilometri a passo tranquillo". Si passò la mano sulla pancia. "Mi sto rimettendo in forma".

Con tutto il cibo che cucinava, Marina stava andando nella direzione opposta, ma non le dispiaceva aver messo su un po' di peso. Tuttavia, si era imposta di camminare sulla spiaggia quasi ogni giorno. Forse avrebbe fatto un salto alla lezione di yoga di Shelly o sarebbe andata a nuotare, pensò.

"Ho visto Leo qui, oggi", disse.

"Sì, è un ragazzo fantastico. Anche Samantha". Jack estrasse dalla tasca una pallina da tennis e la lanciò sulla spiaggia davanti a loro. Scout la seguì.

Marina si mise al suo fianco e si sfilarono le scarpe, portandole con loro mentre camminavano. Essere accanto a lui in quel modo sembrava la cosa più naturale. Ormai avevano fatto varie passeggiate con Scout.

Durante quel periodo, avevano scoperto molte cose in comune fra di loro. Entrambi provenivano da una formazione giornalistica. Mentre Marina dava notizie in TV, Jack si era dedicato a dettagliate indagini investigative. Condividevano il desiderio di ricercare la verità.

E quel desiderio di conoscerla, la verità, si era fatto pressante anche per Marina.

Mentre le onde si infrangevano sulla spiaggia, i piovanelli dalle macchie marroni zampettavano nell'acqua gelida davanti a loro. Sopra le loro teste, i gabbiani starnazzavano, si libravano e si tuffavano, pescando piccoli pesci dalle onde.

Marina si intromise nella conversazione. "Visto che Vanessa è così malata, è bello che Denise e John possano aiutarla con Leo. E anche tu".

Jack annuì. "È un vero peccato".

"Conosci Leo da quando era un bambino?".

"Ehm, no". Jack infilò le mani nelle tasche profonde dei suoi pantaloncini lunghi da spiaggia. "L'ho conosciuto quest'estate".

"Davvero? Accidenti, la prima volta che vi ho visto insieme avrei giurato che foste parenti". Marina si sentì morire per aver osato tanto, ma non potè fare a meno di chiederglielo.

Jack inarcò un sopracciglio. "E come mai ti è venuta questa idea?".

"Leo ti assomiglia molto". Ci era così vicina, ora.

Tuttavia, Jack non rispose. Camminarono ancora un po', con il mare che lambiva le loro caviglie.

Marina non riuscì a resistere, e continuò. "Scusa, hai detto che tu e Leo siete parenti?".

"Guarda che non ho detto niente". La voce di Jack aveva una sfumatura tagliente che non aveva mai sentito. Si fermò e fece un sospiro.

"Non ti seguo". Marina sbatté le palpebre come confusa. *Ora ci siamo quasi.*

Voltandosi verso di lei, Jack mise le mani sui fianchi. "Leo è mio figlio, ok? È questo che ogni pettegolo ficcanaso della città vuole sapere?".

Aveva toccato un nervo scoperto. "Jack, non volevo impicciarmi". Ma l'aveva fatto.

E Jack capì la sua dichiarazione di innocenza. "Sì, l'hai fatto. E capisco che l'abbia fatto proprio tu. È la nostra natura. Trovare le storie e portarle a galla. Ma non sono affari di nessun altro. Quando saremo pronti a dirlo alla gente, lo faremo".

All'improvviso, a Marina balenò un pensiero. "Leo non lo sa, vero?".

Abbassando lo sguardo, Jack scosse la testa. "È complicato".

"Quando lo hai..."

"Scoperto? Qualche settimana fa. I genitori di Vanessa non mi avrebbero mai accettato e lei non voleva sposarsi. Io non ne avevo idea. Leo è stato il risultato di un incontro di una notte che nessuno dei due ricorda molto bene".

"Succede", disse Marina, cercando di essere comprensiva.

"Non per me, di solito. Non sono mai stato quel tipo di persona". Jack sembrò un po' in imbarazzo. "Io e Vanessa lavoravamo per giornali diversi e ci occupavamo di una terribile situazione che riguardava degli ostaggi in una setta. Andò avanti per settimane, la tensione era quasi insopportabile. C'erano anche dei bambini all'interno di quel posto. Alla fine vennero rilasciati illesi, ma nel frattempo ci eravamo avvicinati molto. Una sera un gruppo di noi giornalisti aveva fatto girare una bottiglia di tequila per scaricare lo stress". Scrollò le spalle. "E da lì puoi capire cos'è successo. Ma ho sempre avuto un grande rispetto per Vanessa".

"L'hai più rivista?"

"No, ma ho seguito ciò che scriveva. Poi Vanessa è passata a notizie più leggere e locali. Molte persone tendono ad andare in esaurimento quando hanno a che fare con incarichi difficili, ma all'epoca ero rimasto sorpreso che ce l'avesse fatta. È sempre stata una donna forte".

Marina annuì pensierosa. "Abbiamo parlato un po' durante l'evento alla locanda. Ammiro questo suo aspetto".

"Ed eccoci qua", disse Jack. "Vorrei dirlo a Leo, ma Vanessa ha paura che si arrabbi con lei".

"Ecco perché nessun altro lo sa".

"E non dovrebbe", disse Jack con fermezza. "Non finché non lo diciamo a Leo. Spero che non ci siano congetture in giro. So come possono essere le piccole cittadine. Ci sono cresciuto, in una di esse, prima che venisse inglobata nella periferia".

Prima che Marina potesse rispondere – e doveva assicurarsi che Shelly non diffondesse le sue supposizioni – un'onda ghiacciata la investì fino alla vita, facendole perdere l'equilibrio con la sua forza.

Marina gridò e Jack la strinse alla vita mentre lei inciampava in ginocchio nella corrente.

"Resisti", urlò lui, raggiungendola.

"Ci sto provando", gridò Marina. L'onda gigante l'aveva colta di sorpresa. Si dimenò contro la sua forza, inghiottendo acqua salata. Un'altra onda si abbatté su di loro e la trascinò in acque più profonde. Sopraffatta, lottò per trovare l'equilibrio mentre le alghe le turbinavano intorno alle caviglie, ostacolando i suoi movimenti. Le infradito che aveva con sé furono spazzate via.

In ginocchio, Jack le avvolse con le braccia e la trascinò sulla riva. Mentre inciampavano in una morbida duna, Marina si piegò in avanti, tossendo l'acqua che aveva ingerito.

"Stai bene?" Jack gettò via le alghe. Le strofinò la schiena e le lisciò i capelli aggrovigliati dal viso.

"Sì, sì", riuscì a dire prima di scoppiare in un'altra serie di colpi di tosse. Alla fine si girò e si buttò sulla sabbia. "Non posso credere che tutto sia successo così in fretta".

Jack si chinò su di lei. "Sono contento che tu stia bene. Per un attimo ho pensato...".

"Anch'io..." Era così vicino che poteva vedere le sue ciglia scure e umide toccare la sua pelle, le sue labbra a pochi centimetri di distanza. Essendo appena sfuggita alla prospettiva della morte, si sentì pervasa da una folle sensazione di bisogno. Inclinò la testa e sfiorò le labbra di lui.

Il legame era molto più intenso di quanto avesse mai sognato e una scarica di calore la attraversò, mandandole formicolii fino alle dita dei piedi.

All'improvviso, Scout irruppe tra loro, facendo cadere Jack su un lato. Il cane le leccò il viso con grande entusiasmo e preoccupazione canina.

"Ah, cane bagnato", gridò ridendo mentre spingeva via Scout. "Sto bene, cucciolo iperprotettivo".

"Via di qui, cagnaccio", disse Jack, raccogliendo la palla che Scout aveva lasciato cadere e lanciandola il più lontano possibile. Una volta accertato che Marina non si era fatta male, Scout si allontanò felicemente. Jack si voltò verso di lei.

"Senti, mi dispiace", disse lui, sollevando le ciocche di capelli bagnati dalle guance di lei. "Non mi riferisco a Scout. Beh, anche, ovviamente. Ma non volevo approfittare della situazione, e io...".

"Non l'hai fatto". Il cuore di Marina batteva con tale forza che era sicura che lui potesse sentirlo. Fu tentata di tirarlo di nuovo verso di sé per finire quello che avevano iniziato, ma il momento ormai era passato.

Jack la tirò su accanto a sé e le cinse un braccio intorno alle spalle. "Dobbiamo stare attenti a quelle onde anomale. Avremmo potuto perdere molto di più delle nostre infradito".

"Non è stata certo un'onda mostruosa, anche se mi è sembrata tale". Marina si appoggiò a lui, godendosi il calore della sua pelle sulla sua. Stava tremando a causa delle acque perennemente gelide del Pacifico.

"Dovremmo tornare dentro e mettere dei vestiti caldi", disse lui, strofinandole le mani tra le sue.

"Anche tu sei fradicio".

"Sono un uomo. Ma un bel fuoco scoppiettante ci

starebbe proprio bene, in questo momento". La brezza del tardo pomeriggio si era alzata, portando con sé le nebbie umide dell'oceano.

"Presto avremo un braciere", disse Marina. Aveva bisogno dell'aiuto dei ragazzi di Brooke.

"Perché non accendiamo un fuoco nel mio caminetto?", propose Jack. "Non hai ancora visto come ho sistemato il cottage, e ho una zuppa che reclama pane fresco".

Per quanto Marina desiderasse unirsi a lui, non ne era sicura. Il suo cuore soffriva ancora per le recenti ferite. "Mi piacerebbe, ma potrebbe essere un po' imbarazzante, no?".

"Immagino di sì". L'espressione speranzosa di Jack si dissolse. "Tua nonna è il mio padrone di casa. E io sono un tipo piuttosto complicato, non è vero?". Si alzò e le prese le mani per tirarla su. "Vieni. Ti aiuto a tornare a casa".

Tornando a piedi nudi al Coral Cottage, Marina si appoggiò a Jack, godendosi la sensazione del suo braccio intorno a lei. Eppure, la delusione si fece strada.

Se solo non fosse stata così rapida nel rifiutare la sua offerta.

21

"Brooke, sono così felice che tu e Chip siate venuti", disse Marina, abbracciando la sorella e il marito, Charles, che era ancora conosciuto con il soprannome del liceo.

"Ho portato un sacco di frutta e verdura fresca per voi", disse Brooke, mandando i suoi figli a posare le borse sul bancone della cucina. Cosa che i tre adolescenti, alti e allampanati, avevano fatto a dovere. "Stamattina ho raccolto un po' di erbe, pomodori, peperoni, lattuga e cavolo dall'orto, oltre a limoni, arance e pompelmi. Ginger mi ha detto che in questi giorni stai cucinando molto".

"Ho venduto dei prodotti da forno al mercato agricolo e ho organizzato alcuni piccoli eventi al Seabreeze Inn. Lo gestiscono la mia amica Ivy e sua sorella Shelly".

"Mi sembra una scelta intelligente da parte tua! Sono felice che tu abbia trovato qualcosa che ti piace da fare". Brooke scostò indietro la criniera di capelli castano-rossicci, tutti intrecciati in modo disordinato, lungo la schiena. "Questa banda divora praticamente tutto ciò che riesco a raccogliere dall'orto. Di sicuro non aiuta, quando si tratta di fare la spesa. E quest'anno ho piantato il doppio delle cose".

Brooke indossava una maglietta con una gonna di cotone a balze e sandali Birkenstock come quelli del marito. Entrambi erano dei tipi sani e puri, e Chip era ora a capo di un dipartimento di vigili del fuoco in una zona rurale a est di San Diego. Erano stati fidanzati sin dal liceo: Chip era il capitano della squadra di football, e Brooke, già allora, una grande appassionata di giardinaggio.

"Ho dimenticato le fragole", disse Brooke, abbassando il viso. "Ti sarebbero piaciute molto".

Marina la abbracciò. "Brooke, va tutto bene. Qui ce n'è abbastanza per sfamare una squadra di baseball".

"Quei ragazzi mangiano proprio come una di loro". Brooke si premette una mano sulla fronte. "Non so cosa mi sia preso ultimamente". Alzò le mani e le lasciò cadere lungo il fianco.

Marina prese la mano della sorella. "Se hai delle eccedenze dal tuo orto, le comprerò da te. Avrò bisogno di molta frutta e verdura fresca, e quella che coltivi ha un aspetto così sano".

"Vendertela?" Con aria esitante, Brooke sollevò un sopracciglio. "Non potrei mai accettare i tuoi soldi".

"Mettili nel fondo per l'università dei ragazzi", disse Marina. "O prendetevi una vacanza".

"Non ne facciamo una da anni", disse Brooke, con un'aria stanca.

Ginger e Kai entrarono per salutare Brooke con un giro di abbracci e Marina la vide appoggiare la testa contro la spalla di Ginger per qualche istante, come se fosse grata di essere approdata in un porto sicuro. Marina era preoccupata; sua sorella sembrava in preda a un certo disordine emotivo, ma d'altronde non c'era da stupirsi, con tre ragazzi così vivaci a casa. Marina ricordava come Heather ed Ethan avessero riempito ogni suo momento libero, quando erano piccoli.

"Vediamo un po' quella terrazza", disse Chip, con la sua voce autoritaria che attraversava la stanza. "Forza, ragazzi".

"Apprezzo molto che tu e i ragazzi siate venuti a dare una mano", disse Marina.

"Ehi, la famiglia serve a questo", rispose Chip. "Vorrei solo che Stan fosse ancora qui con noi".

"Lo so", disse Marina. Chip e Stan erano stati buoni amici e spesso andavano a pesca insieme. Era bello da parte sua ricordarsene, a distanza di anni.

"Ho sentito quello che ti ha combinato quel bel tipo a San Francisco", disse Chip, abbassando la voce. Tirò Brooke al suo fianco e le mise un braccio intorno alle spalle. "Brooke mi ha detto che ci avevi chiamato. Ci dispiace per quel pasticcio".

"Ora sto bene", disse Marina, sollevando il mento. Più Marina passava del tempo a Summer Beach, più Grady svaniva nel suo passato. Proprio dove doveva stare. E poi c'era Jack. Non era sicura che innamorarsi di lui sarebbe stata una buona idea, ma non poteva negare la crescente attrazione che provava.

Marina li condusse fuori, dove la terrazza si estendeva sulla sabbia. Axe aveva lasciato un camion pieno di pavimentazioni in mattoni che Marina intendeva utilizzare per creare un percorso dalla terrazza al braciere, a distanza di sicurezza dalla casa e da qualsiasi altra cosa infiammabile. Summer Beach aveva regole severe.

Axe aveva lasciato le istruzioni per loro e aveva anche segnato dove posare i mattoni. Era stato gentile e aveva tenuto conto del budget a disposizione.

Chip assunse il comando, mostrando ai tre ragazzi come posizionare i mattoni, rincalzarli e spargervi sopra la sabbia per bloccare il motivo a spina di pesce.

"Sembra che tu l'abbia già fatto", disse Marina.

Chip si appoggiò una mano sulla coscia. "Qualche volta, aiutando i miei amici della caserma, come sempre". Lanciò un'occhiata alla proprietà. "Assicuratevi di tenere la vegetazione ben lontana dal braciere".

"Lo faremo di sicuro", disse Marina. "Ho sentito parlare

dell'incendio di Ridgetop, l'anno scorso". Si avviò verso la terrazza, e Kai la raggiunse.

"Axe ha fatto un ottimo lavoro", disse Kai. "Ma la sua squadra ha lavorato alla velocità della luce".

Marina colse una nota malinconica nella voce della sorella. "Hai avuto fortuna con lui?".

Kai scosse la testa. "Forse ho esagerato. Ho sentito che la sua ultima ragazza faceva parte di un equipaggio di velisti professionisti. Forse è quello, ciò che preferisce".

Marina non sapeva cosa dire. Kai si era fatta avanti in modo deciso, vestendosi e flirtando con lui. "O forse preferisce essere lui a fare la corte".

Kai inclinò la testa. "Tu credi? Forse la prossima volta proverò a lasciarlo fare".

"Non è un gioco, Kai. Rilassati. Se vorrà rivederti, ti contatterà. Credo che tu gli abbia lasciato intendere come ti senti nei suoi confronti".

"Credo di sì". Kai sospirò. "Con quella splendida voce baritonale, potrei ascoltare Axe parlare tutto il giorno. Mi piacerebbe sentirlo cantare".

"Vieni", disse Marina, cingendo con un braccio la sorella. "Aiutami ad appendere le lucine".

Con il passare della giornata, il sentiero di mattoni e lo spiazzo per il braciere presero forma sotto la direzione di Chip. Il ragazzo più grande, Alder, studiò rapidamente la situazione, mentre i due ragazzi più giovani continuavano a spostare mattoni e sabbia.

Kai aveva chiesto ad Axe di lasciare una scala alta che avrebbero potuto usare per far passare le lucine sopra il terrazzo. Aveva realizzato una specie di reticolato che si apriva al cielo e poteva essere illuminato in modo splendido, di notte. Marina e Kai si arrampicarono a turno sulla scala e si passarono l'un l'altra le stringhe di lucine da intrecciare al reticolo.

Marina si fermò a osservare il loro lavoro, soddisfatta dei progressi. "Dove sono andate Ginger e Brooke?".

"Le ho viste camminare verso il villaggio. Forse sono andate al mercato". Kai lanciò uno sguardo verso il paese. "Anche loro erano tutte prese a parlare. Ti è sembrato che Brooke avesse qualcosa di strano?".

"Non c'è da stupirsi. Ha una casa piena di testosterone. È un bene che parli con Ginger". Tuttavia, Marina era preoccupata per lei. "Ho chiesto a Brooke di vendermi parte del suo raccolto. Così potrò vederla più spesso".

"È una buona idea".

Pochi minuti dopo, un camion carico di piante e vasi si fermò davanti alla casa.

"Consegna speciale", disse Ginger, salutando dal veicolo di Roy. Brooke era stretta fra quei due e sembrava molto più felice.

"Che cos'è?". Marina scese dalla scala.

Ginger scese e Brooke la seguì. "Mi sembrava che la terrazza fosse un po' spoglia", disse Ginger. "Qualche palma e qualche ficus faranno la differenza, non credi? Immagina le felci con i gerani rossi e rosa che fuoriescono da queste favolose urne che Leilani ha appena preparato".

Marina abbracciò Ginger. "Grazie. Quelle piante daranno davvero il tocco finale".

"Non sono da parte mia", disse Ginger. "Ha mandato tutto Jack. Probabilmente non è troppo lontano, dietro di noi".

"Jack?" Fu una sorpresa.

"L'abbiamo incontrato al supermercato", spiegò Ginger. "Ci ha suggerito di andare al Giardino Nascosto perché voleva prendere qualcosa di speciale per te. Ha detto che gli avevi mostrato la terrazza e che gli avevi accennato che delle piante ci sarebbero state bene".

"È un bellissimo vivaio", disse Brooke. "Tutte le piante sono così sane. Anche Leilani e Roy sono degli appassionati. Proprio il mio genere di persone".

Marina notò che Brooke sembrava più calma di quando

erano arrivate. Forse aveva fatto una bella chiacchierata con Ginger, o forse il vivaio aveva avuto un effetto calmante su di lei. In ogni caso, era bello rivedere la vecchia, sorridente Brooke.

Dietro di loro, Roy aveva aperto il camion e stava scaricando le piante quando arrivò Jack. Lui e Leo erano in sella a due biciclette lucide che sembravano nuove.

Marina fece cenno a Jack di scendere e si diresse verso di lui e Leo. Erano gonfi di vento e leggermente scottati dal sole, ma felici. Avvicinandosi a loro, provò una certa commozione. "È stato molto gentile da parte tua, Jack. Grazie". Vide che Leo era raggiante. "Sono bici nuove?".

"Sì, avevo bisogno di un po' di esercizio", disse Jack. "Leo ha accettato di venire con me e di aiutarmi a sceglierne un paio. Ha cercato di convincermi anche a prendere uno skateboard". Facendo una pausa, accarezzò i capelli di Leo. "Magari la prossima volta. Mi sto ancora rimettendo in forma".

"Abbiamo girato tutta Summer Beach, ed è così bella", disse Leo. "Sapevi che Samantha andrà a scuola qui in autunno? Invece delle normali lezioni di ginnastica, fanno nuoto, vela e surf. La mamma ha detto che potremmo restare anche noi. Mi piacerebbe".

Il ragazzino sembrava emozionato, ma Marina percepì una comprensibile nota di tristezza dietro le sue parole. Gli tese la mano. "Vieni a conoscere i miei nipoti. Il più giovane, Oakley, ha quasi la tua età".

Jack fece un cenno di assenso e Leo saltò giù dalla bicicletta. Seguì Marina verso Chip e i ragazzi mentre Jack parcheggiava le biciclette.

Mentre Marina e Leo si dirigevano verso gli altri, Leo chiese: "Allora, sei già la ragazza di Jack?".

Marina guardò negli occhi seri del ragazzo e sorrise. "Non proprio. Dove l'hai sentito?".

"Jack ha detto che ci vuole un po' di tempo per arrivare ad

essere fidanzati, e visto che è successo tutto un paio di settimane fa, volevo solo sapere se avevate fatto dei progressi".

"Capisco". Visto che Leo era così serio, Marina soffocò
una risata. "E ti tiene aggiornata su questa storia?".

"No, è per questo che te lo chiedo. So che alle ragazze
piace parlare di cose d'amore più di noi ragazzi. È quello che
dice Samantha".

"E tu e Samantha siete fidanzati?".

"No, siamo migliori amici. Ma potremmo comunque
sposarci quando saremo più grandi. Non abbiamo ancora
deciso".

"Penso che sia saggio rimandare la decisione", disse
Marina, pensierosa. Guardando alle sue spalle, notò che Jack
li seguiva e origliava. "Essere migliori amici è perfetto in
questo momento".

"Possiamo essere amici anche noi, no? Tu mi piaci molto.
Anche a mia madre. Ed è un'ottima giudice dei caratteri degli
altri, dice sempre così. La mamma di Samantha è d'accordo.
Sono d'accordo su quasi tutto, tranne quando non lo sono,
perché anche loro sono migliori amiche. Se avessi un padre,
probabilmente sarebbe il migliore amico del padre di Samantha. Sono abbastanza sicuro che queste cose funzionino così".

"Sei molto intelligente", disse Marina. "Posso dire che sei
anche molto riflessivo. Possiamo parlare quando vuoi". A quel
punto raggiunsero Chip e i ragazzi e Marina li presentò. Chip
inserì Leo nei lavori, mettendolo in coppia con Oakley per
iniziare a montare il braciere.

Jack sfiorò la spalla di Marina. "Di cosa si trattava?"

"A Leo piace parlare", risponde Marina. "È un ottimo
osservatore. Come suo..." Si interruppe, imbarazzata per il
suo quasi lapsus. "Sai cosa voglio dire".

Jack le toccò la mano. "Mi piace che si senta a suo agio a
parlare con te".

"È un ragazzo dolce". Marina guardò Leo. "Avrà bisogno
di molto sostegno".

Roy fece loro segno che aveva finito di scaricare le piante e le fioriere. "È tutto, gente. Fateci sapere se avete bisogno di altro".

"Lo farò", ribatté Jack.

Brooke li raggiunse. "Chip e i ragazzi hanno fatto enormi progressi. Vuoi aiutarmi a mettere le piante nei vasi, mentre finiscono?".

Marina e Jack erano d'accordo e Ginger entrò a prendere per loro attrezzi da giardinaggio e guanti. Il set che Marina aveva preso in prestito in precedenza faceva parte dell'arredamento della cucina di Ginger e ne avevano riso.

"Ecco a voi", disse Ginger. "Io finirò di sistemare le lucine con Kai. Non vedo l'ora che sia notte per accenderle".

Marina si mise al lavoro con Jack e Brooke per piantare quello che lui aveva comprato. Non riusciva ancora a capacitarsi del suo gesto premuroso. Mentre lavoravano tutti e tre, Marina notò che Jack e Brooke andavano d'accordo. Entrambi comprendevano la cura e il nutrimento necessario alle piante. Tuttavia, non riuscì più a seguirli quando iniziarono a parlare di terra, insetti e compostaggio.

Quando finirono, Jack sistemò le piante intorno alla terrazza e poi aiutò a tirare fuori tutti i mobili da giardino che Marina aveva recuperato nei mercatini e restaurato. La maggior parte aveva solo bisogno di una buona pulizia e di nuovi cuscini. Aveva trovato alcuni tavoli e dei gruppi di poltrone e sedie. Mentre li spostavano, Jack le sfiorò la mano e lei sentì le stesse sensazioni che aveva provato in spiaggia. Incrociò il suo sguardo e percepì che lui stava pensando la stessa cosa.

"Ora le sedie Adirondack", disse Marina, sentendo il calore salire sul collo.

"Certo", disse Jack con uno sguardo prolungato.

All'*Antique Times*, in paese, Nan e Arthur le avevano proposto un buon affare con delle sedie Adirondack, che lei e Kai avevano dipinto in una vivace tonalità corallo per abbinarle al cottage. Pensava di raggrupparle intorno al braciere, insieme alle panche che aveva comprato per ospitare grandi feste.

Finalmente il progetto della terrazza era completo. Marina abbracciò le due sorelle. "Non ce l'avrei fatta senza di voi e il resto di questa famiglia di matti".

Ginger iniziò a distribuire prosecco ghiacciato agli adulti e *ginger ale* ai bambini. "Credo che un brindisi sia d'obbligo".

Una volta che ognuno di loro ebbe preso un bicchiere, Ginger alzò il suo. "A chi ha il coraggio di seguire i propri sogni. A Marina per aver dato il via a questa impresa, e a Kai per aver contribuito al suo successo. Siete proprio una bella squadra, voi due. *Salut!*".

"E a Brooke, che ora è una rivenditrice ufficiale di frutta e verdura", disse Marina.

Mentre Chip sembrava sorpreso, Brooke era felice di essere stata inclusa.

Marina guardò tutti i volti delle persone che amava e desiderò che anche Heather ed Ethan fossero lì. Sperava che venissero a trovarla quell'estate, anche se avevano in programma degli stage.

Poi guardò i nuovi arrivati, Jack e Leo, e si chiese dove li avrebbe portati il loro viaggio. Mentre sorseggiava il suo spumeggiante prosecco, studiò Jack al di sopra del bordo del bicchiere, chiedendosi se tra loro avrebbe mai potuto esserci qualcosa di più.

Cosa avrebbe fatto Jack quando il suo anno sabbatico sarebbe terminato, alla fine dell'estate? Leo aveva parlato di andare a scuola lì, ma questo significava che sarebbe rimasto con Denise e John?

Con tutte quelle domande a frullarle in testa, Marina bevve il resto del suo spumante. Il crepuscolo stava appena calando sulla spiaggia. Avevano mangiato in abbondanza durante il giorno – se ne era assicurata Brooke. Ma al dessert ci aveva pensato Marina.

Fece tintinnare il bicchiere per attirare l'attenzione di tutti. "Ora accendiamo le lucine e anche il braciere".

Quando Marina accese l'interruttore, tutti applaudirono. Le luci fiabesche creavano un'atmosfera perfetta. Con le onde dell'oceano che si infrangevano sullo sfondo e le nuove palme e i ficus che ondeggiavano dolcemente nella brezza, la nuova terrazza era incantevole come l'aveva immaginata. Doveva solo riempirla di persone.

"Ora ho una sorpresa per tutti. Radunatevi intorno al braciere e accendetelo. Torno subito". Marina si precipitò in casa a prendere gli ingredienti per fare gli *s'mores*. Aveva preparato dei biscotti allo zenzero e comprato dei quadratini di cioccolato aromatizzato in una cioccolateria locale. E i sacchetti di marshmallow più grandi che era riuscita a trovare.

Mentre Marina era in cucina, squillò il telefono e lei rispose.

"Ciao Marina, sono ancora Denise. Il cestino da picnic per la spiaggia era delizioso, quindi ci chiedevamo se nel prossimo weekend riuscireste ad organizzare una delle vostre cene. Jack ci ha detto che avete un nuovo terrazzo con molto spazio sulla spiaggia. Sembra molto divertente".

"Credo che si potrebbe fare", disse Marina con calma, mentre agitava silenziosamente una mano per l'emozione. "Va bene se ti invio via mail alcuni menu, così potete decidere cosa preferite?".

"Perfetto. Abbiamo previsto otto persone, ma ti confermerò il numero degli invitati".

Marina si assicurò di aver riattaccato prima di emettere un gridolino. "Wow!" Stava funzionando, ed era una bella sensazione. Anche dopo il disastroso debutto alla locanda, i suoi piatti avevano dimostrato quanto valevano. *Il prossimo weekend. Una settimana per prepararsi.* Ce l'avrebbe fatta?

In realtà, non aveva molta scelta.

22

Jack stava lavorando alla sua scrivania quando Scout gli grattò la gamba, piagnucolando per uscire.

"Ancora? Sei appena uscito. Scommetto che ti stai annoiando". Arruffò il pelo sul collo di Scout. "Più tardi, bello".

Jack stava lavorando alla proposta di un libro che gli era stata fatta dal suo agente, anche se Ginger non intendeva partecipare. Tuttavia, doveva buttar giù qualcosa. Stava ancora pensando ai titoli, anche se gli piaceva *L'asso dei codici*. O, forse, *Ginger Delavie: una vita decifrata*.

Sempre che fosse riuscito a farcela. C'erano ancora molte informazioni mancanti. Aveva fatto ricerche sul servizio svolto da suo marito Bertrand come diplomatico, e sui Paesi in cui aveva lavorato. Aveva letto dell'amicizia di Ginger con Julia Child, che aveva lavorato per l'O.S.S., il precursore della C.I.A., durante la Seconda Guerra Mondiale. Ma quello che non riusciva a capire era come Ginger fosse riuscita a passare dall'essere la semplice moglie di un diplomatico a una brillante decifratrice di codici.

E lei non stava collaborando con lui. Semplicemente, non

voleva parlarne. Aveva detto che *ci sono molte persone più interessanti.*

Che cosa significava? Era ancora in attività?

Ginger restava un enigma. E lo era ancora di più nel messaggio che gli aveva lasciato. *Basta con quel vecchio tomo che vuoi scrivere. Ho un'altra grande idea, carissimo. Ascoltami. Sarò sul crinale domattina.*

Jack non riusciva a immaginare cosa avesse in mente Ginger. Ma l'avrebbe incontrata e ascoltata.

Si alzò e si stiracchiò, e Scout fece lo stesso. Ginger gli aveva detto che un tempo lei e suo marito usavano proprio quel cottage come ufficio. Riusciva a immaginarsi Bertrand Delavie a una scrivania, forse proprio quella a cui sedeva lui, intento a scrivere i suoi libri, mentre Ginger se ne stava a un'altra, a studiare codici cifrati. Nell'armadio della camera da letto più piccola c'era una robusta cassaforte con una data dipinta sopra: 1940. Da quanto tempo non veniva aperta? Immaginò che fosse il luogo in cui Bertrand e Ginger conservavano dei documenti riservati.

Cosa c'era lì dentro?

Ginger era una persona affascinante, ma lo era anche sua nipote. Osservare Marina trasformare la sua vita e crearsi una nuova carriera era una fonte di ispirazione. Mentre tentennava, sull'orlo di un cambio epocale nella sua vita, aveva bisogno di tutta l'ispirazione possibile.

Quello che provava per Marina era al di là di quanto avesse mai sperimentato prima. Eppure, non poteva vacillare nel suo impegno verso Leo. La salute di Vanessa non stava migliorando.

Ogni volta che Jack vedeva Leo, desiderava prenderlo tra le braccia e dirgli tutta la verità. Ma Vanessa non era pronta. Doveva rispettare i suoi desideri.

Mentre si stiracchiava, Jack scorse un'alta finestra sopra un davanzale. Su di una mensola c'erano alcuni vecchi libri. Se fosse riuscito ad aprirla, avrebbe aiutato a far prendere aria a quella piccola stanza. Per sfizio, salì sulla scrivania. Spostandosi verso la finestra, scorse un raccoglitore in un angolo lontano. Aprì la finestra, poi lo prese.

Proprio in quel momento, attraverso la finestra, intravide Marina dirigersi verso la sua porta. Lo aveva visto. Scese dalla scrivania e aprì la porta.

"Ciao", disse vivacemente. "Ho preparato alcuni piatti di prova e ho pensato che ti sarebbe piaciuto unirti a me per un pranzo in terrazza".

"Che bello, grazie". Sorrise. Passare del tempo con lei era sempre un piacere.

"Cosa ci fai con quello?" chiese Marina, indicando il raccoglitore polveroso che teneva in mano. Aveva una chiusura a cerniera in ottone.

"L'ho trovato su quella sporgenza lassù".

"Se è di Ginger, vorrei vederlo".

"Vieni pure". Jack aprì la porta e Marina entrò. Dopo aver tolto una spessa coltre di polvere dalla copertina del raccoglitore, aprì la cerniera capricciosa. Era una reliquia d'altri tempi. Quando lo aprì, una fotografia in bianco e nero lo fissò.

Marina si posizionò di fronte a lui, il suo braccio sfiorò il suo mentre scorreva il dito lungo il bordo della foto. "È uno dei vecchi album fotografici di Ginger, ma non l'avevo mai visto. Guarda come sono giovani i miei nonni. E che stile. Cravatte sottili, acconciature ad alveare. A giudicare dall'aspetto, questa è stata scattata negli anni Sessanta". Girò la pagina e passò il dito sotto ogni foto dove qualcuno aveva scritto qualcosa. "Parigi, aprile 1961. Boston, maggio 1962. Guarda, qui è con Julia Child in cucina".

Marina girò un'altra pagina. Le vecchie fotografie a colori erano sbiadite in tonalità tenui di rosso, verde e giallo. "Alcune di queste sono state scattate durante le vacanze, mentre altre in compagnia di alcune personalità importanti".

"Tua nonna era una pioniera nel suo campo", azzardò

Jack, ricordando le sue ricerche. Era un rischio, ma forse Marina poteva aiutarlo. Doveva essere il più preparato possibile per l'incontro con Ginger del giorno seguente.

Marina sorrise. "Intendi come insegnante di matematica in una scuola di provincia, statistica o crittologa della Guerra Fredda? È un camaleonte, lei".

Almeno stavolta Marina non era arrabbiata con lui. "Tua nonna può essersi sempre definita una statistica, ma mentre scrivevo un articolo su un'altra persona, ho trovato delle prove che indicano come facesse molto di più". Da quando aveva imparato a conoscerla, l'aveva trovata molto riservata. "Ginger sembra naturalmente curiosa di tutto ciò che la circonda, ma non l'ho sentita parlare molto di sé o dei suoi risultati".

"No, non l'ha mai fatto". Marina toccò una foto. "Guarda quell'enorme computer dietro di lei. All'epoca occupavano stanze e piani interi. Kai e io abbiamo trovato online alcune vecchie foto di Ginger con una donna molto importante in quel settore".

Jack si addentrò nella conversazione che voleva avere con lei. "Nel corso delle mie ricerche per quell'articolo", cominciò, "ho scoperto che Ginger era una brillante matematica e crittologa. È stata una delle più apprezzate decifratrici di codici dell'epoca della Guerra Fredda. Ginger era anche responsabile della creazione di metodi per codificare le trasmissioni riservate dei diplomatici di tutto il mondo".

Marina era silenziosa. "E come fai a saperlo?".

"Nello specifico, non è stato scritto molto su di lei, ma l'ho trovata menzionata in altri articoli. Sembra che sia stata al servizio di molti uomini che si sono presi il merito del suo lavoro. O, forse, preferiva rimanere in disparte. Ti ha mai detto qualcosa al riguardo?".

Passandosi una mano sulla fronte, Marina scosse la testa. "So cosa ha detto l'altro giorno, ma... i codici della Guerra Fredda? Sembra roba uscita da un film, e ancora stento a crederci. E poi... io non ci credo". Si alzò in piedi. "Voglio mostrarti qualcosa nel cottage principale. E voglio guardare questo album insieme a Ginger". Prese l'album e aprì la porta.

"Stai buono", disse Jack a Scout, poi chiuse in fretta la porta e seguì Marina, che si era già avviata verso la casa. Lui corse per raggiungerla.

Marina lo condusse nella sua camera da letto, che conteneva un antico armadio e un soffice piumone bianco gettato sul letto. C'era anche un delizioso profumo femminile di cipria, lozioni e altre morbide essenze che aveva già sentito su Marina. Cercò di rimanere concentrato.

"Guarda lassù". Vicino alla sommità del soffitto c'era una bordatura di carta da parati che correva intorno alla stanza.

"Il bordo?"

"È una bordatura che Ginger aveva dipinto a mano. Ci aveva sfidato a scovarne il significato".

"Sembrano solo dei disegni". Ghirigori, riccioli e forme nei toni del blu dell'oceano, dell'acquamarina e del verde acqua formavano un motivo fantasioso.

"Guarda meglio", disse Marina. "Vedi gli spazi tra alcuni caratteri? *Sono* caratteri. È un cifrario".

"Intendi un codice?"

"No, è diverso", disse Marina, voltandosi verso di lui, con gli occhi che brillavano di intelligenza. "So che è un discorso un po' accademico, ma pensa a un cifrario come il codice Morse, che si chiama così, ma è un nome sbagliato. In realtà è un vero e proprio cifrario, perché opera con simboli, o una sintassi. I punti e le linee rappresentano le lettere e possono essere trasmessi con il suono, la luce o semplicemente con la scrittura. Un codice agisce sulla parola stessa, mentre un cifrario traspone ogni singola lettera".

"Aspetta, non capisco". Jack si passò una mano tra i capelli, confuso non tanto da ciò che Marina aveva detto, ma dalle intenzioni di Ginger. "Tua nonna ti ha insegnato tutto questo ma non ti ha mai detto che era una crittologa?".

"È solo semantica, suppongo". Marina guardò la bordatura e sorrise. "Ha insegnato alle mie sorelle e a me dei codici e dei cifrari, quando eravamo piccole. Come se fossero dei giochi. Così come ci ha insegnato la matematica e le lingue straniere, anche se Kai è più brava di me nelle lingue".

Jack elaborò quei dettagli. "Quello che vi ha dato è la flessibilità mentale, la comprensione che lo stesso concetto può essere presentato in modi diversi. Attraverso il linguaggio, il codice o l'espressione matematica".

"Esatto, anche se lei si era spinta oltre, utilizzando suoni e luci, come nel caso del codice Morse".

Jack seguì il suo sguardo. "Suppongo che tu sappia leggere tutto questo?".

"È una frase che usava per dirci quanto ci vuole bene". Marina indicò i simboli in alto. "Profondo come il mare, vasto come il cielo, per sempre attraverso il tempo, il mio amore per voi". Marina storse le labbra. "Anche se, per tanto tempo, non siamo riuscite a capirla. Ricordo che un giorno ero malata e dovevo per forza restare a letto. Mentre fissavo il soffitto, ha cominciato ad avere un senso. L'ho scritto su un foglio di carta. E sai cosa? Mi sono sentita subito meglio. Questo è il potere dell'amore e dell'essere amati. Naturalmente, lei era felicissima che io l'avessi capito. Adora i giochi".

Jack annuì lentamente. "Ci sono altri esempi in giro per la casa?".

"Ne ho visti degli altri su delle ceramiche e dei cuscini a punto croce che ha realizzato anni fa. Immagino fosse un giochino tra lei e il nonno. È una cosa dolce, se ci pensi".

"Che cosa si dicevano, esattamente?".

"Avevano dei modi privati per dirsi il loro amore senza che gli altri lo venissero a sapere", disse Marina. "Simboli e segni, un po' come faceva quell'attrice comica, Carol Burnett, che alla fine del suo show televisivo si tirava l'orecchio per dire alla nonna che le voleva bene. Probabilmente era utile durante quelle noiose feste diplomatiche. Se li avessi visti mai insieme, non avresti avuto dubbi sul loro amore e sulla loro ammirazione reciproca".

Parlarono ancora un po', e poi Marina propose di mangiare in terrazza. Servì un'insalata di spinaci con fragole e formaggio feta, condita con un cremoso condimento balsamico al limone preparato da lei, insieme a delle chips di parmigiano al forno. Ma per Jack, la parte migliore del pranzo fu semplicemente stare con Marina.

Avrebbe potuto sicuramente diventare una bella abitudine.

A un certo punto, Marina gli chiese come stava Leo e Jack aveva detto che lo avrebbe portato a pescare, tra un paio di giorni.

"Sarai un ottimo padre", gli disse, con voce sicura.

Jack apprezzava quella fiducia in lui, ma aveva passato molte notti insonni pensando a Leo e al loro futuro. Non aveva mai provato quella sensazione di tensione allo stomaco che lo portava a chiedersi se stesse facendo bene il mestiere di genitore. Solo che al momento, per Leo, era solo un amico.

"Ci sto provando", disse. "Mi preoccupo di cosa farà Leo quando gli diremo di me. Da bambino, probabilmente avrei dato in escandescenze, sarei saltato sulla bici e avrei pedalato fino al collasso. Non ho idea di come Leo prenderà questa notizia".

Marina gli strinse le mani e la sua empatia fu rassicurante. "So che te la caverai benissimo".

Sebbene la loro conversazione fosse incentrata sui progetti di Marina e sui successi di Ginger, Jack, non sapendo come avrebbe reagito, non le disse che aveva in mente di proporre un libro su sua nonna.

Se la sua proposta finale fosse stata accettata, avrebbe avuto tempo per scriverlo in seguito. In caso contrario, avrebbe comunque dovuto trovare un altro argomento su cui scrivere.

Stavano sparecchiando, quando Scout balzò sul terrazzo.

"Ehi, tu", disse Marina. Scout le mise una zampa in grembo e le rivolse il muso con un'espressione giocosa.

"Ho dimenticato di chiudere la porta". Jack scosse la testa. "Immagino che Scout sia pronto per un'altra passeggiata. Se lasciassi fare a lui, passeremmo l'intera giornata sulla spiaggia". Si chinò verso di lei e le toccò la mano. "Ma voglio aiutarti con i piatti".

Lei rise e gli diede una pacca sul braccio. "Vai. Ci penso io. Ma terrò buona l'offerta per un'altra volta".

Jack se ne andò con Scout, rammaricandosi di non poter restare più a lungo con Marina. Si consolò pensando che aveva il resto dell'estate per conoscerla meglio. Anche se, viste le sfide che lo attendevano, forse si stava solo illudendo.

Nel tardo pomeriggio, Jack si recò alla casa sulla spiaggia che Vanessa, Denise e John avevano affittato. Vanessa lo aveva chiamato dopo il pranzo con Marina.

È un'emergenza, gli aveva detto Vanessa. Gli aveva chiesto di venire, pronto a parlare con Leo.

Jack sapeva cosa significava.

Preparandosi mentalmente, si mise in piedi sul portico e bussò alla porta.

"È aperto", risponde Vanessa.

Jack entrò e trovò Vanessa seduta fuori, su una chaise longue che si affacciava su un giardino fiorito. Una fontana gorgogliava su un lato, e gelsomini e rose profumavano l'aria. I suoi occhi erano arrossati come se avesse pianto. Stringeva intorno a sé un poncho fatto all'uncinetto.

Vanessa indicò il soppalco. "Leo è lassù".

"Che cosa è successo?" Chiese Jack, inginocchiandosi accanto a lei e prendendole la mano.

"Ha sentito Denise e John parlare nella loro camera da letto. Non posso biasimarli, perché la loro camera è proprio sotto il soppalco e in qualche modo le parole sono arrivate fin di sopra. Queste vecchie case sulla spiaggia non sono ben isolate, e con tutte le finestre aperte...". Si fermò, con aria stanca.

"È comunque ora che lo sappia", disse Jack, accomodandosi su una sedia accanto a lei. "Mi assomiglia molto".

"Ho sentito anch'io quei commenti", disse Vanessa con dolcezza. "Sei pronto?"

Le viscere di Jack si agitavano per l'ansia, anche se cercava di non darlo a vedere. Leo sarebbe stato turbato, arrabbiato o contento? Non sapeva molto sui bambini di dieci anni, ed era passato tanto tempo da quando aveva quell'età. Né sapeva cosa significasse avere una madre gravemente malata.

"Sono pronto", rispose Jack. "Penso che sarebbe utile se Leo avesse qualcun altro con cui parlare di tutto questo. Un professionista".

"È una buona idea. A Los Angeles avevamo uno psicologo infantile da cui lui è andato un paio di volte quando mi sono ammalata". Sollevò una mano e la lasciò ricadere. "Gli chiederesti di venire qui?".

"Certo". Jack la lasciò e salì le scale che portavano al soppalco, dove Leo stava facendo correre delle macchinine su una pista che aveva creato sul pavimento. Jack faceva la stessa cosa alla sua età. "Ehi, Leo. Come va?"

"Bene", disse, senza alzare lo sguardo.

"La mamma vuole parlarti. Puoi scendere?".

Leo si sedette sui talloni. "So di cosa vuole parlarmi".

"Davvero?"

Leo annuì, con un'aria infelice. Prese una macchinina, aprendo e chiudendo le portiere. "Ho sentito parlare i genitori di Samantha. Non volevo ascoltarli". Si dondolò un po' avanti e indietro. "L'ho chiesto alla mamma".

"Beh, vuole parlarti proprio di questo". Jack deglutì a fatica. Era arrivato il momento di fare l'uomo per quel ragazzino. "E anch'io".

Leo guardò Jack con occhi puri e luminosi. Le sue labbra

fremevano, mentre parlava. "I genitori di Samantha sanno chi è mio padre. Hanno detto che mia madre dovrebbe dirmelo ora e non aspettare".

Jack si inginocchiò accanto a Leo e prese in mano una macchinina. Facendo girare le ruote, chiese: "Hai idea di chi possa essere tuo padre?".

Combattendo le lacrime, Leo scosse la testa. "Ho paura", sussurrò.

"Di cosa hai paura, amico?". Il cuore di Jack andò a quel ragazzino, che stava già affrontando tante cose nella sua giovane vita.

Leo lasciò la macchinina e avvolse le braccia intorno a Jack. Le sue lacrime arrivarono velocemente, bagnando il collo di Jack mentre il suo corpicino tremava per la paura e il dolore. Jack abbracciò il bambino e gli massaggiò la schiena. "Va tutto bene. Lasciati andare".

Singhiozzando, Leo sbottò: "Ho paura... che chiunque sia... non sarà gentile con me. Che non sarà come te".

Gli occhi di Jack si appannarono e appoggiò la testa a quella di Leo. "E se potessi essere io il tuo papà?".

Leo esitò, poi annuì e pianse ancora più forte.

"Ehi, ehi", disse Jack, cullando il ragazzo. "Andrà tutto bene".

"Ma non lo sei, non puoi esserlo", disse Leo tra le grida soffocate.

Jack avvolse le braccia intorno a Leo con forza, proprio come aveva fatto suo padre quando era ragazzo. "Ho una sorpresa per te che credo ti piacerà. Lo so".

Annusando, Leo si tirò indietro e guardò Jack.

"D'ora in poi sarò io il tuo papà. Non c'è nessun altro, Leo. Io *sono il* tuo papà".

Stringendo Jack, Leo scoppiò in lacrime di gioia e Jack abbracciò suo figlio al petto, con il cuore pieno d'amore per quel ragazzo, un amore più pieno e completo di quanto avesse mai immaginato.

Guardando oltre le spalle di Leo verso le scale, Jack vide Vanessa seduta sul primo gradino, con lacrime di gioia che scendevano anche sul suo viso.

Più tardi, Jack pensò che Leo avrebbe voluto sapere altri dettagli, ma per il momento, era sufficiente.

23

Appoggiata al bancone della cucina, Marina consultò il menu e le ricette per la sua prima cena a sorpresa. Denise e John avevano organizzato la serata e avevano invitato anche Vanessa e Jack, oltre ad altre due coppie di Los Angeles che si occupavano di tecnologia e intrattenimento.

Marina stava iniziando a preparare un'altra ricetta quando una voce familiare risuonò.

"Mamma, sei qui?". La porta della zanzariera si chiuse di botto.

Quando Ethan girò l'angolo, Marina lo accolse con un abbraccio. "Tesoro, sono così felice che tu sia qui. Che sorpresa, anche se avrei voluto saperlo, che saresti venuto".

Marina era entusiasta di vedere suo figlio. Ethan era diventato più alto dall'ultima volta che l'aveva visto, durante le vacanze. Pur essendo esile, era diventato più muscoloso e assomigliava ogni giorno di più a Stan. Ma per lei era ancora un ragazzo troppo cresciuto.

"Scusa se non ho chiamato", disse Ethan. "Ho preso un volo all'ultimo minuto". Poi, aggrottando le sopracciglia, aggiunse: "Che buon profumo. C'è qualcosa da mangiare?".

Marina lo abbracciò di nuovo. "Questo è per la mia prima

cena prenotata stasera, ma ho una quiche avanzata in frigorifero o dei biscotti freschi all'uvetta nel barattolo dei biscotti".

"Ne ho sentito parlare". Ethan prese un paio di biscotti. "Wow, è fantastico quel terrazzo là fuori", disse, sbirciando all'esterno. "Ho visto i post della zia Kai sui social. È una figata". Accomodò la sua figura allampanata su una sedia. "Come stai, mamma?".

"Molto meglio", disse, correndo a infilarsi i guanti per prendere le pagnotte dal forno. "Stasera ospiterò qui la mia prima cena".

"Ah, sì? Il vostro sito web è piuttosto bello, comunque".

"Mi fa piacere che lo pensi. L'ha progettato Kai". Marina pensò alla sua conversazione con Heather. "Hai parlato con tua sorella, di recente?".

Ethan aveva un'aria infelice. "Heather non risponde alle mie chiamate e ignora i miei messaggi. Si comporta come se l'avessi abbandonata in North Carolina".

"Pensi di averlo fatto?"

"Mamma, andiamo. Anch'io ho una vita da vivere. E l'università non fa per me".

Marina mise le teglie calde su una griglia di raffreddamento. "Ma è importante per Heather. Ti ha seguito fin lì".

"Non era obbligata", disse Ethan, con un'aria leggermente colpevole. "Ehi, potrei avere un bicchiere di latte?".

"È in frigo", disse Marina con leggerezza. Era abbastanza grande per badare a se stesso. "Heather pensava che avresti avuto bisogno di aiuto con gli studi. Ha passato molto tempo ad aiutarti, vero? Più di quanto tu voglia ammettere. Il che le ha impedito di farsi molti amici".

Con un pesante sospiro, Ethan si alzò e si versò un bicchiere di latte. "Non hai idea di quanto mi sia sentito male a lasciarla lì, ma sarà bravissima agli esami finali. Non potevo farlo, mamma. Quando guardo un libro o preparo un esame, nel mio cervello si confonde tutto. Ma una volta sul campo da golf, tutto questo svanisce. Sul green, sono come chiunque altro". Sorrise. "Anzi, meglio di molti altri. Ti ho detto che anche alcuni dei migliori golfisti sono dislessici".

"Lo capisco", disse Marina, cercando di tenere a bada la sua pazienza. "Hai tutto il mio appoggio nel darti una possibilità per intraprendere una carriera da professionista. Ma vorrei anche che ti scusassi con tua sorella. Ti ha sempre coperto le spalle, più di quanto tu possa immaginare".

Ethan osservò un biscotto. "Anch'io cerco di sostenerla".

Marina chiuse il forno e si tolse i guanti. "È reciproco, tesoro. Prova a tornare in contatto con lei in qualche altro modo. Ma aspetta che abbia dato il suo ultimo esame. È molto concentrata in questo momento".

"Sì, so come diventa durante gli esami finali". Ethan intinse un biscotto nel latte e gli diede un grosso morso. "Penso che le piacerebbe tornare in California per andare a scuola con i suoi amici. Ne stava parlando".

Marina annuì. "Ne riparleremo quest'estate".

Ethan divorò l'ultimo biscotto e si scolò il latte. "Sto andando a trovare degli amici a San Diego e potrei avere un lavoro lì. Ma potrei fermarmi qui per qualche giorno?".

"La vecchia stanza di Brooke è disponibile. Assicurati di chiedere a Ginger".

"Prendo la mia roba e la metto lì".

"Ho detto di chiedere prima a Ginger", esclamò Marina uscendo dalla stanza. *Ragazzi.* Erano davvero tutti così? Ethan, in fondo, era un bravo ragazzo, ma quella sua infatuazione per il golf la preoccupava. Sperava che fosse in grado di dargli la soddisfazione che desiderava.

Marina era entusiasta di avere Ethan lì per qualche giorno e, se avesse trovato lavoro a San Diego, sarebbe stata abbastanza vicina a lui da poterlo andare a trovare spesso. Tornò a preparare gli antipasti, che comprendevano le sue costolette luau e la pancetta croccante alle pere con formaggio di capra e miele. Un'insalata verde mista con verdure primaverili si stava raffreddando nel frigorifero. E Denise e John avrebbero portato il vino.

Consultando il menu della serata, passò a preparare la portata successiva. *Scampi al limoncello* – una sorta di incrocio tra aragoste e gamberi – con verdure su riso integrale e selvatico. E per il dessert aveva preparato dei *palmiers*, pasticcini francesi spolverati di zucchero grezzo, guarniti con gelato alla vaniglia fatto in casa e frutti di bosco cotti al vapore, il tutto accompagnato da una salsa calda di fragole versata sopra.

Sentendo dei passi sulla terrazza, Marina alzò lo sguardo. Jack si stava dirigendo verso la cucina con le braccia ricolme degli agrumi che gli aveva chiesto di raccogliere dal frutteto di Ginger. Avrebbe affettato i limoni per usarli come guarnizione e spremuto le arance rosse per le bibite fresche.

"Sono in ritardo con questi?" Chiese Jack.

"Appena in tempo. Potresti lavarli per me?".

Spostandosi verso il lavandino più profondo, lavò la frutta e la mise da parte ad asciugare. "Dovresti avere una giacca da cuoco da indossare", le disse, prendendola in giro. "E una *toque blanche* alta".

"Niente cappelli da chef per me", disse ridendo. "E le magliette mi vanno benissimo". Tuttavia, era un'idea divertente. "Forse un giorno avrò la scritta *Coral Cafe* ricamata su una giacca da chef". Alzò un peperone giallo dolce tagliato a fette. "Vuoi assaggiare?"

"Certo", disse lui, chinandosi mentre lei lo sollevava alla bocca. "Mmm, è croccante". Lui le sfiorò le labbra sulla guancia con un movimento rapido, sorprendendola con un piccolo bacio.

Marina ridacchiò, godendosi quelle attenzioni. Non avevano ancora parlato di quel bacio in spiaggia.

La voce di Ethan risuonò. "Chi è questo?"

Girandosi, Marina sentì il viso arrossire per l'imbarazzo. "Lui è Jack. È uno scrittore e alloggia nel cottage degli ospiti".

Jack allungò la mano. "È un piacere conoscerti".

"Sì. Altrettanto". Ethan inclinò il mento. "Vi frequentate?"

"Cosa? No, Ethan, non è così", disse Marina. "Siamo solo amici".

"L'ho visto baciarti, mamma. Accidenti, sii sincera. E ti sei appena liberata di quel verme di Grady. Hai così tanta voglia di attenzione da quando io e Heather ce ne siamo andati?".

"Ethan William Moore, mi vergogno delle tue maniere".

"Fa' come ti pare". Scuotendo la testa, Ethan uscì dalla porta.

Alzando le sopracciglia, Jack si passò una mano sul collo. "Mi dispiace. Non l'avevo nemmeno visto".

"Ethan è appena arrivato. Visita a sorpresa". Marina intravide, fuori dalla finestra, un'auto che si stava avvicinando al cottage. Riconobbe il ragazzo al volante. "Sembra che Ethan abbia chiamato uno dei suoi amici estivi di qui, quindi sarebbe uscito comunque". Tuttavia, Marina si sentiva a disagio per il fatto che suo figlio avesse visto quel piccolo bacio, deducendo molto di più.

"Immagino che non sia stato il modo migliore per iniziare a conoscere i tuoi figli", disse Jack, con un tono di scusa.

Marina lo fissò, non capendo bene cosa intendesse dire, e lasciò perdere. Aveva ancora molto da fare e si sentiva in ansia per la cena. "Starà qui qualche giorno, quindi forse voi due potrete ricominciare da capo". Mise le mani sui fianchi. "E tu mi stai distraendo, quindi vai via".

"Kai ti aiuterà?".

Marina si lavò le mani e prese un asciugamano. "Si occuperà dell'accoglienza, servirà il *Coral Cottage Cooler* di benvenuto, aprirà il vino e servirà le portate. E i bambini?"

"Leo e Samantha andranno a stare nella casetta degli ospiti", disse Jack. "Denise preparerà loro la cena presto e io metterò a disposizione tutti i giochi al computer e i film in streaming che vorranno. Saranno abbastanza vicini da poterli tenere d'occhio durante la cena. Mi assicurerò che chiudano la porta a chiave, così Scout non se ne andrà in giro per la spiaggia con i bambini all'inseguimento".

Durante una passeggiata sulla spiaggia, Jack le aveva detto che Leo ora sapeva che lui era suo padre. Marina era contenta che la cosa si fosse risolta e che i due si stessero avvicinando. Forse anche la salute di Vanessa sarebbe migliorata, anche se sapeva che la donna stava attraversando un periodo difficile. Per quella sera, Marina aveva preparato anche un brodo di manzo con verdure tagliate a julienne che Vanessa avrebbe potuto sorseggiare, se non avesse avuto fame.

"Credo sia meglio che vada a finire il mio lavoro", disse Jack. "E pensare a cosa indossare per la cena in questo ristorante di lusso".

Marina sorrise. "Sono sicura che la tua maglietta più bella e le tue infradito migliori saranno sufficienti".

"Ti senti nervosa per questa sera?".

Dato che Marina conosceva metà degli ospiti, non si sentiva troppo sotto pressione, anche se sapeva che Denise e John avevano gusti raffinati. "Solo un po'. I piatti sono quasi pronti e il tempo sembra sereno. Cosa potrebbe andare storto?".

"Non stuzzicare gli dei". Jack fece un passo avanti e le strinse la spalla. "Ce la farai. Non vedo l'ora di vederti in azione".

Subito dopo la partenza di Jack, un messaggio di Denise arrivò sul telefono di Marina, mentre stava spremendo le arance rosse per i cocktail a base di champagne. *C'è abbastanza cibo per un altro commensale affamato? Un VIP di Summer Beach. Felice di pagare un extra!* Seguì una serie di emoji con la faccia felice.

Marina si bloccò. Aveva gli scampi contati e troppo poco tempo per andare a comprarne degli altri al mercato, sempre che ce ne fossero stati. Provenivano da un apposito ordine fatto diversi giorni prima.

Solo una persona in più. Non sapeva come, ma in qualche

modo sarebbe riuscita a farcela. Rispose così: *Va bene, non vedo l'ora di servirvi tutti.*

Per via dei bambini, Denise aveva preparato la cena in anticipo. Marina si aspettava che la festa iniziasse verso le cinque e mezza, con del vino e gli antipasti. Per le nove probabilmente sarebbero tornati a casa con i bambini. Le altre due coppie alloggiavano al Seabreeze Inn.

Poco dopo, Kai entrò vestita con un prendisole rosa arancio e delle espadrillas. I capelli erano raccolti in una coda di cavallo con delle ciocche sciolte intorno al viso. Aveva un po' di lucidalabbra rosa e di fard, ma non aveva bisogno di altro trucco.

Marina alzò lo sguardo e sorrise. "Sei particolarmente bella, Kai".

"Davvero? Non avevo la forza di darmi tanto da fare".

Da quando Axe non aveva risposto, Kai si era messa a rimuginare, canticchiando brani malinconici come *Memory* dal musical *Cats*.

Marina aprì il frigorifero per tirare fuori i suoi ingredienti refrigerati. "Notizie di Dmitri?"

"Mi sta facendo di nuovo il gioco del silenzio. Ma prima che iniziasse a comportarsi così, diceva di voler venire qui a trovarci".

"Meglio sapere subito con chi hai a che fare", disse Marina, inarcando un sopracciglio. Pur sostenendo Kai, non pensava che quella relazione avesse molte possibilità. "Comunque, sarebbe bello che conoscesse tutti".

"Dovrebbe superare il test di Ginger", disse Kai, accigliandosi. "Ma per stasera non penserò a Dmitri o ad Axe. Questa è la tua serata, il tuo debutto, e ci divertiremo". Canticchiò un motivetto triste.

"Solo una richiesta. Potresti cambiare la colonna sonora? *Che entrino i pagliacci* è un po' giù di tono".

Kai sollevò un angolo della bocca. "Metterò del jazz in sottofondo". Axe aveva lasciato dei cavi per fare arrivare la musica sul terrazzo e Chip aveva appeso degli altoparlanti per loro.

Quando Kai tornò, disse: "C'è un profumo meraviglioso qui dentro. Forse dovrai insegnarmi a fare alcune di queste cose".

Marina alzò lo sguardo e sorrise. "Ne sarei felice".

Salendo su uno sgabello, Kai fece scorrere un dito nell'aria, indicando il vestito di Marina. "Devi ancora cambiarti, però".

"Sto bene così. Siamo sulla spiaggia". Marina si scostò i capelli dal viso e guardò l'orologio. Nel farlo, vide due auto fermarsi davanti alla casa. Per reprimere l'ansia che le saliva al petto, disse: "Sono arrivati".

"E noi siamo pronte a scatenarci". Kai scese dallo sgabello.

Mentre Kai si affrettava ad accoglierli, Ginger entrò in cucina tenendo in mano una bottiglia di vino aperta e due calici d'antiquariato che aveva trovato a un mercato delle pulci di Parigi decenni prima. Conservava il vino in un'alcova fuori dalla sala da pranzo, dotata di appositi scaffali e un frigorifero speciale con tutti gli accessori.

"Per lo chef", disse Ginger, posando i bicchieri. "È un'antica tradizione sorseggiare qualcosa mentre si cucina". Versò un generoso sorso di un pregiato vino dorato nei calici e ne fece scorrere uno verso Marina.

"Oh, non credo di reggerlo". Marina doveva rimanere lucida questa sera.

"Sciocchezze. Julia Child beveva spesso un bicchiere mentre cucinava". Ginger sorrise ai suoi ricordi. "E questo era uno dei suoi vini preferiti, il primo che mi ha fatto conoscere. Un bianco di Borgogna. Ricordo che era solita sorseggiarlo in trasmissione, mentre cucinava".

Ginger alzò il bicchiere per brindare alla sua amata amica, indicando la sua copia vissuta di *L'arte della cucina francese* sulla libreria della cucina, al posto d'onore. "Sempre meravigliosa, mia cara. E la sua Bouillabaisse, superba". Fece roteare il bicchiere per far aerare il vino. "Julia una volta mi ha detto: "Mi piace cucinare con il vino. A volte lo metto anche nel cibo". Accostò il suo bicchiere a quello di Marina. "Qualche sorso ti renderà meno ansiosa".

"Come fai a dirlo?"

"Rischi di avere un cipiglio permanente tra le sopracciglia". Ginger passò il pollice sulla fronte di Marina, spianandoglielo. "In bocca al lupo, cara".

"Questa è la mia battuta", disse Kai entrando in cucina. "E dov'è il mio vino?".

Marina alzò il bicchiere. "Questo è su ordine dello chef. Ci sono tutti?"

Kai annuì. "Quasi. Li ho fatti sedere e Jack sta accompagnando i bambini al cottage. C'è ancora un ospite che deve arrivare. Terrò un po' di vino per dopo". Kai sollevò una caraffa di *Coral Cottage Cooler* e uscì fuori.

Marina bevve un sorso e sbatté le palpebre. "Squisito".

Ginger prese un grembiule da un gancio. "Sono pronta a sostenerti, mia cara. Considerami il tuo *sous chef* per la serata".

"Dov'eri qualche ora fa?". Chiese Marina, scherzando solo a metà.

"In un bel bagno alla lavanda, ad ascoltare Čaikovskij. Dovevo fare qualcosa per smorzare le canzoni tristi di Kai".

Marina rise, ma era sollevata di sapere che Ginger era lì con lei. Non che non potesse farcela da sola, ma insieme era più divertente. Come ai vecchi tempi, quando le aveva insegnato a cucinare.

Marina prese in prestito un grembiule pulito dalla scorta di Ginger e uscì sul terrazzo per accogliere gli ospiti. Il nuovo spazio esterno aveva un aspetto solare e allegro, con piante verdi e cuscini colorati con una stampa floreale corallo e turchese. Una leggera brezza, appena sufficiente a rinfrescare la terrazza, soffiava, portando con sé il fresco e salato profumo del mare, che lei adorava. Il jazz risuonava dolcemente in sottofondo e tutti sembravano rilassati. Marina non avrebbe potuto essere più felice di come stessero andando le cose sul terrazzo. Il Coral Cottage era ufficialmente aperto al pubblico.

"Benvenuti alla cena inaugurale del Coral Cottage", disse Marina, mentre Kai si avvicinava raggiante. Lanciò uno sguardo intorno al tavolo. C'erano Denise e John, Vanessa e Jack, le due nuove coppie. "Manca ancora un ospite, per caso?".

John si appoggiò alla sedia e salutò un tizio su un camion che stava arrivando. "Ecco Axe. In giornata abbiamo incontrato lui e un architetto per discutere della costruzione di una nuova casa qui. Abbiamo preso la decisione proprio oggi, quindi stasera festeggiamo".

Axe camminava lungo il nuovo sentiero lastricato, ammirandolo. "Avete fatto un bel lavoro per rifinire la terrazza e il braciere", disse a Marina mentre salutava tutti.

"Non ce l'avrei fatta senza la mia famiglia", disse Marina. Poi notò che Kai si era spostata dietro di lei. "E Kai, naturalmente", aggiunse, mettendosi di lato.

Il volto di Axe esprimeva una piacevole sorpresa. "Kai, è bello rivederti".

"Ciao", rispose lei con un piccolo saluto. "Versiamo il vino". Premette un cavatappi nella mano di Marina e sussurrò: "Sei capace?".

Con una punta di delusione sul volto, Axe guardò Kai andarsene. "Apro le bottiglie di vino".

"Grazie", disse Marina, passandogli il cavatappi. Con le sue mani grandi e la sua corporatura muscolosa, Axe faceva sembrare l'apertura delle bottiglie un gioco da ragazzi.

"Non è l'unica cosa che abbiamo da festeggiare", disse Vanessa, guardando Jack con un dolce sorriso. Prese la mano di Jack. "Oggi Jack ha ricevuto una telefonata. Ha un annuncio speciale da fare".

Marina si portò la mano alla gola e cercò di nascondere la

sua trepidazione. Jack e Vanessa stavano...? Non riusciva a sopportare di finire quel pensiero, anche se non è che Marina e Jack si stessero frequentando. Poi pensò a Leo e si rimproverò immediatamente. Non erano affari suoi. Kai non era l'unica che doveva andare in cucina.

"Non posso ancora parlarne", disse Jack scuotendo la testa.

Denise rise. "L'hai detto a Vanessa. Ora dillo a noi".

Vanessa era certamente orgogliosa di Jack, ma Marina non poteva fare a meno di chiedersi che tipo di segreto avrebbe condiviso con lei, ma non con altri.

"Jack ha ottenuto un contratto per un libro", sbottò Vanessa. "E dì loro di chi scriverai". I suoi occhi scintillarono. "Marina, credo che ti piacerà".

Marina annuì mentre versava il vino, sforzandosi di rimanere calma.

"Vanessa, non posso dirlo". Jack sembrava a disagio.

"Ginger Delavie", disse Vanessa. "Non è meraviglioso?"

Sconvolta, Marina schizzò un po' di vino sulla tovaglia. Si affrettò a pulirlo con il bordo del grembiule.

Visto che tutti la stavano fissando, Marina chiese: "Com'è che hai osato farlo?". *E ne hai parlato a Ginger, e di cosa stai scrivendo?* Aveva così tante domande da fargli, ma soprattutto era costernata dal fatto che lo stesse scoprendo in quel modo. Avrebbe potuto avere la decenza di dirglielo. Non poteva però biasimare Vanessa, che probabilmente non si era resa conto di come Jack si fosse intromesso negli affari della famiglia.

Spostandosi sulla sedia, Jack disse: "Ginger è una donna straordinaria, non è vero?".

Marina era così arrabbiata che non si fidava a rispondere. Invece, spiegò il menu con la massima calma possibile e poi tornò a cercare Kai, che era in cucina quasi in preda a un attacco di panico con Ginger.

Non era il momento di dire a Ginger che Jack intendeva scrivere un libro su di lei. Marina era sicura che Ginger sarebbe stata la prima a parlarne. Cercando di non farsi sopraffare dalla rabbia, fece un respiro profondo. Inoltre, Kai era in estrema difficoltà.

"Perché non mi hai detto che Axe sarebbe stato qui?" piagnucolò Kai, coprendosi il viso con le mani. "E io, conciata così. Sono orribilmente banale".

"Shhh", disse Marina, ammonendola. "Cosa sei, *Fancy Nancy* o qualcosa del genere? Stai più che bene, e Axe è felice di vederti. Ora riprenditi e torna là fuori. Siamo dei professionisti".

Kai sgranò gli occhi. "Non ce la faccio più". Scese dallo sgabello e aprì la porta.

"Non dimenticare l'antipasto di pere e prosciutto croccante", disse Marina, indicando un piatto. Kai lo raccolse, fece un sorriso forzato e continuò. Dopo tutto, era un'ottima attrice.

Ginger alzò le spalle. "Kai, è bellissima. Qual è il problema?".

"Credo che abbia indossato il trucco di scena così a lungo da dimenticare che effetto faccia vedersi senza". Marina alzò una mano. "Penso che questa reazione dovrebbe anche darle una nuova prospettiva su Dmitri. Se è ancora cotta di Axe, quanto può essere innamorata di lui?".

"Il cuore di una donna è un miracolo di complessità", disse Ginger. "Qual è il prossimo piatto del menu?".

"Costolette luau". Sua nonna non aveva tutti i torti. Marina pensò ai suoi sentimenti contrastanti nei confronti di Jack. Quella sera aveva mostrato la sua vera natura e lei non poteva ignorarlo. *Bandiere rosse al vento, là fuori.* Bevve un altro sorso di vino e rivolse la sua attenzione all'antipasto successivo.

La serata proseguì senza altri incidenti finché non fu il momento di servire gli scampi al limoncello.

Marina appoggiò le mani sul bancone. "Ci manca uno scampo a causa di quell'ospite in più. Però, ho un'idea. Avevo intenzione di servili con il burro, ma tagliamoli a metà, piuttosto. Invece di metterli sui piatti, Kai può servirli così e dare agli ospiti la possibilità di prenderne uno o due. Scommetto che un paio di donne, probabilmente Vanessa, ne prenderanno solo uno. E credo che un'altra di quelle di Los Angeles sia a dieta. Anche lei non ha mangiato molto".

"Che idea brillante", disse Ginger, prendendo un grosso coltello da chef. Affettò gli scampi e presto il piatto fu completo.

Marina illustrò a Kai il cambiamento e la mandò in sala. Osservando gli ospiti, Marina tirò un sospiro di sollievo. "Esattamente come pensavo", disse.

Poi arrivò il momento del dessert. Ginger aiutava a preparare il gelato, mentre Marina impiattava, aggiungendo i frutti di bosco e versando la salsa.

Mentre Kai serviva il dessert, Marina si rivolse a Ginger. "Jack ha appena annunciato che sta scrivendo un libro su di te. Ne sei al corrente?".

Ginger scosse la testa. "Non è affatto corretto".

"No, non lo è", disse Marina. "Jack si è comportato in modo davvero poco corretto e ho intenzione di parlargli".

Proprio in quel momento, Kai irruppe dalla porta. "Ultimo giro, cognac vicino al braciere. Abbiamo i bicchieri giusti?".

"Vi aiuto io". Marina raccolse i bicchieri mentre gli ospiti si spostavano verso il focolare. Mentre lei e Kai li distribuivano, tutti erano immersi nelle loro conversazioni. Marina tornò in cucina mentre Kai si attardò a chiacchierare con Axe e Denise.

Marina si sentì sollevata. Finora la cena era stata un successo. Quando Kai tornò in cucina, Marina diede il cinque a lei e a Ginger, che si diedero un colpetto sui fianchi. "Ce l'abbiamo fatta".

"Tu ce l'hai fatta", disse Kai. "È stato tutto molto professionale. I nostri ospiti hanno anche chiesto che lo chef si unisca a loro vicino al braciere per un cognac. Ma prima, che ne dici di quel vino che mi avevi promesso?".

Mentre Ginger versava il vino per Kai, una folata di vento fece cadere le nuove palme della terrazza.

"Wow, è arrivato all'improvviso", disse Kai, correndo fuori. "Vado a tirarle su".

Guardando fuori dalla finestra della cucina, Marina trattenne il fiato. Appena al largo della costa, appena visibile nella luce nuvolosa della luna, un imbuto scuro saliva a spirale dal mare verso un cielo plumbeo. Un senso di terrore le divampò dentro mentre cercava di valutare quanto seria fosse la minaccia. Non era stata una serata tranquilla? Non era nemmeno prevista pioggia, eppure non c'erano dubbi su ciò che stava sopraggiungendo dal largo.

"Ginger, c'è qualcosa che dovresti vedere".

La nonna diede un'occhiata accanto a lei. "È una tromba d'acqua, e si sta spostando verso l'interno". Afferrò un impermeabile giallo da un gancio vicino alla porta. Un'altra folata attraversò il patio, facendo cadere le luci che avevano appeso con cura. Una delle donne di Los Angeles, con i capelli che le volteggiavano intorno al viso, si mise a ridere per l'improvvisa folata di vento.

"Dobbiamo far entrare subito gli ospiti in casa". Ginger aprì di scatto la porta.

Marina guardò con terrore il vortice che si avvicinava, scagliando la sua crescente intensità dritto verso la casetta degli ospiti, dove si trovavano i bambini.

Correndo fuori, in quell'inquietante vento, Marina si diresse verso il cottage con una preghiera sulle labbra.

24

Il vento dell'oceano imperversava nel cortile. Tuttavia, presi dalla conversazione, i commensali non avevano notato che la tromba d'acqua, nel frattempo, aveva toccato terra e ora si era trasformata in un tornado diretto verso il cottage degli ospiti con crescente ferocia. Con il cuore che batteva all'impazzata, Marina attraversò il cortile, ignorando la pioggia che le pungeva il viso e le fronde delle palme che le si agitavano accanto. I latrati disperati di Scout provenivano dal cottage. Guardando dietro di sé, rimase sbalordita nel vedere il tornado abbattersi sulla spiaggia, sollevando la sabbia nel suo vortice.

Marina inciampò in un ramo che le era piombato addosso. Cadde e si rimise in piedi a fatica, con gli stinchi ammaccati, ma continuò a correre. *Più vicino, più vicino.*

Il tornado avanzò ancora. Immediatamente, capì che era troppo tardi per mettere in salvo i bambini. I bordi del suo campo visivo si sfocarono mentre si concentrava per raggiungere il piccolo cottage.

All'improvviso, la porta si spalancò e Scout si tuffò freneticamente nell'oscurità con Leo e Samantha che lo seguivano.

"Dentro, state dentro", urlò Marina, mentre il vento

faceva volare le sue parole nel vuoto. Tentò di afferrare Scout, ma il cane era troppo veloce e troppo forte per lei.

I bambini.

Le sue parole sembrarono riecheggiare dietro di lei. "Entrate dentro", ruggì una voce profonda.

Jack. Ansimò per respirare, ma non riusciva a voltarsi.

Le foglie che volteggiavano le schiaffeggiarono il viso, e una fronda di palma appuntita le procurò un taglio sull'avambraccio. "Dentro", urlò, gesticolando verso i bambini. Quando Marina raggiunse il patio, Samantha cadde all'indietro addosso a Leo per lo spavento.

"Rifugiatevi nella vasca", urlò, sollevandoli per le braccia e trascinandoli nel bagno tra le due camere da letto.

Un rumore assordante riecheggiò intorno al cottage mentre Marina spingeva i bambini nella vasca e si gettava su di loro. Singhiozzando per lo spavento, Leo e Samantha si rannicchiarono.

"Aggrappatevi al rubinetto e ai pomelli", gridò, ansimando. Con altre preghiere sulle labbra, avvolse le loro mani tremanti per far sì che tenessero la presa.

Mentre il cottage tremava per la furia del vento, la porta del bagno si aprì di colpo. Jack si tuffò all'interno, trascinandosi dietro John per il colletto della camicia. Stendendosi protettivamente su tutti loro, Jack urlò: "Tenetevi forte!".

Un attimo dopo, il soffitto si staccò e la pioggia cadde su di loro.

"Papà!" Samantha gridò, mentre Leo stringeva Jack con tutte le sue forze. In un fragoroso boato, le tegole del tetto crepitarono nel vento, come se stessero crollando le tessere di un micidiale domino.

"Copritevi la testa", urlò Jack.

Aggrappati l'uno all'altro, resistettero al caos del tornado, che passò con la stessa rapidità con cui si era abbattuto su di loro, lasciandoli fradici ed esausti. Dopo qualche minuto, si calmarono. I vetri di una finestra rotta erano sparsi per il bagno e scricchiolavano sotto i piedi.

Il cuore di Marina batteva forte, mentre lottava per riprendere fiato. "Ce l'abbiamo fatta. Oh, grazie al cielo".

"Attenti a non tagliarvi", disse Jack, raccogliendo i frammenti dai capelli e dalle schiene dei bambini.

Samantha singhiozzava contro la spalla del padre e John cullava la figlia tra le braccia, facendola dondolare sul pavimento. Le lacrime gli uscirono dagli occhi mentre stringeva la mano di Marina in segno di gratitudine. Il sangue gli colava da un taglio sulla testa.

"Sei ferito", disse Marina.

John fece una smorfia. "Sono quasi stato messo al tappeto, ma nulla mi impedisce di stare lontano dalla mia bambina". Baciò la guancia della figlia.

"Dov'è la mamma?" Chiese Leo, rabbrividendo per lo shock.

"È nella casa grande", disse Jack, avvolgendo le braccia intorno a Leo e lisciando i capelli del figlio. "Stanno tutti bene; il tornado li ha mancati".

Cercando di riprendere fiato, Marina sbirciò fuori dalla porta. Dei frammenti di vasellame rotto erano disseminati per la stanza come coriandoli, esattamente dove prima si trovavano i bambini. Il pesante lampadario di ferro che Ginger aveva portato dal Messico giaceva sul divano di fronte alla televisione, dove probabilmente erano seduti i bambini quando Scout si era dato alla fuga.

L'entità di ciò che i bambini avevano scampato per un pelo colpì Marina, che si ritrasse con i denti che battevano, inorridita al pensiero di cosa avrebbero potuto trovare se lei fosse arrivata pochi secondi dopo.

Povero Scout. Marina appoggiò una mano sulla spalla di Jack, chiedendosi se Scout ce l'avesse fatta. Avrebbe voluto salvare anche lui, ma c'era solo una frazione di secondo per scegliere se prendere il cane o portare in salvo i bambini.

Vedendo il cottage devastato, Jack mise un braccio intorno a Marina e la abbracciò forte. "Siete arrivati appena in tempo, per fortuna. John e io non eravamo lontani, ma non credo che avremmo potuto...". Jack si strozzò, senza riuscire a finire.

Marina seppellì il viso nella spalla di Jack. La sua camicia era fradicia e strappata, e la pelle sotto graffiata e sanguinante.

Mentre si tiravano su, dall'esterno giungevano delle urla disperate. Denise e Kai si fecero strada tra le macerie del cottage per raggiungerli.

Singhiozzando di sollievo, Denise si inginocchiò per abbracciare Samantha.

"Stanno bene", disse Kai. Tese le mani, sostenendo Marina. "Grazie al cielo li hai raggiunti".

Marina si sentiva debole tra le braccia di Kai. "Abbiamo bisogno di soccorso. John ha un brutto taglio sulla testa".

"Quel lampadario di ferro mi ha messo fuori combattimento", disse John, toccandosi con delicatezza una ferita sanguinante.

"Hai visto Scout?" Chiese Marina.

"Non è qui?" Chiese Kai. Guardando tra Marina e Jack, aggiunse: "Povero piccolo. Forse si sta nascondendo da qualche parte".

La piccola comitiva uscì dal rifugio del bagno, facendosi strada tra le stanze disseminate di detriti. Ginger aveva portato Vanessa, che sprofondò in una sedia e tese le braccia al figlio. Leo si lasciò cadere nel suo abbraccio e lei gli chiuse le braccia sottili intorno, avvolgendolo con il suo amore. Jack le toccò la spalla e lei lo guardò con gratitudine.

"Jack mi ha tenuto al sicuro", disse Leo a Vanessa. "Voglio dire, mio *padre* l'ha fatto". Esitò, torcendosi il bordo della maglietta. "Posso chiamarlo papà?". Un misto di felicità e orgoglio riempì il volto del ragazzo.

"Se vuoi", disse Vanessa.

Un'ondata di gratitudine invase Jack mentre si inginocchiava e abbracciava suo figlio. "Questo significherebbe molto per me, figliolo", disse, con la voce che gli si bloccava sull'ultima parola.

Leo abbracciò Jack e Marina li guardò con gli occhi appannati. Sebbene avessero i loro dissapori, guardare Jack la riempiva di un nuovo senso di rispetto per lui. Incrociò lo sguardo di Vanessa e sorrise. Marina sapeva quanto fosse difficile crescere un figlio da soli. Anche se Heather ed Ethan non avevano conosciuto il loro padre, sentivano comunque la mancanza della sua presenza nelle loro vite. Jack e Leo erano così fortunati ad essersi ritrovati.

In lontananza, le sirene risuonavano nella notte e le luci lampeggianti dei veicoli di emergenza squarciavano l'oscurità. Da qualche parte, altre persone non avrebbero potuto essere stati fortunate come loro, pensò Marina, mordendosi le labbra. Avrebbero dovuto vedere come stavano anche i loro vicini.

Ginger passò a Marina e Kai le torce e i teli da mare che aveva portato. "Riportiamo queste persone alla casa, dove potranno essere visitate. Non c'è corrente, quindi fate attenzione. Ci sono molti detriti nel cortile".

I genitori avvolsero i figli nei teli da mare e Marina ne sistemò uno sulle spalle sottili di Vanessa. Vanessa alzò la testa e strinse la mano di Marina. "Jack ha detto che hai salvato Leo. Come potrò mai ringraziarti?".

"Sono solo contenta di essere arrivata in tempo", disse Marina, accarezzando la mano dalla pelle screpolata di Vanessa. "Anch'io ho dei figli". Pensò a Ethan, pregando che non fosse in pericolo. Si tastò la tasca, ma si rese conto di aver lasciato il telefono in cucina.

Avvistando Kai all'esterno, Marina si avvicinò con cautela a ciò che restava del portico piastrellato. La tenda da sole era sparita e il set da bistrot giaceva nel cortile.

Guardando i danni, Marina si sentì sopraffatta dalla debolezza. Ce l'avevano fatta, ma solo per un pelo.

"Kai, hai lì il telefono?". Chiese Marina. "Vorrei sapere

dov'è Ethan". Ebbe un accesso di nausea. E se lui e il suo amico non avessero visto arrivare il tornado?

"Mi dispiace, non ce l'ho". Gli occhi di Kai si spalancarono. "Spero che non si trovasse sulla traiettoria di quella cosa".

"Qual è il suo numero?" Chiese Jack, uscendo fuori.

Marina glielo disse e lui compose il numero per lei. Le mani le tremavano così tanto che riusciva a malapena a tenere fermo il telefono. Squillò più volte e Marina chiuse gli occhi, desiderando che rispondesse.

Finalmente Ethan rispose. "Chi parla?"

Quando sentì la sua voce, fu pervasa da una sensazione di sollievo. "Sono la mamma. Sto chiamando dal telefono di Jack. Hai visto la tromba d'acqua sull'oceano? È arrivata fin sulla terra. Il tornado si è avvicinato a voi?".

"Stiamo bene, ma ci è passato molto vicino. E voi?"

Marina sentì il tremolio nella sua voce. Era la prima volta che vedeva da vicino la furia della natura. "Ha preso in pieno il cottage degli ospiti, ma siamo tutti sopravvissuti".

"Oh, wow", disse, sembrando stupito. "Stiamo aiutando alcune persone a scavare per uscire dalla loro casa. Sarò lì il prima possibile".

"Rimani lì ad aiutare. Siamo un po' malconci, ma niente di grave". Tuttavia, si preoccupò di far visitare John. Era quasi tramortito, la ferita alla testa sanguinava ancora.

Ginger si avviò verso la casa, indicando la strada con una luce. Il vento si era calmato, anche se continuava a piovere. Dopo che il tornado si era abbattuto con tutta la sua forza, la zona sembrava stranamente tranquilla.

Marina scavalcò le alghe bagnate, i legni spiaggiati spezzati e le tegole del tetto incrinato, che erano sparse per il cortile devastato. Mentre si avvicinava al cottage principale, si levò un ululato che scatenò gli altri cani spaventati del vicinato.

Il cuore di Marina ebbe un sussulto di speranza. "Scout?"

Lo chiamò, e Jack si unì a lei. Dopo qualche istante, Scout si avvicinò a loro, visibilmente scosso. Quando vide Jack, mugolò e scodinzolò. "Ce l'ha fatta", gridò Marina con gioia.

Inginocchiandosi, Jack prese Scout tra le braccia e lo strinse a sé. "Ce l'hai fatta a superare la tempesta, vero? Così si fa".

"Credo che stesse cercando di avvertirci", disse Marina, inginocchiandosi per grattare il collo di Scout. Questa volta apprezzava l'aroma di *Eau de Wet Dog*. Scout si appoggiò a lei, scuotendo la testa come se fosse d'accordo. "Abbaiava e si dirigeva verso la casa principale".

"Bravo, Scout". Jack prese la mano di Marina e abbassò lo sguardo sulle sue gambe ammaccate. "Sei ferita. Riesci a camminare bene?".

Intorpidita, annuì. "Forse il vino che ho bevuto sta attenuando il dolore". O forse era l'adrenalina che le scorreva in corpo.

La cena per la quale si era tanto preoccupata sembrava ormai insignificante, rispetto a come era finita la serata. Nonostante fosse ancora infastidita dalla decisione di Jack di scrivere un libro su Ginger, era di vitale importanza offrire aiuto ai vicini.

"Ethan sta aiutando alcune persone qui in zona, e noi dobbiamo andare a vedere come stanno i nostri vicini. Conosco alcuni dei signori più anziani, che vivono qui da molto tempo. Vuoi venire con me?".

"Non c'era bisogno di chiederlo", rispose Jack.

"Ginger e Kai possono occuparsi di tutti, qui". Marina poteva solo immaginare tutto il lavoro che avrebbero dovuto fare per sistemare, l'indomani. "Immagino che i nostri ospiti della cena se ne andranno presto. Ma puoi assicurarti che qualcuno dia un'occhiata alla ferita di John?"

"Sono sicuro che Denise se ne occuperà", disse Jack con un cenno rassicurante.

Una volta che tutti furono al sicuro nel cottage più grande,

Ginger accese le candele e preparò tè e caffè su Myrtle, l'affidabile vecchia stufa a gas. Kai pulì e applicò bende su tagli e graffi, mentre Marina si cambiò rapidamente, indossando abiti asciutti e degli stivali da pioggia. Alcuni pezzi di vetro tintinnarono sul pavimento, quando si tolse i jeans. Ancora una volta pensò a quanto fossero stati fortunati.

Marina tirò fuori una maglietta e un paio di pantaloni della tuta di Ethan per Jack. "Non gli dispiacerà", disse. Dopo che Jack si fu cambiato, Marina lo raggiunse in cucina.

"Sei pronto?", chiese.

"Ci puoi scommettere". Jack schioccò le dita per chiamare Scout. "Questo cucciolo ha un buon fiuto. Potrebbe essere utile".

All'esterno, Marina e Jack si fecero strada tra i detriti sparsi ovunque. Passarono da una casa all'altra, bussando alle porte per assicurarsi che tutti stessero bene. Anche altre abitazioni avevano perso il tetto. Marina era scioccata dal percorso del tornado, chiaramente delineato, e da tutti i danni che aveva inflitto.

Marina vide Bennett e l'ispettore Clarkson in piedi davanti a una casa crollata. Entrambi indossavano guanti e stivali e sembravano essere impegnati nelle operazioni di bonifica. I vigili del fuoco sul posto stavano chiamando e rimuovendo le macerie il più velocemente possibile. Marina ricordò che Ivy le aveva detto che Bennett era un pompiere volontario. Lei e Jack si affrettarono verso di loro, mentre Scout rimase vicino a Jack.

Bennett fece loro cenno di scendere. "Marina, tuo figlio e il suo amico sono stati di grande aiuto per la gente stasera".

"Ethan è un bravo ragazzo". Lanciò un'occhiata a Jack. "Una volta che lo si conosce".

Jack annuì. "Ed è molto protettivo nei confronti di sua madre, come è giusto che sia".

Il capo della polizia fece un gesto verso la casa. "Ethan è sul retro. Ha sentito qualcuno lì dentro e ha chiamato aiuto.

Stiamo scavando da un po', ma questa casa è stata la più colpita".

"Forse possiamo aiutarvi", disse Marina.

"La struttura non è stabile", rispose l'ispettore Clarkson, accigliato. "Il nostro personale di emergenza è addestrato a compiere operazioni di ricerca e salvataggio". Bevve un sorso d'acqua e inclinò il mento verso Bennett. "È ora di tornare al lavoro".

All'improvviso, Scout drizzò le orecchie e abbaiò.

Bennett si fermò e si girò. "Ha sentito qualcosa?"

"Cosa c'è che non va, bello?". Jack strofinò il collo del cane, ma non riuscì a consolare Scout.

Il cuore di Marina batteva forte. "Scout pensa che ci sia qualcuno lì dentro".

"Siamo preoccupati per i Petrov, una giovane coppia di sposi che vive qui", disse Bennett. "Nessuno li ha visti. Potrebbero essere lontani, ma la macchina c'è".

Scout camminava davanti alla casa, abbaiando e lamentandosi.

"Dobbiamo provare", disse Jack.

Bennett fece un gesto verso di loro. "Andiamo".

Si diressero verso il retro della casa, dove Marina vide Ethan che lavorava a fianco dei pompieri.

Ethan alzò lo sguardo e la salutò con un cenno del capo, poi continuò a lavorare. "È più o meno lì che ho sentito chiamare", disse Ethan, indicando il punto in cui un vigile del fuoco faceva luce, agitando una torcia. "Credo che fosse lì. Era piuttosto buio".

Scout si liberò e corse verso un altro punto. Piantò le zampe e abbaiò alle macerie.

Jack gli corse dietro. "Scout ha sentito qualcosa".

"Andiamo", chiamò l'ispettore Clarkson. Tutti iniziarono a scavare in quel punto. Marina ed Ethan lavorarono fianco a fianco con Jack e Bennett.

Una volta liberata l'area, Scout fece un balzo in avanti, scalpitando verso un punto.

"Proprio qui", disse Bennett, sollevando una porta e spingendola da parte. "Puoi entrare lì dentro, Jack?".

Marina intervenne. "Io sono più piccola", disse, guardando Jack. Lui annuì e lei si contorse a pancia in giù. Riuscì ad infilarsi in una piccola apertura. "C'è qualcuno, lì dentro?".

Silenzio.

Marina infilò la mano in un'altra apertura più piccola, e salutò. "Ehilà? Mi sentite?". Aspettò un attimo e poi, miracolosamente, un'altra mano toccò la sua. Le pulsazioni di Marina accelerarono. "C'è qualcuno", gridò.

Si udì il debole grido di una donna. "Aiutateci", disse con voce strozzata.

Diversi vigili del fuoco spinsero da parte una cassettiera, mentre Marina raggiunse i resti di un letto e strinse le mani di una giovane donna.

"C'è anche mio marito. Siamo arrivati fino alla camera e ci siamo tuffati sotto il letto".

Tutti collaborarono per aiutarli. Per fortuna, sebbene scossa, la coppia non sembrava essere gravemente ferita. Tuttavia, dopo essersi consultati con loro, il personale di emergenza prese in mano la situazione e li aiutò a salire su un'ambulanza per portarli in ospedale.

Marina mise un braccio intorno a Ethan. "Sono felice che tu sia riuscito a sentirli. Sono orgogliosa di te".

"Anch'io di te, mamma". Anche se Ethan sembrava soddisfatto, si scrollò di dosso quel complimento. "Io e Austin stavamo solo facendo ciò che potevamo. Quello che mi hai sempre insegnato a fare". Sollevò il mento verso Jack. "Anche tu ti sei messo in gioco".

"Era necessario", disse Jack. "Hai fatto una gran bella cosa stasera". Scout si fece strada tra loro e si appoggiò a Ethan, scodinzolando e cercando l'attenzione del nuovo arrivato. E Scout sembrava avere il sorriso più grande di tutti.

Ethan si chinò e strofinò l'orecchio del cane. "Non ce l'avrei fatta così in fretta senza questo pelosone".

"Adesso torni al cottage?" chiese Marina a Ethan.

"Ti dispiace se dormo a casa di Austin?". Fece un cenno al suo amico.

"Fate pure", disse lei. "Metteremo Jack nella vecchia stanza di Brooke. La casetta degli ospiti è un disastro, non può stare lì".

"Ho il mio furgone", disse Jack. "Io e il mio aiutante possiamo dormire lì".

Ethan fece un mezzo sorriso a Jack. "Prenditi pure la stanza. A proposito, bel vestito".

I due si strinsero la mano e Ethan se ne andò con il suo amico.

Marina e Jack parlarono ancora un po' con Bennett e l'ispettore Clarkson e, dopo aver stabilito che non c'era nient'altro da fare quella sera, tornarono al cottage principale. Scout camminava accanto a loro con la sua strana andatura.

Mentre camminavano, Marina si guardò intorno. L'indomani ci sarebbe stato molto lavoro, ma ora voleva solo rilassarsi con un bagno e un letto caldo. Poi pensò a Jack e al suo dilemma.

Come se le leggesse nel pensiero, Jack disse: "Stare nel cottage principale sarà un po' imbarazzante, non credi?".

Una nota nella sua voce fece sentire Marina inadeguata per averlo pensato, dopo la notte che avevano appena passato. A malincuore, disse: "Ma devi avere un posto dove stare. E i tuoi vestiti e il tuo computer...".

Jack si scrollò di dosso le sue preoccupazioni. "Non avevo molte cose con me. Domattina scaverò nelle macerie per vedere cosa riesco a recuperare. Per quanto riguarda il computer, ho imparato a proteggere il mio lavoro dagli incidenti molto tempo fa. Domattina farò qualche telefonata per trovare altri alloggi".

Mentre lo diceva, Marina capì che le sarebbe mancato,

anche se non andavano sempre d'accordo. "Hai intenzione di rimanere a Summer Beach?".

Jack esitò prima di prendere la mano di Marina. "Ho diverse buone ragioni".

Anche se il tocco della sua mano la fece sobbalzare, Marina la tirò indietro. "Dobbiamo ancora parlare del libro che stai scrivendo su mia nonna".

Jack sembrava leggermente ferito. "Dovresti parlarne con Ginger".

Marina accelerò il passo verso il cottage. "Se ha lavorato in qualche settore delicato, come dici, rivelare dettagli riservati su di lei e sul suo lavoro – e su quello di Bertrand – potrebbe attirare sguardi indesiderati e metterla in pericolo. Non pensare che io lasci perdere".

"Marina, mi dispiace. Ma non posso..."

"*Non voglio*, è diverso da *non posso*". Marina si allontanò da lui. Che un uomo la tradisse era una cosa, ma che tradisse coloro che amava era molto peggio.

"Ho trovato il computer", disse Marina, fra le note dei Beach Boys che Kai aveva scelto come colonna sonora perfetta per la pulizia della spiaggia. Sebbene fosse ancora nervosa, Marina dovette ammettere che quella musica alleggeriva il carico di lavoro, e riportava alla mente tanti ricordi d'infanzia lì.

Stringendo i denti, Marina tirò fuori una valigia imbottita dai detriti nel soggiorno del cottage degli ospiti. Non aveva dormito molto, pensando a quando Vanessa aveva annunciato il libro di Jack, la sera prima. Anche se gli rivolgeva a malapena la parola, il cottage degli ospiti era di proprietà di sua nonna. Con Ginger al comando, erano tutti al lavoro insieme.

L'intera famiglia era in piedi dall'alba, quando Scout aveva deciso che era ora di fare una passeggiata, anche se non era stata una notte riposante. Jack dormiva nella vecchia stanza di Brooke, accanto a quella di Kai, e questo era sufficiente ad infastidire Marina, anche se detestava ammetterlo. Durante la notte era tornata l'elettricità. Le luci si erano accese all'improvviso e la stessa musica jazz della festa della sera precedente si era messa a risuonare nella casa. Al sorgere del sole, Marina indossò barcollando dei jeans e una maglietta, bevve il caffè tonificante di Ginger, e si mise al lavoro.

Marina scavalcò i cumuli di detriti e arrivò in cucina, dove Kai stava spazzando, mentre Jack radunava la sporcizia nei sacchi della spazzatura.

"Vuoi vedere com'è messo il tuo portatile?". Marina fece penzolare la custodia in aria. La tensione tra loro era palpabile. Poteva aver aiutato a proteggere i bambini durante quella mostruosa tromba d'acqua, ma ciò non toglieva che si era permesso di portare avanti la biografia di Ginger senza minimamente coinvolgerla. I suoi nonni avevano avuto a che fare con informazioni riservate, e Marina temeva che l'audacia di Jack potesse mettere in pericolo Ginger e altre persone. Come minimo, il suo lavoro avrebbe potuto gettare sguardi indesiderati sugli anni d'oro di Ginger.

Jack si tirò su. "La custodia dovrebbe essere impermeabile". La aprì sul bancone. "È perfettamente asciutta. L'avevo messo via quando erano arrivati Leo e Samantha".

Premette il pulsante di accensione e il portatile si animò. "Nel mio lavoro, non sapevo mai dove mi avrebbe portato una storia o cosa avrei potuto incontrare. Ho preso ogni tipo di precauzione".

Marina fece schioccare uno degli spessi guanti gialli che indossava. "Come quando scrivi biografie non autorizzate su donne anziane?".

"Hai capito male". Jack spense il portatile e mise la custodia da parte.

"Perché non mi spieghi tutto, in modo che il mio cervello femminile possa riuscirci?". Marina raccolse una pila di fogli inzuppati.

"Ehi, fai attenzione con questi", disse Jack, prendendole i fogli. "È il mio lavoro".

Kai spazzò via i cocci di ceramica. "La situazione si fa interessante. Devo tirare fuori i guantoni da boxe?".

Marina lanciò un'occhiata tagliente alla sorella. "Non hai nulla da dire al riguardo? È anche la tua, di nonna".

Con indosso abiti da lavoro e stivali di gomma, Ginger attraversò la porta aperta. "Dovete darvi tutti una calmata. Non c'è nulla di cui discutere". Attraversò il caos e si diresse verso la camera da letto più piccola.

Marina la seguì, con un'ira crescente. Non riusciva a capire perché Ginger non fosse arrabbiata con Jack quanto lo era lei.

Ginger bussò sulla vecchia cassaforte nell'armadio della cameretta. "Niente può scalfire questa fortezza". Girò la manopola.

"Cosa ti serve da lì?" Chiese Marina.

Ginger aprì lo sportello. All'interno c'erano delle pile di carte. Tirò fuori un vecchio quaderno.

"Queste sono le storie che ho iniziato a scrivere anni fa", disse Ginger. "Non sono una scrittrice o un'illustratrice professionista. Ma ovunque io e Bertrand viaggiassimo, le idee mi venivano in mente, e così le ho scritte". Richiuse lo sportello e tornò in salotto.

Marina seguì la nonna, con una curiosità crescente.

Ginger sfogliò le pagine del suo vecchio quaderno e alzò lo sguardo. "Quando ho visto gli schizzi di Jack su Scout, Leo e Samantha, ho pensato che avremmo potuto lavorare insieme. Gli ho dato l'idea che avevo avuto per il primo libro, lui l'ha sviluppata e l'ha inviata al suo agente".

"Questo è il libro che l'agente ha accettato", disse Jack con tono deciso mentre raccoglieva dei frammenti di vetro rotto.

Scettica, Marina incrociò le braccia. "Un libro per bambini? Non è quello che ha detto Vanessa".

"In passato, ho accennato a Vanessa che Ginger sarebbe stata un soggetto affascinante per un libro", disse Jack. "Ma quello non è il libro che ho proposto. Non potevo chiarirlo senza rivelare la sorpresa che Ginger aveva in mente".

Alla fine Marina capì di cosa stavano parlando. "Queste

sono le tue storie", esclamò. Se Ginger forse non si considerava una scrittrice, era di certo un'eccellente narratrice.

"Proprio così", disse Ginger. "Tutte le storie che raccontavo a voi ragazze. Adesso io e Jack siamo soci. Pensate un po'".

"È fantastico", disse Kai.

Ecco un'altra complicazione, pensò Marina, lanciando un'occhiata a Jack. Ma era entusiasta del fatto che Ginger avrebbe dato vita alle sue storie, questa volta sotto forma di libro. "A quale storia stai lavorando?".

Gli occhi di Ginger brillarono d'emozione. "La prima parlerà di un ragazzo e una ragazza, un po' come Leo e Samantha, che risolvono misteri usando codici e cifrari".

Marina si ricordava quanto lei e le sue sorelle si erano divertite con i giochi di Ginger. Sarebbero stati divertenti anche per tutti gli altri bambini.

"Altri libri potrebbero essere dedicati alla matematica, alla scienza e alla tecnologia", disse Jack. "Inizieremo con dei libretti illustrati, ma penso che potremmo espanderci con storie a capitoli per i ragazzi delle elementari".

Marina era sorpresa che Ginger avesse pianificato tutto ciò con Jack, ma ora aveva senso. Si rivolse a lui. "E la tua carriera giornalistica? Vuoi rinunciarvi?".

Jack raccolse i vetri del bancone in un sacchetto della spazzatura. "Ora che sarò responsabile di Leo, non posso andare in giro a caccia di storie sensazionali come facevo prima. Devo fare dei cambiamenti e questa è un'occasione per fare ciò che mi piace. Come stai facendo tu".

"Non dimenticarti di quel posto al giornale locale", disse Ginger. "Abbiamo bisogno di buona informazione anche a Summer Beach".

Kai rise. "Non posso immaginare che a Summer Beach ci siano molti segreti profondi su cui indagare".

"Non si sa mai", disse Ginger inarcando un sopracciglio.

"Dovresti chiedere a Ivy degli inestimabili manufatti trovati al Seabreeze Inn".

Summer Beach si dimostrava ogni giorno più affascinante, decise Marina, lanciando un piccolo sorriso di scuse a Jack. Forse era stata dura con lui, ma quando si trattava di famiglia, nessuno poteva minacciarla e farla franca. Nel suo precedente impiego al telegiornale del mattino, aveva sopportato molto per provvedere ai suoi figli.

Ma ora, non più.

Kai tornò alla sua musica. Abbassò il volume e passò a una canzone intitolata *In My Room*. Lanciò un'occhiata stuzzicante a Marina prima di rivolgersi a Jack. "Rimarrai nel cottage principale, Jack?".

"Gli ho detto che è il benvenuto", disse Ginger. "Possiamo sistemare Ethan sul letto a scomparsa nella sala da pranzo. O viceversa".

Marina non sapeva come sentirsi al riguardo. Data la gamma di emozioni che Jack le suscitava, trovarsi a sole due porte di distanza lungo il corridoio era un po' troppo, eppure una sensazione persistente dentro di lei le diceva che non lo era affatto. Alzò lo sguardo verso di lui.

Jack colse lo sguardo di Marina e lo trattenne per qualche secondo in più del necessario. "Grazie, ma ho controllato con Ivy, e c'è una stanza sul retro con uno spiazzo d'erba per Scout".

Kai si appoggiò alla scopa. "Stai dicendo che ti sarebbe difficile lavorare in una casa con tre donne? Non riesco a immaginarne il motivo".

Proprio in quel momento, un camion si fermò davanti alla casa, e Axe scese.

Kai si tolse rapidamente i guanti e si scostò i capelli dal viso. "Ancora al momento sbagliato", mormorò.

"Questa situazione si preannuncia molto interessante", disse Marina. Era facile capire che tra Kai e Axe stava nascendo qualcosa. Eppure, proprio quella mattina, Dmitri aveva chiamato per dire a Kai che aveva prenotato un viaggio a Summer Beach. E lei avrebbe presto dovuto fare una scelta. Un imprenditore di una città di mare contro un produttore di Broadway. Marina le strinse un braccio intorno. "Sto scherzando. Ti copro le spalle, sorellina. Segui il tuo cuore".

"Grazie", sussurrò Kai, con gli occhi che si illuminavano.

Axe entrò, piegandosi leggermente per non sbattere la testa sullo stipite della porta. "Vedo che state ripulendo. Come sta reggendo questo tetto provvisorio?".

"Abbastanza bene", disse Ginger. "Jack si trasferirà al Seabreeze Inn finché il cottage degli ospiti non sarà di nuovo abitabile. Quando potete sostituire il tetto?".

"Visto che siete stati i primi a chiamare, siete in cima alla lista", disse Axe. "Avrò una proposta per lei questo pomeriggio". Si toccò la tesa del cappello. "Se non c'è altro, me ne vado".

Kai appoggiò la scopa al bancone. "Axe, volevo chiederti del teatro estivo da queste parti".

Un sorriso si allargò sul volto di Axe. "Vieni con me al camion e ti racconterò tutto".

Guardandoli passeggiare verso il camion, Marina disse: "Sarà un'estate interessante, da queste parti".

"Mi spiace un po' perdermela", disse Jack.

Ginger infilò il quaderno sotto il braccio. "Non andrai lontano. Ho la sensazione che riuscirai a vedere i fuochi d'artificio, da dove sei. Ora, visto che il cottage è quasi pulito, mi congedo". Diede un colpetto ai suoi vecchi appunti. "Voglio rinfrescarmi la memoria".

Marina finì di spazzare mentre Jack preparava le sue cose. "Lasciamo tutte le finestre aperte per far asciugare gli interni". Insieme, fecero scorrere le ante delle finestre.

Dopo aver portato fuori gli ultimi sacchi della spazzatura, Jack si issò sulle spalle lo zaino, la custodia del computer e il borsone. "Credo che me ne andrò".

"Immagino di sì", disse Marina, senza parole. Scout stava aspettando Jack davanti al cottage.

Sulla porta, Jack esitò. "Probabilmente non ho il diritto di chiedertelo, ma ti andrebbe di raggiungermi alla locanda per una nuotata, più tardi? Potrebbe essere piacevole, dopo tutto questo lavoraccio. Il tramonto è fantastico e sono sicuro di poter ordinare un paio di cocktail Sea Breeze".

Marina scosse la testa. "Jack, non so cosa dire. Tutta quella storia di Ginger...". Francamente, era un po' imbarazzata. Ma soprattutto, era pronta per un'altra relazione? Aveva ancora Ethan e Heather a cui pensare, e un'attività da far decollare. O forse era proprio per ciò che Jack le stava offrendo? Forse stava giungendo a un'altra conclusione sbagliata.

Jack aspettò un attimo. Alla fine, disse: "Voleva essere Ginger a dirtelo. Credo che desiderasse organizzare una piccola festa per dare la notizia. Mi dispiace per il modo in cui è venuto fuori tutto durante la cena".

Sembrava proprio una cosa nello stile di Ginger. Mentre Marina ci pensava, pensò che perdonarlo fosse doveroso. Proprio in quel momento, Scout entrò al trotto, strofinandosi contro la sua gamba e mugolando per rafforzare la richiesta di Jack.

Marina rise. "Hai proprio un bel compagnone".

"Allora, verrai?" La sua voce si alzò di tono. "Ti aspetto in piscina".

Come poteva resistere a due occhi così supplicanti?

CON UNA BORSA da spiaggia di paglia in spalla, Marina passeggiava nel giardino tropicale del Seabreeze Inn, passando davanti agli ibiscus gialli e profumati e ai fiori bianchi di pikake di Shelly. Indossava un elegante costume da bagno blu e argento che aveva comprato per le vacanze, ma che non aveva potuto usare a causa di una delle decisioni dell'ultimo minuto di Hal. Stava ancora bene, anche se ora le stringeva un po'. Kai le aveva assicurato che era a posto. Ma del resto Kai l'avrebbe approvato in ogni caso.

In ogni caso, era tutto ciò che Marina era riuscita a indossare, con così poco preavviso. Non che si trattasse esattamente di un appuntamento. Aveva anche comprato un copricostume abbinato, con dei fili argentati che correvano lungo il tessuto leggero come la seta, il tipo di articolo che era solita comprare solo per la sua bellezza, anche se raramente aveva la possibilità di metterlo. Aiutava a coprire le contusioni agli stinchi della sera prima. Aveva anche preso in prestito uno dei grandi cappelli a falda larga di Ginger, attorno al quale Kai aveva avvolto una sciarpa argentata.

Marina entrò nell'area della piscina, sentendosi un po' teatrale con il suo abbigliamento e gli occhiali da sole scuri. Eppure la piscina, con le statue che la circondavano, era un palcoscenico a sé stante.

Fedele alla sua parola, Jack la stava aspettando su una chaise longue sotto un ombrellone blu marino. Un soffice asciugamano bianco copriva la sdraio accanto a lui e due cocktail rosa ghiacciati erano pronti su un tavolo tra loro. Si era ripulito e ora indossava un costume da bagno e una camicia bianca.

Belle gambe, pensò, ammirando i muscoli delle cosce. *Chi ha detto che i quarant'anni erano la fine?*

"Benvenuta in paradiso", disse lui, alzandosi per salutarla. "Hai un aspetto fantastico".

"Non è troppo, forse?"

""Troppo" non è nemmeno abbastanza", disse Jack prendendole la mano.

"E questo da parte di un uomo che stava per dormire in un furgone Volkswagen". Marina rise delicatamente. "Stai citando de Beaumarchais?". Era l'autore francese delle opere di *Figaro. Quando si tratta di amore, il troppo non è nemmeno sufficiente.*

"Ah, ma è un furgone completamente rinnovato". Mentre

Jack le porgeva un cocktail, un sorriso gli si posò sulle labbra, anche se non rispose alla sua domanda. "È qui che ci siamo incontrati e, dato che abbiamo avuto un inizio difficile, ho pensato che potremmo ricominciare da capo. Vogliamo riprovarci?".

Marina sorseggiò pensando. "Niente caviglie slogate, niente cani bagnati, niente trombe d'acqua. Non lo so. Potrebbe essere un po' noioso".

"Ho la sensazione che il clan Delavie-Moore non sia mai noioso".

Quella sera avevano la piscina tutta per loro. Mentre parlava delle conseguenze del tornado, Jack disse che l'ispettore Clarkson era passato prima a trovare Imani, che viveva ancora alla locanda.

"Il capo ha detto che la giovane coppia che hai estratto dalle macerie della loro casa sta bene", disse Jack. "Lei è incinta di quattro mesi, quindi erano piuttosto preoccupati. A parte qualche livido, sono a posto".

"Chissà dove andranno, ora".

"Si sono appena sistemati qui". Jack fece un cenno verso la casa principale. "Sembra che questo sia il posto più alla moda per gli sfollati. E, soprattutto, per i giornalisti riformati come noi. Pronta per la nuotata?".

"Certo". Marina si tolse il copricostume e seguì Jack in piscina. Quando lui si tolse la maglietta, vide i graffi che si era procurato il giorno prima, durante il tornado. La piscina di acqua salata era rinfrescante ma calda, e lei fece roteare un po' le mani. L'effetto rilassante del cocktail le stava facendo sparire lo stress accumulato.

Jack portò un galleggiante di plastica a forma di salvagente e ognuno ne prese un lato, remando e osservando il sole che calava dietro l'orizzonte. Il suono dell'oceano, a pochi passi dalla proprietà, accompagnava in modo ipnotico il tramonto. Mentre galleggiavano, parlarono dei loro progetti.

"Come procedono i progetti per il *Taste of Summer Beach?*". Chiese Jack.

"Visto che il terrazzo è sopravvissuto alla tempesta, è ancora possibile farlo", disse Marina, facendo dondolare pigramente le gambe sotto l'acqua. "Ho contattato molti ristoratori locali e Bennett ha condiviso alcune date del calendario di Summer Beach che sono disponibili. Darò conferma a tutti e poi non dovremo far altro che promuovere e organizzare questo grande evento. Ho pensato che potremmo accettare delle donazioni per coloro che hanno bisogno di aiuto, dopo la tempesta".

"È una buona idea", disse Jack pensieroso. "Sembra che tu abbia pensato a tutto".

Marina apprezzò la sua fiducia in lei. "Gli chef sono le vere star, quindi non dovrò fare molto. Sembra abbastanza facile. Davvero, cosa potrebbe andare storto?".

Jack ridacchiò. "Cosa ti ho detto sullo stuzzicare gli dei? L'ultima volta che l'hai detto abbiamo praticamente fatto un remake di *Sharknado*".

"Non c'era nemmeno uno squalo in quel tornado", disse Marina, premendo un dito sulle sue labbra. "E non parlare di squali così vicino alla spiaggia".

Jack iniziò a canticchiare la melodia di *Jaws* e Marina lo colpì con un buffetto. "Smettila", disse ridendo. "Voglio sapere di più sulle illustrazioni che hai realizzato per i libri di Ginger. Si tratta di una svolta nella tua carriera, non è vero?".

"Non ho mai pensato di potermi guadagnare da vivere con i miei disegni. Questo libro è un inizio. Avrò l'estate per finirlo, e vedere se vende". La sua espressione divenne seria. "Quando si è giovani, si intraprende un cammino, senza sapere dove ci porterà. Poi, un giorno, ti svegli e ti ritrovi di fronte a una svolta improvvisa".

A Marina piaceva ascoltarlo parlare. "So com'è".

Jack si avvicinò al galleggiante e le accarezzò la mano.

Questa volta Marina non si tirò indietro. D'impulso, intrecciò le dita con quelle di lui.

Forse era pronta a correre un rischio.

"Mi hai ispirato", disse Jack. "Hai affrontato tutto il fango che ti è stato gettato addosso, eppure hai tenuto la testa alta. Questo mi ha dato la forza di andare avanti anch'io".

Marina capì che le parole di Jack erano autentiche. La sua voce aveva un tono roco ed emotivo, così diverso da quello di Grady. Con sorpresa, si rese conto che Jack le ricordava Stan. I due uomini condividevano un nucleo di integrità e impegno che a Grady mancava.

"Ho pensato lo stesso di te", disse Marina con dolcezza. "Quando ti vedo con Leo, vedo l'amore che cresce tra di voi".

Gli occhi di Jack si velarono di emozione e portò la mano di Marina alle labbra, sfiorandole la pelle con un bacio. "Sapere cosa lo aspetta mi fa tenere ancora di più a lui. Vorrei proteggerlo dall'inevitabile con sua madre, ma non posso. È questo che fa più male. Quando ami qualcuno, vuoi risparmiargli angoscia e strazio".

"Essere presente per lui è ciò che conta". Marina capì che l'impegno principale di Jack era nei confronti di Leo, così come il suo era verso di Heather ed Ethan. Anche quando si sarebbero laureati e avrebbero avuto una carriera e una famiglia, loro sarebbero sempre stati la sua vita. Eppure, vedere come Ginger era riuscita a bilanciare le sue responsabilità con la vita che voleva, fu d'ispirazione per Marina.

"Un giorno vorrei che condividessi con me il tuo manuale da supermamma single", disse Jack.

"Leo sembra un ragazzo meraviglioso, e sono sicura che te la caverai. Le biciclette nuove e i frisbee sono un buon inizio, ma gli abbracci calorosi faranno la differenza. E avere Scout lì intorno sarà sicuramente d'aiuto".

Marina sorrise, ricordando i momenti piacevoli e impegnativi vissuti con i suoi figli. La visione di un futuro con Jack le si affacciava alla mente, ma le sembrava così prematura, così lontana, che la mise da parte. Eppure, stargli vicino era ancora meglio di quanto Marina avesse immaginato nei suoi sogni.

Oh sì, lo aveva sognato, anche se non osava ammetterlo.

Jack ridacchiò. "Un anno fa, se qualcuno mi avesse detto che sarei stato qui, in questa nuova vita, con un cane e un figlio, non gli avrei creduto".

"Qualche rimpianto?"

Jack la guardò con uno sguardo fermo. "Nemmeno uno. Soprattutto adesso".

Il sole al tramonto proiettava un bruno bagliore sulla piscina, avvolgendoli in una luce magica. Mentre parlavano, galleggiavano insieme fino a trovarsi fianco a fianco sul bordo della zattera, con le teste piegate l'una verso l'altra, l'acqua calda che li lambiva dolcemente.

I raggi dorati illuminarono i vividi occhi blu di Jack, che sembravano infiniti come l'oceano che si estendeva oltre di loro. Mentre il sole baciava l'orizzonte, lui piegò la mano di lei nella sua e la strinse al cuore.

Un fremito travolse Marina e lei desiderò sentire le sue braccia intorno a sé. Cogliendo l'occasione, fece scivolare le mani lungo le sue spalle. Il tocco della sua pelle la fece sussultare, ma soprattutto sentì una vicinanza che non provava da molti anni.

Senza esitazione, Jack la abbracciò. "Pensi che con tutte le sfide che abbiamo davanti, ogni tanto potremmo ritagliarci del tempo per noi?".

"Come adesso?"

"Proprio così. E anche di più". Le sue labbra si incurvarono in un sorriso e le accarezzò il viso con la mano. "Credo che possiamo dar forma al nostro futuro come desideriamo".

Mentre il sole scivolava sotto l'orizzonte, riempiendo il cielo di brillanti sfumature di oro rosa, Marina sollevò il viso verso il suo. Quando le loro labbra si incontrarono, le sembrò di entrare in una sorta di dolce paradiso. Nessuno dei due poteva sapere cosa avrebbe riservato il futuro, ma Marina sentiva che le loro vite si sarebbero intrecciate per molto tempo.

Quando Jack si staccò, il suo sguardo brillava di quella scintilla d'amore che Marina aveva conosciuto solo una volta. Nei suoi occhi, lei vide il riflesso dei suoi, brillanti di passione. Quella primavera, nonostante tutti gli sconvolgimenti, avevano piantato dei semi importanti. Si chiese con curiosità quali frutti avrebbe donato loro il raccolto estivo.

Mentre le labbra di Marina si posavano delicatamente su quelle di Jack, intuì che quello sarebbe stato l'inizio di un'estate indimenticabile.

Noti di Jan Moran

Grazie per aver letto *Ritorno a Coral Cottage* e spero che ti sia piaciuto. Scopri cosa succede dopo al *Un nuovo inizio a Coral Cottage* mentre Marina insegue il suo sogno di un bar sulla spiaggia e Kai trova una nuova passione da coltivare a Summer Beach. E se sei in vena di allegria natalizia, guarda cosa hanno programmato Ginger Delavie e Ivy Bay in A *Seabreeze Inn Christmas*. Se non hai già letto la serie *Summer Beach: Seabreeze Inn* con Ivy e Shelly Bay, inizia con *Seabreeze Inn*.

Per rimanere aggiornato sulle nuove uscite e sulle offerte speciali, iscriviti al Jan Readers Club su Facebook e su JanMoran.com/Italiano.

NOTE DELL'AUTRICE

Le emozioni non sono finite…

Se questo è il vostro primo romanzo della serie *Coral Cottage*, dovete assolutamente andare a conoscere Marina nel momento in cui ritorna a Summer Beach in *Coral Cottage - Ritorno a Coral Cottage*. Se non avete letto la serie *Seabreeze Inn at Summer Beach*, vi invito a stringere amicizia con l'insegnante d'arte Ivy Bay e sua sorella Shelly, intente a ristrutturare una dimora storica sulla spiaggia in Seabreeze Inn, il primo volume della serie originale *Summer Beach*.

E perché non godervi anche l'atmosfera soleggiata e cosmopolita insieme a un gruppo di amici nella serie *Love California*, che inizia con *Flawless*, il racconto di un emozionante viaggio a Parigi.

Infine, vi invito a leggere i miei romanzi storici in volume unico autoconclusivo, come *Hepburn's Necklace*, *Il giardino dei profumi perduti*, *La casa dei profumi dimenticati*, e *La piccola bottega del cioccolato*, due storie ambientate nella splendida Italia degli anni Cinquanta.

La maggior parte dei miei libri è disponibile in formato ebook, brossura o copertina rigida, in audiolibro e in versione a caratteri grandi. E, come sempre, vi auguro buona lettura!

CORAL COTTAGE COOLER RICETTA

Il Coral Cottage Cooler è un rinfrescante e tonificante cocktail dall'incantevole tonalità corallina che si abbina perfettamente alla tinta del cottage. Il succo di arancia rossa è più dolce del normale succo d'arancia, e il frutto è privo di semi. Le arance rosse sono originarie dell'Italia e della Spagna, nelle varietà Tarocco, Moro (anche Morro) e Sanguinello (anche Sanguigna).

Questo mix di succhi di frutta è delizioso anche nella sua versione analcolica. Regolate il rapporto tra succo e spumante o acqua tonica, a piacere.

Coral Cottage Cooler

succo di arancia rossa
Champagne, Prosecco, Cava o acqua tonica
fragole
foglioline di menta per guarnire

Mescolate in parti uguali il succo d'arancia rossa con dello Champagne, Prosecco o qualsiasi vino bianco frizzante. Per una rinfrescante versione analcolica, sostituite gli alcolici con dell'acqua tonica. Servite in un bicchiere freddo con o senza ghiaccio. Guarnite con della menta fresca e fragole.

Se non riuscite a trovare il succo di arancia rossa, potete sostituirlo con del succo di melograno. Oppure, del succo d'arancia classico con un goccio di granatina rossa per dare colore.

Suggerimenti per la presentazione: questo cocktail a base di succo darà una rinfrescante nota di colore alle vostre feste estive. Servitelo in flûte da champagne, bicchieri alti (highball), barattoli di vetro o qualsiasi altro bicchiere di vetro dall'aspetto gradevole.

E ora non vi resta che gustarlo!

Naturalmente, bevete sempre in modo responsabile e non assumete alcolici prima di mettervi alla guida!

CIRCA L'AUTORE

Jan Moran è un'autrice di bestseller internazionali (Wall Street Journal e USA Today), di appassionanti serie di narrativa femminile, saghe familiari e romantici romanzi storici ambientati nel XX secolo. Jan crea i suoi best seller contemporanei, le cui vicende si svolgono in piccole cittadine di mare, sulle rive assolate della California meridionale, non lontano da dove vive. Per conoscere di più lei e le sue opere, visitate il sito JanMoran.com/Italiano.

Jan è un'appassionata viaggiatrice, quindi troverete i suoi libri caratterizzati da luoghi autentici e tutto ciò che ama approfondire: dal cioccolato, al vino, al cibo, alla storia, alla moda e altro ancora. I suoi lettori dicono spesso che, oltre a un romanzo coinvolgente, scoprono anche molti dettagli affascinanti, soprattutto nelle saghe storiche.

Originaria del Texas, Jan ha lavorato a Parigi, Hong Kong e in Canada, tutte esperienze che porta con sé in ogni libro che scrive. Versatevi quindi una tazza di tè o un bicchiere di vino, aprite uno dei suoi libri e lasciatevi trasportare dai personaggi, con i quali diventerete presto come vecchi amici.

Per rimanere aggiornati sulle nuove uscite e le offerte

speciali, iscrivetevi al Club dei lettori di Jan su JanMoran. com/Italiano.